KB079637

엄마의

마지막 말들

엄마의

마지막 말들

박희병 지음

창비
Changbi Publishers

어머니께
이 책을 바친다.

나의 어머니는 2018년 10월부터 와병 생활에 들어가 다음해인 2019년 10월 24일 세상을 하직하셨다. 나는 이 기간 동안 '휴업'을 하고 어머니에게 전념했다.

어머니는 말기암과 알츠하이머성 인지저하증이라는 이중의 어려움에 직면해 있었지만 그럼에도 끝까지 최소한의 주체성을 놓지 않으셨다. '보기'와 '말하기'가 그것을 가능하게 했다.

어머니는 몇군데의 호스피스 병동을 전전하시다가 여의도성모병원의 호스피스 병실에서 숨을 거두셨다. 이 과정에서 나는 현 호스피스 의료의 실상을 비교적 자세히 접할 수 있었다.

지난 1년 동안 나는 어머니의 보호자이자 관찰자이자 기록자였다. 대학에서 문학을 가르치는 나는 죽어가는 어머니가 남긴 말들에 특히 깊은 인상과 감명을 받았다. 어머니는 구순의 고령이신데다가 기력이 극도로 쇠한 말기 암 환자이고 인지저하증이 있으셨기에 말을 잘 하지 못하셨다. 게다가 병원에서 늘 향정신성 약물을 투여받고 있었으므로 수시로 혼돈 상태에 빠지곤 하셨다. 어머니의 한두 마디 말은 대체로 이런 극한 상황 속에서 이따금 나온 것이었으므로 얼핏 전후 맥락이 없고 의미 없는 말처럼 보이기 일쑤였다. 하지만 나는 시간이 지나면서 어머니의 이 말들이 모두 의미가 없는 말들은 아니며 단지 의미가 해독되지 못하고 있을 뿐이라는 사실을 발견하게 되었다.

그러므로 이 책은 어머니의 말들에 대한 '나'의 의미 해독에 해당한다. 세상의 모든 어머니와 자식들이 대개 그러하듯 나의 어머니와 나 또한 아주 특별한 존재관련 속에 있었다. 이 특별한 존재관련 때문에 나는 어머니의 말들 속으로 들어갈 수 있었고 그 맥락을 깊이 이해할 수 있었으며 오랜 내밀한 기억들을 소환할 수 있었다.

그렇긴 하지만 이 책은 나와 내 어머니의 사적인 기록만은 아니다. 인문학은 실존과 사회적 문제의식을 분리하지 않는다. 나는 인문학자로서 사적 자아와 공적 자아를 무시로 넘나들면서 어머니에 대해 기록하며 삶과 죽음에 대한, 사랑의 방식에 대한, 인간의 최소 주체성에 대한, 우리 사회가 말기암 환자와 인지저하증 환자에 대해 갖고 있는 일반적 편견에 대한, 호스피스 의료를 담당하는 의료진의 윤리의식과 책임에 대한, 내 생각의 일단을 개진했다. 이 생각들은 궁극적으로 어머니의 말들에서 촉발된 것이었다.

2020년 10월

박희병

차례

"누구를 위하여 조종(弔鐘)이 울리는지 묻지 말라.
종은 그대를 위해서 울리는 것이니."

_존 던 「불시의 일들에 대한 기도문」 중 '묵상 17'에서

일러두기

- 이 책은 2018년 10월부터 2019년 10월까지 약 1년간 저자가 기록한 어머니
  의 말을 토대로 쓰여진 것이다. 본문의 '올해'는 2019년을 가리킨다.
- 글의 배열은 반드시 시간 순서에 따른 것은 아니다.
- 본문 속 인물의 발화는 맞춤법에 어긋나더라도 구어를 최대한 살려두었다.
- 비슷한 발화가 반복적으로 나오기도 하는데 이는 발화의 빈도를 반영한다.
- 책에 등장하는 의료와 관련된 언급은 당시 저자의 경험에 기초한 것으로,
  현재 상황과 다를 수 있다.

비가 오나?

예.

2019년 9월 5일 목요일 오후 여의도성모병원 호스피스 병실에서 창가의 하늘을 보며 하신 말이다. 당시 하늘은 구름으로 잔뜩 찌푸려 있었다. 엄마는 병원에 계시면서도 늘 병실 바깥의 세계에 관심을 보이셨다.

엄마는 다음달 24일 생을 마감하셨다. 엄마가 돌아가신 후 흐린 날이나 비 오는 날이면 왠지 엄마의 이 말이 귓전에 맴돈다.

저기
꽃이네.

예에.

여의도성모병원에 계실 때 엄마 맞은편 환자의 병상 옆 화
병에 꽂힌 꽃을 얼굴로 가리키며 하신 말이다. 이 말을 하
시고는 다시 말이 없으셨다.

　엄마는 유달리 꽃을 좋아하셨다. 엄마는 수유리 북한
산 아래의 집에서 45년을 사셨는데 집에는 꽃이 핀 화분이
늘 있었다. 나는 20여년 동안 거의 매주 토요일마다 엄마
집에 갔었는데, 종종 철따라 길가에 핀 꽃을 한송이 꺾어
서 엄마에게 갖다드리곤 했다. 엄마는 그때마다 환하게 웃
으시며 병에다 그 꽃을 꽂아 식탁에 두셨다. 한번은 무더
운 여름날 나팔꽃을 한송이 꺾어 갔는데 "나팔꽃이네" 하
시면서 무척 좋아하셨다.

저 꽃을 보고 있으니 문득 엄마와 함께한 많은 날들이 떠오르고, 엄마가 이리 아프신데도 꽃을 보고 좋아하시는 모습이 기쁘면서도 슬펐다.

맞은편 병상의 환자는 얼마 후 세상을 하직했다.

늙으나 젊으나 전다지
물건 덩어리다.

예?

북부병원의 호스피스 병실에 계실 때 하신 말이다.

엄마는 2018년 12월 하순부터 서울성모병원 호스피스 완화의료 병동, 국립중앙의료원 호스피스 병동, 여의도성모병원 호스피스 병동, 서울특별시 동부병원 호스피스 병동, 서울특별시 북부병원 호스피스 병동, 여의도성모병원 호스피스 병동, 은평성모병원 호스피스 병동, 여의도성모병원 호스피스 병동에 차례로 계셨다. 서울성모병원 완화의료 병동은 규정상 열흘 정도밖에 있을 수 없었고, 나머지 병원은 병원마다 규정이 달랐는데 한달 아니면 두달간 있을 수 있었다. 퇴원 후 일정 기간이 지나면 같은 병원에 다시 입원할 수 있었다.

북부병원에 있을 때는 여름이었는데, 당시 엄마 상태가 몹시 안 좋으셨다. 직전 동부병원에 있을 때는 그럭저럭 밥을 드셨는데, 6월 7일 북부병원으로 전원한 뒤부터 상태가 나빠져 죽도 드시지 못해 도토리묵으로 한달 반을 연명하셨다. 엄마는 4인 병실에 계셨는데, 엄마가 아흔으로 나이가 제일 많고 나머지는 40대, 50대, 80대 여성이었다. 엄마의 병상 대각선 방향의 병상에 계신 80대 여성은 인지장애와 욕창이 아주 심해 자나 깨나 고통스레 신음소리를 냈다. 그리고 엄마의 병상 맞은편에는 40대 여성이 혼수상태로 누워 있었다. 이 두분은 물도 한모금 마시지 못했으며 링거만 맞고 있었는데, 눈이 풀려 있었고 입은 벌어져 있었다. 엄마는 깨어 있을 때면 늘 이 두분을 주시하셨다.

위의 말은 이런 상황에서 발화(發話)된 것이다. '전다지'는 '모두'의 사투리다. '물건 덩어리'는 '골칫덩어리'라는 뜻이다. 엄마 자신을 포함해 젊은 사람이건 늙은 사람이건 모두가 마음대로 죽지도 못하고 병상에 누워 꼼짝도 하지 못한 채 주사만 맞고 있는 것을 슬퍼한 말이 아닐까한다.

셋째!
선생님!

북부병원에 계실 때 완화의료도우미가 엄마에게 나를 가리키며 "이 사람이 누구예요?"라고 묻자 엄마가 즉각 답한 말이다. '셋째'는 '셋째 아들'이라는 뜻이고, '선생님'은 내가 학생들을 가르치기에 하신 말이다.

　　엄마는 인지장애가 있었지만 숨을 거두실 때까지 한순간도 나를 알아보지 못한 적이 없었으며, 늘 사랑스러운 눈빛으로 나를 바라보셨다. 사랑은 의식을 넘어 존재한다는 것, 엄마는 이런 높디높은 진리를 선물로 남겨주고 떠나셨다.

머리가 더부룩하네.
다음에 올 때 깎고 온나.
보기 흉하다.

예,
그라겠십니더.

북부병원에 계실 때 하신 말이다. 당시 여름방학이라 학교
도 안 가고 해서 이발을 안 해 머리가 좀 길었던 모양이다.
엄마는 병상에 누워 계셨지만 나의 이모저모를 늘 살피셨
다. 남들 눈에 혹 내가 흉하게 보일까봐 이런 말을 하신 것
이다. 이튿날 이발을 하고 가자 엄마는 좋아하셨다.

잠을 잘 자야 한다.

잠만 잘 자면 회복되니라.

엄마는 아프기 전에도 신경이 좀 예민한 편이어서 무슨 걱정거리가 조금 생기면 잠을 잘 주무시지 못했다. 그런 날에는 당장 얼굴이 꺼죽해 표가 났다.

돌이켜보면 엄마는 내게 "고마 공부하고 그만 자라"라는 말을 자주 하셨다. 성균관대 교수로 있던 1989년에서 1996년까지 나는 수유리의 부모님 집에서 살았는데, 30대 젊은 시절이라 자정 너머까지 공부하고 글을 썼다. 엄마는 늘 자정쯤 내 서재를 노크하며 "내일 학교 가야 하니 고마 자거라"라고 말씀하셨다. 나는 건성으로 "예" 대답하고 한두시까지 공부를 더 하다가 자곤 했다. 엄마는 한두시쯤 되어 다시 문을 노크하며 "박군! 늦었다. 고마 자라"라고 말씀하셨다. 아까보다 좀더 간절함이 배어 있는 목소리였다. 당시 나는 엄마의 이런 간섭이 몹시 귀찮고 성가셨으며 괴롭게만 느껴졌다.

엄마는 내가 잠을 안 자고 공부하면 이런 말도 하셨다. "니 그라다가 매구 된다!" 젊은 시절 내가 엄마한테 귀에 못이 박히도록 들은 말이다. '매구'는 천년 묵은 여우를 뜻하는 말이다.

나는 병약해 공부를 하면서 자주 아팠다. 엄마는 골골하면서도 쉬지 않고 공부하는 내가 몹시 안쓰러웠을 것이다. 엄마는 올해 호스피스 병실에 입원하시기 직전까지도 "그동안 공부 많이 안 했나. 이제 공부 고마하고 좀 쉬라"라고 말씀하셨다.

그러니, 잠을 잘 자야 한다는 엄마의 말은 엄마의 평생 경험에서 나온 말이기도 하고, 엄마 때문에 얼굴이 꺼죽해진 늙은 자식이 걱정되어 한 말이기도 할 것이다.

묵 맛있다.
니도 좀 묵으라.

예.

엄마는 작년 10월부터 걷지를 못해 와상(臥床) 생활을 하
셨다. 호스피스 병실에 계시는 동안 가끔 휠체어로 바깥
구경을 하시기도 했으나 거의 대부분의 시간을 병상에 누
워 계셨다.

　호스피스 병실에 계신 분들은 거의 모두 엄마처럼 누
워 계셨는데, 두 부류가 있었다. 하나는 식사를 드시는 분
이고, 다른 하나는 식사를 드시지 못하는 분이다. 그런데
식사를 하는 분은 많지 않았으며, 식사를 못하는 분들이
대부분이었다. 엄마는 시간이 흐를수록 식사량이 줄어들
긴 했으나, 그럼에도 돌아가시기 열흘 전까지도 부드러운
카스텔라 약간과 두유 약간, 치즈 약간을 드셨다.

모든 병원이 그런 건 아니지만 대체로 호스피스 병실의 의료진들은 웬만하면 환자에게 음식을 먹이지 않기를 바라는 듯한 눈치였다. 말기암 환자들이라 곧 죽을 테니 암에 수반되는 통증이나 좀 완화해주면 된다고 생각해서일까. 북부병원에서는 의사가 나를 병실 옆의 방으로 따로 불러 무려 한시간 반이나 교육하면서 엄마에게 억지로 뭘 먹이지 말라는 말을 귀가 아프도록 했다. 그러고 나서 이렇게 물었다. "이제 어머니에게 억지로 먹이지 않을 거지요?" 나는 이렇게 대꾸했다. "억지로 먹이는 일은 없습니다. 그저 할 수 있는 최선을 다할 뿐입니다."

　　사실 엄마는 이 병원으로 온 뒤 상태가 나빠지기 시작해 열흘 전부터는 죽도 입에 대지 않으셨고 뭘 권해도 입을 벌리지 않으셨다. 병원에서는 영양제를 놓기 시작했다. 호스피스 병실에 출입하면서 알게 된 것은, 환자가 곡기를 끊으면 상태가 급격히 나빠지게 되며 주사에 의존해 연명하다가 반혼수상태를 거쳐 혼수상태에 빠지게 되고 곧 숨을 거둔다는 사실이었다. 일반적인 이 코스를 따르며 엄마를 얼른 보내드릴 건가, 아니면 끝까지 포기하지 않고 할 수 있는 최선을 다해 뭐든 먹게 해서 하루라도 더 사시게 할 건가, 이 둘 중 하나를 선택해야 했다. 엄마라면 어찌 생각하실까? 이제 그만 세상을 버리는 것이 더 존엄하고 편하며 인간적인 길이라고 생각하실까? 아니면 몹시 힘들고 남루한 모습이지만 그래도 사랑하는 사람들 옆에 더 있고 싶은 마음이실까? 하지만 엄마는 스스로 판단하고 선택할 수 없는 처지였다.

이는 호스피스 병실의 환자들 모두가 직면한 일반적 상황이었다. 문제는 환자에게는 전연 선택권이 없다는 데 있었다. 즉 환자에게는 '주체성'이 존재하지 않을뿐더러, 주체성을 표현할 어떤 방법과 기회도 없었다. 환자들은 완전히 수동적인 존재로서 의료진의 처치와 가족——병원에서는 이를 '보호자'라 부른다——의 처분에 몸을 내맡기고 있었다. 왜냐하면 호스피스 병실의 환자들은 거의 대부분 말을 못하며, 신음소리라든가 고통스러운 표정이라든가 몸의 미세한 움직임으로 의사표현을 하거나 그도 아니면 호흡의 불안정함이라든가 맥박이나 혈압의 떨어짐으로 자신의 상태를 표현할 뿐이기 때문이다. 이 경우 환자가 무엇이 불편한가, 지금 환자에게 가장 필요한 조치는 무엇인가, 이를 정확히 파악해 적절한 조처를 그때그때 즉각 취해준다면 그 의사는 훌륭한 의사일 터이다.

의사만이 아니라 이른바 보호자의 역할에도 어려움이 있었다. 환자가 자신의 어려움과 원하는 바를 스스로 말하지 못하니 보호자가 환자가 되어, 즉 환자를 대변해 말하고 행동해야 하는데, 정작 환자의 어려움과 원하는 바가 무엇인지를 알아내는 것은 결코 쉬운 일이 아니었다. 그리고 설사 환자의 어려움과 원하는 바를 간파했다 할지라도 환자에게 실제 도움을 주는 것은 쉽지 않았다. 나는 바로 이 점 때문에 속이 상하곤 했으며, 번뇌로 잠을 이루지 못한 적이 많았다. 특히 6월 중순경 의사가, 엄마가 밤에 잠을 자지 않고 혼자 중얼거려 다른 환자를 불편하게 한다는 이유로 약을 증량한 뒤로 엄마가 넋이 나간 것처럼 되고 낮에도 축 늘어져 잠만 주무시며 아무것도 삼킬 수 없게 되는 현상이 나타났을 때 내가 엄마의 보호자로서 느낀 초조함과 무력감은 이루 말하기 어렵다. 당시 나는 의사에게 면담을 요청해, 엄마가 원래 약에 대한 민감도가 아주 높은 편이다, 엄마의 상태가 갑자기 나빠진 것은 약을 증량하면서 나타난 현상이니 이전의 용량대로 투약했으면 한다는 뜻을 밝혔다. 의사는 엄마가 밤에 자지 않고 시끄럽게 해 약의 증량이 불가피하다고 역설했다. 나는 엄마가 밤에 늘 자지 않는 것은 아니며 가끔 자지 않고 혼자 중얼중얼할 때가 있기는 하나 곁의 사람들에게 크게 방해가 될 정도는 아니라고 대꾸했다.

의사는 환자의 입장보다는 병실 관리의 입장에서 사고하는 듯했다. 간호사나 간병인 입장에선 환자가 24시간 아무 소리 없이 병상에 조용히 누워 있는 것이 가장 좋을지 모른다. 환자의 사물화다. 사실 당시 엄마가 계신 병실의 다른 두 환자는 반혼수상태 내지 혼수상태에 있었기에 밤에 엄마가 중얼거리는 것이 아무 문제 될 게 없었다. 내가 약의 용량에 계속 이의를 제기하자 의사는 며칠 후 간호사를 통해 엄마를 호스피스 병실에서 일반 병실의 1인실로 옮기라고 요구했다. 엄마의 인간적 존엄을 좀더 지켜드리는 길이라고 여겨 호스피스 병실을 택한 우리로서는 어안이 벙벙해지는 말이었다.

이런 우여곡절 끝에 3주쯤 후 내 주장이 받아들여져 약이 원래대로 감량되었다. 엄마는 차츰 생기를 찾으셨고 음식도 제법 드시기 시작했으며 한두마디 말도 하실 수 있게 되었다. 감격스러운 상황이었다. 물론 사나흘에 한번쯤 밤에 잠을 주무시지 못하고 혼자 중얼중얼하시기는 했지만 그렇다고 큰 문제가 있는 것은 아니었다. 나는 엄마의 이런 모습이야말로 엄마가 살아 있음을 보여주는 행위로 이해되었다. 말을 못하는 엄마의 대변자로서, 몸을 움직이지 못하는 엄마의 수족으로서 내가 정당하고 정확하게 엄마의 요구와 뜻을 반영하고 있는가? 나는 엄마가 병실에 계신 열달 동안 이 물음 앞에서 늘 괴로웠다.

여름 내내 엄마는 도토리묵과 손두부, 이 둘로 연명하셨다. 그전까지 엄마는 죽도 입에 대지 않으려 했다. 그러자 의사는 더이상 뭘 먹이지 말라고 했다. 하지만 엄마가 좋아할 뭔가가 있지 않을까 생각한 나는 이것저것을 사와 엄마 입에 대보았다. 그런데 도토리묵과 손두부는 드시는 것이었다. 도토리묵은 수유리 집에 살 때 엄마가 종종 가루를 구해 와 집에서 손수 만드시곤 했다. 특히 내가 도토리묵을 좋아했는데, 엄마가 만든 게 파는 것보다 맛있다고 하면 흐뭇한 표정을 짓곤 하셨다. 그래서인지 엄마는 도토리묵을 보자마자 대뜸 "도토리묵이네! 그거 맛있다!"라고 하셨다. 가늘게 잘라 참기름을 친 양념장에 하나씩 찍어 입에 넣어드리니 쏙 받아드셨다. 도토리묵을 드린 다음에는 손두부를 역시 가늘게 잘라 양념장에 찍어 드렸는데 역시 잘 받아드셨다. 많이 드실 경우 도토리묵 한모와 손두부 한모를 각각 3분의 1가량쯤 드셨다. 도우미들과 다른 환자 가족들은 퍽 신기하게 여겼다. 지금까지 호스피스 병실에서 도토리묵과 손두부로 한달 반을 거뜬히 연명한 사람은 없었을 테니까. 엄마는 씹는 데도 시간이 걸리고 삼키는 데도 시간이 걸려 한끼 식사 봉양에 한시간 반쯤 소요되었다. 허리도 아프고 어깨도 아팠지만 엄마가 음식을 드셔서 더없이 고맙고 감사한 마음뿐이었다. 나는 세상에 태어나 난생처음으로, 엄마가 내가 아기일 때 나를 먹이고 재우느라 얼마나 힘드셨을까 하는 생각을 하게 되었다.

위의 말은 엄마가 바로 이 도토리묵으로 연명하실 무렵 하신 것이다.

이 닦았나?

예.

엄마는 종종 내가 이를 닦았는지 물으셨다. 엄마가 왜 그리 내 이에 관심을 보이시는지 처음에 나는 잘 몰랐다.

어느날 엄마는 내게 "니 이가 많이 희어졌다"라며 웃으셨는데, 기뻐하는 표정이 역력했다. 그리고 언젠가는 이런 말도 하셨다. "니가 이제 이가 많이 들어갔다." 이 말을 하실 때 엄마는 온 얼굴에 흡족함이 가득했다.

나는 엄마의 이 말이 무엇을 뜻하는지 며칠 후에야 비로소 깨닫게 되었다. 30년쯤 전 내가 성균관대 교수로 있을 때 나는 수유리의 부모님 집에 붙어살았다. 그때 엄마가 내게 이런 말을 하신 적이 있다. "니 동생은 이를 교정해주었는데 니는 해주지 못해 마음이 안됐다. 그때 니도 해주는 건데." 나는 씩 웃으며 "엄마 그런 게 뭐 중요해요"

라고 대답했다. 그때나 지금이나 나는 정말 그리 생각하고 있다.

까마득히 잊고 있던 이 일이 불현듯 떠오르면서 나는 엄마가 왜 '네 이가 많이 들어갔다'라는 말을 한 건지 알 수 있었다. 엄마는 내 이를 교정해주지 못한 데 대한 미안함을 지금까지 줄곧 품고 계셨던 듯하다. "니가 이제 이가 많이 들어갔다"라는 말은 바로 그런 마음의 표출일 것이다. 내 이는 예나 지금이나 똑같건만 엄마 눈에는 내 이가 많이 좋아진 것처럼 보여 기쁘셨던 것이다.

내게 이를 닦았는가 자꾸 물으신 이유는 "니 이가 많이 희어졌다"라는 말을 듣고서 홀연 깨닫게 되었다. 나는 어릴 적부터 이가 희지 못했다. 엄마는 한번도 내게 이에 대해 말씀하신 적은 없지만 이 점을 유감으로 여기셨던 모양이다. 그래서 정신이 혼몽한 중에 당신이 평생 바라던 바가 환상 속에서 실현된 모습을 보시게 된 것이 아닌가 한다.

욕심 봐라.
내 묵는 것만 알고 니 배고픈 줄 모른다.

배 안 고픕니더.

북부병원에 계실 때인 6,7월경 엄마는 한달 반 가까이 죽도 드시지 못해, 도토리묵과 손두부로 연명하셨다. 나는 엄마가 이것 말고도 드실 수 있는 게 뭔가 더 있지 않을까 싶어 나대로 궁리를 해 이것저것 준비해 와서 엄마 입에 대보았다. 어떤 것에는 아예 입도 벌리지 않았지만 어떤 것은 입을 벌려 조금 맛을 보셨다.

그런 것 중 새로 주식(主食)의 반열에까지 오른 것은 호랑이콩이다. 호랑이콩은 해콩이 6월경에 나온다. 이 콩은 '울타리콩'이라고도 하는데, 강낭콩보다 좀더 크고 삶으면 파삭파삭한 것이 맛이 있다. 엄마는 아프시기 전에도 입이 짧고 까다로운 편이었다. 나는 엄마가 이 콩은 드시

지 않을까 싶은 생각이 들어, 시장에 가서 이 콩을 한되쯤
사와 물을 많이 넣고는 30분쯤 삶아서 조금 가져가 드려보
았다. 아니나 다를까 엄마는 입을 우물우물거리며 열개 가
까이나 드셨다. 다만 껍질이 목에 걸리시는지 이따금 뱉어
내셨다. 그리고 이렇게 한말씀 하셨다. "쪼께 덜 삶겼다."

나는 그 콩을 가져와 20분쯤 더 삶았다. 그쯤 삶으니
입에서 껍질이 부드럽게 녹았다. 이제 됐다 싶어 병원에
가져가 엄마에게 드리니 이번에는 껍질을 뱉는 일 없이 스
무개 가까이 드셨으며, 심지어는 내가 입에 하나씩 넣어드
리지 않아도 스스로 손으로 집어 입에 넣기까지 했다. 나
는 무슨 큰일을 성공한 것처럼 기뻤다. 이후 엄마의 식사
는 도토리묵이 제일 먼저고, 그다음은 두부고, 그다음은
호랑이콩이고, 맨 끝이 식혜로 정착되었다.

위의 말은 이런 상황에서 하신 것이다. 저녁 7시 반쯤
으로 기억된다.

여서 자고 가라.

가야지예.

안 잘 거거든 고마 가봐라.

'여서'는 '여기서'라는 말이다.

엄마는 이따금 나보고 당신이 누워 계신 병상에 누우라고 하셨는데, 한번은 올라가 옆에 눕기도 했다. 간호사가 보면 뭐라 할 것 같아 오래는 누워 있지 못했지만 엄마는 아주 좋아하시는 눈치였다.

나는 20년 가까이 거의 매주 토요일마다 수유리에 가 부모님과 점심을 함께했는데, 식사 후 늘 나보고 잠시 자고 가라고 말씀하셨다. 엄마 눈에는 늘 내가 피곤하고 잠이 부족해 보였던 것 같다. 후회스럽게도 나는 한번도 엄마 말대로 하지 못했다.

학교에서 오나?

아입니더.
집에서 옵니더.

엄마는 모로 누워 복도를 살피고 있을 때가 많았다. 내가
병실에 들어서 엄마와 눈이 마주치면 엄마는 매번 기뻐하
며 환하게 웃으셨다. 이 세상에 저 미소만큼 반갑고 고운
것이 있을까 하는 생각이 늘 들곤 했다.

혹은 엄마는 누워서 담요를 손으로 이리저리 어루만
지거나 담요를 접어서 개는 시늉을 하고 계실 때가 많았
다. 나는 그런 모습을 복도에서 잠시 물끄러미 쳐다보다가
"엄마, 나 왔어요!" 하고 소리치곤 했는데, 그때마다 이상
하게도 형언하기 어려운 슬픔이 밀려들어왔다. 안방에 앉
아 바느질을 하거나, 헌 바지나 웃옷이나 양말을 깁거나,
이불을 손질하거나, 빨래를 개거나 하던 엄마의 예전 모습

이 생각나서였다. 평생 그런 일을 하셨으니 정신이 혼미한 중에도 그런 몸짓이 나오는 것일 거라 생각이 들어 마음이 슬퍼졌다.

그 옛날 학교에서 돌아왔을 때 엄마는 안방에서 돋보기를 낀 채 이불 홑청을 누비고 계셨다. 눈이 어두워진 엄마는 나보고 바늘에 실을 좀 꿰어달라고 하셨다. 엄마는 이제 이 세상에 계시지 않지만 기억은 시공간 속에 편재해 있다.

집에 가자.

버스 타고 집에 가자.

집이 여서 머나?

내 좀 일으키봐라.

북부병원에 계실 때 하신 말이다. 엄마는 가끔 집에 가자
는 말을 하셨다. 그럴 때의 엄마 모습은 아주 진지하고 심
각했으며 너무도 간절했다. 그럴 때마다 나는 "엄마 오늘
은 늦었으니 여기서 자고 내일 날 밝으면 갑시다" 하고 둘
러댔지만, 엄마의 마음이 느껴져 이루 말할 수 없이 마음
이 안 좋았다.

집은 무엇인가? 모든 존재는 저마다 마땅한 자신의
거소(居所)가 있지 않은가. 그게 '집'일 것이다. 엄마는 문
득문득 병원이 자기가 있어야 할 곳이 아니며 자기가 있어
야 할 곳인 집으로 돌아가야 한다고 생각하셨던 것 같다.
집에는 익숙한 물건들이 있고, 가족이 있고, 기억들이 있

고, 따스함이 있다. 엄마는 이제 그만 그 공간으로 돌아가고 싶어하셨다. 하지만 엄마는 끝내 집으로 돌아가지 못한 채 병원을 전전하다 세상을 하직했다.

주삿바늘
이런 거 다 뽑고
니캉 내캉
여기서 나가자.
즈그가 우얄끼고.

'니캉 내캉'은 '너랑 나랑'이라는 뜻이고, '즈그가 우얄끼
고'는 '저것들이 어찌할 수 있겠나'라는 뜻이다.

역시 북부병원에 계실 때 하신 말이다. 서울에 있는
병원이나 의원 중 호스피스 병실을 운영하는 곳은 서울성
모병원, 여의도성모병원, 은평성모병원, 고려대구로병원,
국립중앙의료원, 서울적십자병원, 동부병원, 서남병원, 서
북병원, 북부병원, 서울의료원, 인성기념의원, 전·진·상
의원, 중앙보훈병원, 원자력병원 등이다. 이 중 엄마가 계
셨던 곳은 서울성모병원, 여의도성모병원, 은평성모병원,
국립중앙의료원, 동부병원, 북부병원이다. 엄마가 계시지

는 않았지만 내가 가서 의사를 만나보거나 입원 예약을 했던 적이 있는 병·의원은 성바오로병원, 서울적십자병원, 서북병원, 전·진·상의원 넷이다. 동부병원, 서남병원, 서북병원, 북부병원은 시립병원이다. 이 중 동부병원과 북부병원에서는 간병통합시스템 비슷한 것이 시행되고 있는데 한 병실당 네명의 완화의료도우미가 배속되어 하루 3교대 8시간 근무를 한다.

호스피스 병실은 어느 병원이나 비슷할 거라 생각하기 쉽다. 물론 그 운영방식이나 체제가 엇비슷해 겉으로 볼 때는 비슷하게 돌아가는 것 같다. 하지만 환자와 가족의 입장에서 보면 병원마다 상당한 차이가 피부로 느껴졌다. 겪어보니 병원의 시설이 낡았는가 최신식인가는 크게 중요하지 않았다.

동부병원의 호스피스 병실은 엄마가 계셨던 호스피스 병실 중 가장 남루했지만 병동 전체에 인간적인 따스함이 감돌았다. 내가 판단하기에 그것은 병원의 체제나 운영방식과 관련된 것이 아니며(병원의 체제나 운영방식이 중요하지 않다는 말은 아니다. 그것은 그것대로 더 나은 방향으로 개선될 필요가 있다), 전적으로 의사의 태도와 자세에 기인하는 것이었다. 엄마의 주치의였던 배근주 의사는 여느 의사와 달리 하루에 한번만 회진 돌고 마는 것이 아니었다. 늘 친절하고 자상하게 환자의 상태를 살피며, 환자에게 도움

을 주고자 했다. 환자 가족들에게도 아주 격의 없이 대해
주었다. 어느날 오후 나는 배근주 의사가 30분이나 쪼그리
고 앉아 혼자서 엄마 맞은편 병상의 환자 배에 찬 물을 뽑
는 것을 봤다. 간호사 한명이 오가며 보조를 하고 있었지
만 거의 혼자서 그러고 있었다. 나는 의사의 태도에 큰 감
동을 받았으며 경외감을 품게 되었다.

배근주 의사는 엄마 약을 늘릴 때나 줄일 때도 꼭 내
게 알려주거나 내 의견을 물어보았다. 엄마는 인지장애
와 수면장애 때문에 세로켈이라는 약을 점심과 저녁 두차
례 나누어 복용했는데 의사는 엄마가 이삼일에 한번꼴로
밤에 잠을 주무시지 않고 중얼중얼거리시니 약을 증량하
고 싶다며 내 의견을 물어보았다. 인지장애 환자는 대개
2~3일에 하루는 그런 현상을 보이곤 한다. 뇌의 문제다.
이 경우 약을 강하게 쓰면 잠은 재울 수 있을지 모르나 환
자는 24시간 축 늘어져 거의 식물인간처럼 지내게 된다.
나는 그런 환자들을 엄마가 거쳐온 병원들에서 많이 보아
온 터였다. 엄마 역시 다른 병원에 있을 때 약에 취해 먹지
도 마시지도 못한 채 곧 돌아가실 듯하게 된 적이 있다. 나
는 의사에게 그때의 경험을 말하며, 엄마가 밤에 잠을 안
자고 혼자 중얼거리는 증상이 그리 심한 편이 아니라면,
그리고 도우미나 다른 환자에게 큰 폐를 끼칠 정도가 아니
라면 꼭 약으로 해결하려고 하기보다 그냥 엄마에게 맡겨

넘어가는 것이 좋지 않겠느냐고 대답했다. 약을 더 세게 하면 결국 엄마는 약에 취해 음식도 먹지 못하고 밤낮으로 잠만 잘 것이며, 그러면 금방 상태가 나빠져 위험해질 것이 분명했다. 엄마는 낮에는 맑고 초롱초롱한 눈으로 다른 병상의 환자들과 병실에 오가는 사람들을 끊임없이 관찰했으며, 맥락이 닿지 않는 말을 할 때도 있지만 때때로 한두마디 간결한 언어로 자신의 감정과 생각을 정확하게 표현하시곤 했다.

만일 엄마에게 선택권이 있다면 약의 증량과 현상 유지 가운데 어느 쪽을 원하실까? 당시 내 판단의 근거는 오로지 이 물음에 있었다. 엄마를 위하는 길과 우리를 위하는 길이 합치될 수도 있고 안 될 수도 있지만 엄마를 위하는 길이 어느 쪽인지가 판단의 최종 근거가 되어야 한다는 것이 당시 나의 생각이었다.

배근주 의사는 내 생각을 존중했으며 내 말에 따라주었다. 일주일 후 의사는 내게 이렇게 말했다.

"그동안 관찰해보니 며칠에 한번 밤에 안 주무시기는 해도 양상이 그리 심한 것은 아니고 순한 편이라 그때만 넘어가면 되니 약을 늘리지 않기로 했습니다. 약을 늘리면 아무래도 또다른 부작용이 있으니까요."

그리고 또 이런 말도 했다.

"이전 병원에 있을 때 가려움증 약을 처방받아 여기서

도 계속 그 약을 드리고 있는데 이제 그 약을 끊으면 어떨까 해요. 가려움증이 치매 때문일 수도 있다고 보는데, 만일 그렇다면 이 약이 오히려 치매를 악화시킬 수도 있거든요."

나는 의사의 판단에 따르겠다며 감사를 표했다.

배근주 의사의 이런 지혜롭고 자상하며 책임감 있는 돌봄으로 인해 동부병원에 있을 때 엄마는 대체로 좋은 상태를 유지했으며, 가족들도 행복했다. 비록 병상에 누워 혼자서 움직일 수도 없는 처지지만 엄마가 일상의 생활을 유지하면서 맑은 눈망울로 우리를 쳐다보면 그렇게 흐뭇하고 기쁠 수가 없었다. 때로는 그런 엄마가 '영웅'처럼 생각될 때도 있었다. 죽음과 고통 앞에서 삶을 위해 분투하고 버텨내는 존재야말로 영웅이 아니고 무엇이겠는가. 엄마는 힘들지만 영웅적으로 이겨내고 계신 것이다. 엄마를 통해 나는 병원에서 '죽어가는' 시간조차도 귀중하고 값진 인생의 일부라는 사실을 깨닫게 되었다. 나는 호스피스 병실에서 임종을 맞은 사람을 수십명이나 보았다. 그들은 모두 존엄한 인간으로서 자신의 마지막 삶을 여기서 살다 인생을 마감했다. 아프지 않은 사람의 눈에는 이들이 병실에서 보낸 시간이 의미 없고 하잘것없는 것처럼 보일지 몰라도, 나는 이 시간이 그 자체로 의미 있고 값지며 소중하다고 생각한다. 이 시간은 언젠가 우리 자신의 시간으로 돌아올 것이다.

동부병원에서 북부병원으로 옮긴 후 엄마의 상태는 날이 갈수록 나빠졌다. 처음 열흘 정도는 밥도 잘 드시고 괜찮았는데, 의사가 세로켈의 복용량을 늘리면서부터 엄마는 축 늘어지기 시작하더니 말도 잘 못하고 눈동자도 흐릿해졌으며 먹을 것 앞에서도 입을 꽉 다물었다. 어제의 엄마가 아니었다. 엄마가 얼마나 괴로울까 싶어 나는 안절부절못했으며, 병원 측에 약을 원래대로 돌리는 것이 좋겠다고 말했다. 의사는 내 말을 경청하지 않았으며, 엄마의 상태는 이제 그럴 때가 되어서 그런 것이라는 말만 되풀이했다. 그러면서 이리 말했다.

"말기암 환자 아닙니까? 왜 말기암 환자라고 하는지 아세요? 말기암은 언제든 갑자기 상태가 나빠져 죽을 수 있는 거예요. 그걸 아셔야지요. 우리는 최선을 다하고 있어요. 이제 억지로 뭘 먹이지 마세요. 기도가 막힐 수 있어요."

나는 한번은 의사에게 이리 말한 적이 있다.

"나는 인간의 존엄이 무엇보다 중요하다고 생각합니다. 요양병원으로 가지 않고 굳이 호스피스 병실로 어머니를 모신 것은 어머니의 인간적 존엄을 좀더 지켜드리는 길이라고 여겨서였습니다. 환자 가족의 의견을 경청하지 않고 일방적인 주장만 하는 것은 옳지 않습니다. 엄마가 말기암 환자인 것은 사실이지만 그럼에도 엄마를 위해, 할 수 있는 범위 내에서는 최선을 다하고 싶습니다."

엄마는 북부병원에 계실 때 '병원에서 나가자' '집으로 돌아가자'라는 말을 자주 하셨다. 의식이 혼몽해도 엄마는 자기가 있는 공간이 편한 곳인지 편하지 않은 곳인지 다 아시는 것 같았다. 위의 엄마 말에는 자신의 현재 거소를 마뜩잖아하는 엄마의 마음이 담겨 있지 않나 한다.

공부하다 오나?

예.

엄마는 내가 병실에 들어서면 말없이 환히 웃으실 때가 많
았지만 "학교에서 오나?"라거나 "집에서 오나?"라며 한마
디쯤 말씀하실 때도 있었다. 엄마는 혼몽한 중에도 내가
늘 '학교' 아니면 '집'에 있다고 생각하시는 게 분명했다.
오랜 세월 엄마의 뇌리에 그리 각인된 결과일 것이다.

　　위의 말 또한 그런 맥락에서 나온 것으로 이해된다.
엄마는 내가 늘 공부하고 있는 줄로 알고 계신 것이다.

　　생각해보면 나의 공부는 엄마와 분리가 잘 되지 않는
것 같다. 그것은 나의 엄마가 요즘의 몇몇 부모들처럼 자
식을 극성스레 관리해왔다는 뜻이 아니다. 어린 시절 이래
엄마는 늘 내가 하고 싶어하는 것을 하도록 내버려두었다.
나는 왼손잡이다. 요즘 학생들 중에는 왼손잡이가 많지만

내 세대에는 왼손잡이가 흔치 않다. 그래서 나는 학교를 다니면서 수시로 왼손잡이라는 '지적'을 받아야 했다. 엄마는 내가 유아일 때 왼손을 쓰는 것을 편히 여기는지라 억지로 교정하지 않으셨다고 한다. 초등학교 이래 엄마가 나의 공부에 관여한 기억은 하나도 없다. 놀든 공부하든 내가 크게 잘못하지 않으면 그냥 내가 하는 대로 내버려두었다. 하지만 엄마가 근심과 걱정으로 내 공부길을 평생 지켜보셨다는 사실을 확연히 깨닫게 된 것은 오십의 나이가 훌쩍 넘어서였다. 아둔함의 소치다. 그때서야 비로소 나는 엄마의 삶과 나의 공부가 분리되지 않는다는 것을 알게 되었다. 엄마는 늘 근심스러운 마음으로 나를 지켜보며 내가 공부 때문에 몸을 상하지는 않을까 걱정하셨던 것이다. 나의 평생 공부의 뒷길에는 엄마가 계셨으니, 내가 지금껏 그럭저럭 공부를 하고 있는 것은 엄마의 가호 때문일지 모른다.

나는 엄마의 위의 말을 들었을 때 엄마가 혼몽한 중에도 내 공부를 생각하고 있음이 느껴져 가슴이 먹먹했다. 나는 "예"라고 대답하긴 했지만 기실 그것은 아픈 엄마를 실망시키지 않기 위해 한 말에 지나지 않았다. 엄마가 병원 생활을 시작한 초입에 나는 책을 읽거나 글을 쓰는 시간을 좀 줄이기는 했지만 이전처럼 하려고 노력했다. 하지만 병원에 오가면서 여러가지를 챙기고 신경 써야 했기에 심신이 매우 고단했다. 이러다간 불평스러운 마음이 생길 수도 있겠다 싶었다. 고민 끝에 나는 엄마가 살아 계시는 동안 공부를 안 하기로 결심했다. 여태껏 공부를 쉬어 본 적이 없는데 생전 처음으로 공부를 손에서 놓게 된 것이다.

내가 이런 결정을 내린 것은 그래야 불평지심 없이 엄마에게 전념할 수 있다고 판단해서다. 그리고 이런 판단을 별 주저 없이 내릴 수 있었던 것은 그동안 엄마의 존재로 인해 내가 공부를 할 수 있었다는 데 대한 감사의 마음과 미안한 마음, 이 두 마음이 그새 내 속에 껑충 자라나 있어서였다.

따뜻한 돼지국밥이나 한그릇
묵었으면 좋겠다.

부모님은 2017년 1월, 45년간 사시던 수유리 집을 떠나 삼
각지 국방부 옆의 실버타운으로 거처를 옮겼다. 그리고 이
해 10월, 서울대병원에서 말기암 판정을 받았다. 하지만
2018년 추석 차례를 지낼 때까지만 해도 엄마는 걸어다니
셨으며 대화를 하는 데도 어려움이 없으셨다. 그런데 10월
이후 상태가 급격히 나빠져 보행이 어려워졌으며 인지장
애 증상이 아주 심해지셨다.

　　나는 토요일이면 부모님과 실버타운 인근의 음식점에
가 함께 점심을 들곤 했다. 가끔 가는 음식점 중에 순댓국
집이 있었다. 엄마는 혹시 그 집에서 함께 먹은 순댓국을
떠올리신 게 아닐까. 엄마가 이 말을 하신 날은 종일 아무
것도 드시지 않은 날이었다. 허공을 향한 엄마의 나직하고
갑작스러운 이 말에 나는 가슴이 저렸다.

고마 죽어야 할낀데.

작년 추석 이후 몸이 점점 나빠지기 시작하면서 엄마는 자
주 "내년 꽃 필 때 고마 갈끼다"라는 말을 입버릇처럼 하셨
다. 그래서 올해 봄에 돌아가시려나 싶어 애를 태웠다.

　위의 말은 올 초봄 국립의료원에 계실 때 하셨다. 새
로 돋아난 푸른 잎들과 화사한 꽃들이 병원 창밖에서 봄을
알리고 있었다.

거 앉아라.

예.

'거'는 '거기'라는 뜻이다. 엄마는 내가 병실에 오래 서 있
으면 얼굴로 병상 곁의 의자를 가리키며 이렇게 말씀하시
곤 했다. 엄마가 어쩌다 하시는 이런 한마디 말을 통해 나
는 엄마와 깊은 소통을 하고 있다는 느낌을 받았다. 엄마
는 말을 잘 못하시지만 여전히 세상을 관찰하셨고 나를 지
켜보고 계셨다.

　말이 없다고 소통이 안 되는 것은 아니다. 엄마는 상
태가 안 좋으신 날은 한마디도 하지 않으시기도 했다. 하
지만 그런 날에도 나를 한참 쳐다보시거나 오랫동안 물끄
러미 바라보실 때가 많았다. 그러면 나 역시 눈도 깜박거
리지 않은 채 엄마 눈을 한동안 바라보았는데 마음이 슬퍼
지면서도 엄마 눈이 참 맑구나 생각하곤 했다.

수건 저 있네.

'저'는 '저기'라는 말이다. 호스피스 병실의 환자들은 면역력이 약해 감염되기 쉬우므로 외부인들은 병실에 들어서면 먼저 세면대에서 손을 씻어야 한다. 그래서 나는 늘 "엄마! 나 왔어요"라고 인사한 후 손부터 깨끗이 씻었다. 손을 다 씻고 돌아서면 엄마는 언제나 병상의 좌우를 살피며 "수건 저 있네"라거나 "저기 수건 있네. 손 닦아라"라고 말씀하셨다. 대개 엄마가 턱으로 가리키는 쪽에 정말 수건이 있었다.

　10개월 동안 호스피스 병실에서 온갖 환자를 봤지만 엄마 같은 환자는 보지 못했다. 엄마는 주무시거나 상태가 안 좋아 눈을 뜨지 못할 때를 제외하곤 매번 이 말을 하셨다. 엄마가 누운 채 눈을 크게 뜨고 두리번거리며 수건이 어디 있는지 급히 살피는 모습을 목도할 때마다 나는 행복했다. 엄마가 살아 계시다는 느낌, 엄마는 여전히 자신이 할 수 있는 '의미 있는' 일을 하고 계신다는 느낌, 그리고 엄마와 내가 '지금' '여기' 함께 있다는 느낌 때문이었다.

내가 엄마의 이 말을 마지막으로 들은 것은 2019년 10월 초 은평성모병원에 있을 때다. 엄마는 그때 갑자기 상태가 나빠져 하루가 다르게 위중해져갔다. 죽음이 목전에 와 있음이 느껴졌다. 그래서 엄마가 그동안 가장 편히 여기시던 공간인 여의도성모병원으로 10월 14일 급히 옮겼다. 옮긴 지 열흘 만에 엄마는 세상을 버렸다. 여의도성모병원으로 옮겼을 때 엄마는 거의 반혼수상태였으며, 얼마 있지 않아 혼수상태에 빠졌다. 그래서 어떤 말도 하지 못하셨다.

그러므로 엄마는 열달간 병원에 계시면서 말을 할 수 있는 경계의 끝까지 이 말을 줄곧 하신 셈이다.

춥다.
옷 더 입어라.

예.

5월 초, 동부병원에 계실 때 하신 말이다. 내가 입은 옷이
춥게 보였던 모양이다. 병상에 누워 불편과 고통 속에 나
날을 보내고 계셨지만 엄마는 바깥 세계와 가족에 대한 관
심을 끝까지 놓지 않으셨다.

옷 좋네.
잘 샀다.

동부병원에 계시던 5월 30일 하신 말이다. 그날 학교에서
수업을 마치고 오후에 병원에 도착했다. 엄마는 내가 입은
양복을 손으로 만져보시더니 흐뭇한 표정으로 이리 말씀
하셨다.

　마침 이날 아버지가 그동안 그린 엄마의 병상 모습 그
림들이 병동 4층 테라스 정원에 전시되었다. 그래서 옷을
좀 신경 써서 입고 가기는 했다. 엄마는 여느 때에 내가 입
은 옷에 대해 평을 하신 적이 없다. 나는 엄마가 아파도 자
식은 귀신같이 살펴보고 계시는구나 싶었다.

　완화의료도우미들은 여건상 환자에 대해 깊은 관심을
갖기 어렵다. 그러니 엄마가 동이 닿지 않는 이런저런 말
을 이따금 해대는 게 불편했을 터이다.(도우미들에게는 아무
말도 하지 않는 환자가 제일 편할 듯했다.) 존재관련이 없어서

다. 하지만 나에게 엄마의 말은 깊고 생기 넘치며 반짝거리는 '의미'를 담고 있는 것으로 다가올 때가 많았다. 물론 엄마의 어떤 말들은 두서도 없고 맥락도 없어 그 의미를 해독하기 어려운 경우가 적지 않았다. 하지만 엄마의 말에는 상징, 은유, 환유에 해당하는 것이 많았다. 그뿐만 아니라 생각과 감정을 표현하는 방식이 일반 사람과 달라 아날로지(analogy)나 상동성(相同性)을 이용해 의미를 전달하는 듯이 느껴질 때가 많았다. 그런 경우 단어를 축자적으로 해석해서는 안 되며 말의 뉘앙스라든가 말이 발화된 배경 내지 동기라든가 의식의 심층을 곱씹어보지 않으면 아니되었다. 요컨대 해석의 문제가 개입되는 것이다.

그러니 엄마가 옷에 대해 한 이 말은 기실 옷 자체에 대한 관심의 표명이 아니라 나에 대한 엄마의 관심과 사랑의 은유로 읽어야 하지 않을까 싶다.

춥다.
목도리 하고 다니라.

나를 보는 엄마의 시선, '근심'과 '걱정'의 시선이 느껴지
는 말이다. 근심과 걱정은 엄마가 아프시기 전에도 늘 갖
고 계시던 것이지만 병원에 계시면서 더 커지고 더 뚜렷해
진 듯하다. 생활과 의식이 극도로 제한되고 단순화된 결과
일 것이다. 그래서 엄마의 눈에는 초로의 노인인 내가 더
욱 '아이'로 보인 듯하다.

이게 올해 마지막 눈인갑다.

국립의료원에 계실 때인 1월에 하신 말이다. 당시 창밖에 을씨년스럽게 눈이 뿌리고 있었다. 엄마는 내리는 눈을 물끄러미 보시더니 이리 말씀하셨다. 나는 '마지막'이라는 말에 문득 가슴이 저며왔다. '엄마가 이생에서 마지막 보는 눈'이라는 의미로 다가왔기 때문이다. 이 말을 들을 당시의 불길한 예감대로 엄마에게는 이 눈이 정말 이생에서 마지막 보는 눈이 되고 말았다. 엄마는 다시 겨울을 맞지 못하고 늦가을 단풍이 고울 때 돌아가셨으므로.

여 너무 썰렁하다.

꽃 하나 갖다놔라.

예.

1월 하순 국립의료원에 계실 때 형님에게 하신 말이다. '여'는 '여기'라는 뜻이다. 엄마는 병실이 너무 썰렁하다고 느끼셨는지 형님에게 병실에 꽃을 하나 갖다놓으라고 하신 것이다.

이후 엄마의 병실에는 늘 화분이 있었다. 하나도 아니고 두어개가 있었던 것으로 기억된다. 당시 내 집에는 몇십년 키운 백매와 홍매 두어분(盆)이 한창 꽃을 피우고 있었다. 나는 홍매 가지를 하나 꺾어 병실로 가져가 병에 꽂아놓았다. 엄마가 매화 향을 좋아해서다.

마산에 연락해

느그 아버지

빨리 올라오라고 전해라.

1월 21일 국립의료원에 계실 때 하신 말이다. 이때 엄마는 상태가 안 좋아지시기 시작했는데 섬망이 심해져 두서없는 말을 하실 때가 많았다. 그리고 아버지를 많이 찾으셨다.

당시 아버지는 삼각지 집에 계셨지만 엄마는 아버지가 마산 집에 계신 줄로 알고 이리 말씀하셨다. 인지장애로 시공간의 기억에 착란이 생겼기 때문일 것이다. '마산 집'이란 옛날 마산 월영동에 있던 아버지 본가를 말한다. 엄마는 함안에서 시집와 이 집에서 시집살이를 시작하셨다.

엄마의 이 말씀에는 다음과 같은 엄마의 두가지 중대한 인식이 담겨 있다. 하나는 아버지가 멀리 떨어져 있다는 인식이고, 다른 하나는 지금 사태가 대단히 엄중하니 빨리 아버지가 엄마에게 와야 한다는 인식이다. 시공간의 착란은 중요한 게 아니다. 중요한 것은 엄마가 발신하려는 메시지다.

엄마는 당시 왜 이런 말을 하신 걸까? 아마 엄마 스스로 자신이 매우 위험한 지경에 있어 얼마 견디지 못할 것 같다고 여긴 때문이 아닌가 한다.

똥 버리러 가나?
예삿일이 아이다.

엄마는 집에 계실 때인 작년 10월 중순부터 걸을 수 없게
되었으며 침대에 누워 지내셨다. 그래서 기저귀를 채워 대
소변을 받아내야 했다.

　여의도성모병원에 계시던 9월 무렵 하신 말이다. 형
님이 새 기저귀를 갈아 채워드린 후 이전 기저귀를 밖에
버리러 가자 얼굴을 찡그리며 이리 말씀하셨다. "예삿일이
아이다." 이 말을 통해 엄마가 비록 육신을 마음대로 움직
이지 못하고 의식도 혼몽한 상태지만 자기 자신의 현상태
를 엄중히 인식하고 있었으며, 자식들에게 미안해하고 있
었다는 것을 알 수 있다. 엄마 허벅지와 팔다리는 이제 뼈
에 거죽만 붙어 고목나무처럼 앙상했다.

무슨 병이 그리 많노.

전다지 아픈 사람이다.

골치 아프다.

동부병원에 계실 때 하신 말이다. 엄마는 같은 병실에 있던 다른 환자들을 늘 주시하셨다. 몸 상태가 안 좋아 눈을 감고 있을 때를 제외하곤 거의 항상 다른 환자들을 관찰하셨다. 엄마의 이런 행동은 참 특이하게 보였다. 나도 길을 가거나 지하철을 타고 가거나 할 때 사람들을 이리저리 관찰하는 버릇이 있다. 나의 이 버릇이 혹 엄마에게서 유래한 게 아닐까 하는 생각을 그래서 해보게 됐다.

엄마는 여러 병원을 전전하셨기에 많은 환자를 접한 편이다. 호스피스 병실에는 같이 있던 환자가 죽어나가고 새 환자가 다시 들어오는 일이 다반사다. 그래서 엄마가 새 병원으로 옮길 때마다 나는 엄마가 이 병실을 살아서 나가실 수 있을까 하는 생각부터 하곤 했다. 그런데 놀랍게도 엄마는 다섯번이나 살아서 병실을 나오셨다. 3월 초 국립의료원에서 나올 때 나는 수간호사에게 "엄마가 다시 이곳에 오실 수 있을까요?"라고 물었다. 간호사는 고개를 가로저었다. 곧 돌아가실 거라는 뜻이었다. 하기야 당시 엄마는 페리돌 주사와 수면제 주사에 취해 식물인간 비슷한 상태에 있었으니까. 그런데 여의도성모병원으로 옮긴 후 엄마는 상태가 호전되어 그후 여섯달을 더 우리와 함께 하셨다.

　　호스피스 병실에는 엄마처럼 나이 든 분만이 아니라 10대, 20대, 30대의 젊은 분도 간혹 계셨다. 심지어 나는 어린아이도 본 적이 있다. 엄마는 호스피스 병실에서 온갖 병의 환자들을 접하면서 '이 세상에 무슨 병이 이리 많을꼬, 젊으나 늙으나 모두 아픈 사람이다'라는 생각을 하시게 된 듯하다. 죽어가는 엄마의, 생과 세계에 대한 인식이다. 마지막의 '골치 아프다'라는 말은 '너무 괴롭다'라는 정도의 의미를 갖는 것으로 여겨진다. 엄마는 이 말을 종종 단독으로도 발화하셨다.

27

저 할마시는

코에 뭘 하고

늘 누워 있다.

'할마시'는 '할머니'의 방언이다. 북부병원에 계실 때 엄마
의 병상과 대각선 방향의 병상에 누워 계신 할머니를 보고
하신 말이다. 체구가 크신 이 할머니는 딸만 일곱인데, 말
기암에다 인지장애가 심하셨다. 처음 봤을 때는 밤낮으로
크게 신음소리를 냈으나 보름쯤 지나자 간헐적으로 가늘
게 신음소리를 냈다. 식사도 못하고 수면제와 진통제만 맞
아 힘이 쉬 소진된 탓이다. 그러던 어느날 보니 코에 산소
흡입기를 부착하고 있었다. 몸의 상태가 나빠져 산소가 부
족해져서일 것이다.

　　호스피스 병실의 환자는 식사를 하는가의 여부에 따
라 등급이 갈리고, 코에 산소흡입기를 달았는가의 여부에
따라 다시 등급이 갈린다. 식사를 하는 환자는 상등급이

다. 식사를 하려면 상당한 힘이 요구된다. 씹고, 삼키고, 소화시키기 위해서는 체력이 있어야 하기 때문이다. 체력이 상실되면 먹고 싶어도 먹을 수 없게 된다. 식사를 하지 못하면 대개 좀 지나 코에 산소흡입기를 달게 된다. 산소흡입기를 달면 이제 죽음이 얼마 남지 않았다고 보면 된다. 엄마도 산소흡입기를 단 지 9일 만에 돌아가셨다.

엄마는 자신과 나이가 비슷한 건너편의 이 할머니를 늘 유심히 살펴보시는 것 같았다. 엄마가 이 말을 하셨을 때 이 할머니는 혼수상태에 있었다. 그러니 엄마의 이 말에는 이전과 달리 아무 기척도 소리도 없는 이 할머니에 대한 엄마의 걱정이 담겨 있다고 생각된다.

저 앞에 누워 있는
아가씨
진땀을 흘린다.
니가 가서 좀 닦아줘라.

북부병원에 계실 때 엄마 맞은편 병상에는 젊은 여성이 있었다. 이분은 오래 식사를 못해 반혼수상태에 있었으며 이따금 얕은 신음소리를 냈다. 얕은 신음소리에서는 큰 신음소리에서와는 또다른 애련함을 느끼게 된다. 큰 신음소리를 낼 수도 없을 만큼 힘이 소진되어버린 인간이 발하는 고통의 소리이기 때문이다.

당시 엄마는 얕은 신음소리를 내는 이 여성을 유심히 보고 있다가 내게 이리 말씀하셨다. 하지만 아무리 봐도 내 눈에는 진땀이 보이지 않았다. 그런데 엄마의 눈에는 이 여성의 진땀이 보이는 모양이었다.

젊으나 늙으나
전다지 아프다.
저 앞에는
어제 나가고
오늘 새로 왔다.
웃긴다꼬.

호스피스 병실에는 며칠에 한번꼴로 있던 사람이 나가고
새 사람이 들어온다. 있던 사람이 나가는 일은 기한이 되
어 다른 병원의 호스피스 병실로 옮기는 경우도 있지만 죽
음이 임박해 임종실로 옮기는 경우가 대부분이다. 임종실
로 옮기면 보통 하루나 이틀 만에 숨을 거둔다.

당시 엄마의 맞은편 병상에 있던 분이 세상을 뜨고 다
른 분이 새로 왔다. 이분은 많아야 30대 중반쯤 되어 보였
다. 얼굴이 파리하고 몸이 장작처럼 말랐으며 말을 한마디
도 못했다. 남편이 저녁마다 와서 간병을 했는데, 아내는

힘없는 눈으로 남편을 멀뚱히 바라볼 뿐이었다.

호스피스 병실의 환자들을 대하면 존재의 운명에 대한 우울한 상념에 빠지지 않을 수 없다. 엄마는 석가모니의 이른바 '생-로-병-사'에 해당할지 모르나 새로 온 이 젊은 여성은 '생-병-사'라고 해야 옳을 듯하다. '생로병사'든 '생병사'든 웃기는 일이기는 매일반이다. 왜 태어나고 왜 늙고 왜 병들고 왜 고통받고 왜 죽는가? 신의 희롱인가? 존재 스스로의 운명인가? 엄마의 말 맨끝의 '웃긴다꼬'라는 단어가 자꾸 귓가를 맴돈다.

30

돈 있나?

있습니더.

용돈 좀 주까?

엄마는 아프시기 전에도 이따금 내게 용돈을 주시곤 했다. 그런데 작년 10월 초순, 그러니까 엄마가 걷지 못하고 혼 몽해지시기 바로 직전의 일이다. 내가 삼각지의 실버타운 에 들렀다가 나올 때 엄마는 현관까지 따라 나와 봉투 하 나를 내 손에 꼭 쥐여주셨다. 내가 한사코 받지 않으려 하 자 엄마는 거의 울상이 되셨다. 나는 그 순간 엄마의 이 행 동에 뭔가 특별한 의미가 있다는 생각이 들었다. 그래서 "엄마, 고맙습니다. 잘 쓰겠습니다" 하며 봉투를 받았다. 나중에 아버지에게 들은 말인데 이 돈은 엄마가 비상용으 로 늘 호주머니에 넣고 다니던 것이라고 한다. 그러고 나서 얼마 후 엄마는 이전의 삶과는 완전히 다른 삶을 사시게 되었다. 엄마는 왜 당시 내게 이 돈을 꼭 쥐여주신 것일까. 곧 닥칠 운명을 예감하셔서일까.

엄마는 동부병원에 계실 때 위의 말을 하셨다. 뭐든 내게 주고 싶은 마음이 드셔서였을 것이다.

31

아줌마!

아줌마!

여기 밥 하나 더 줘요!

니 여기서

밥 묵고 가라.

엄마, 괜찮습니더.

북부병원에 계실 때 하신 말이다. 저녁밥은 5시 반경 나온다. 당시 엄마는 병원에서 주는 밥을 입에 대지조차 않으셨으며, 내가 따로 준비해 간, 보기에 따라서는 좀 이상한 것들로 연명하고 계셨다. 호랑이콩, 도토리묵, 손두부, 수제 식혜 같은 것들이었다.

　엄마의 말 중 '아줌마'는 식판을 나르는 나이가 제법 든 여성분을 가리켜 하신 말이다. 엄마는 자신에게 제공하는 식판 말고 식판을 하나 더 달라고 청했다. 엄마가 '아줌마'에게 말씀하실 때의 어조는 아주 다급했다. 특히 '아줌마, 아줌마'라는 두 단어는 평소의 아프고 혼몽한 엄마 같지 않게 빠르고 높은 톤이었다. 자식을 위하는 마음 때문이었을 것이다.

아!
조금 늦었다.
조금 일찍 왔으면
여기서 밥 묵었을낀데.

엄마는 늘 내 끼니에 신경을 쓰셨다. 이날은 내가 저녁 6시 조금 넘어 병실에 도착했다. 그래서 안타까운 마음에 이런 말을 하신 것이다.

야물딱지게 생겼다.
거기 의자에 앉아요.

바나나 좀
드리라.

예.

동부병원에 계실 때 하신 말이다. '야물딱지게'는 '야무지
게'의 방언이다. 자원봉사자가 엄마에게 다가와 인사하자
이리 말씀하셨다. 엄마는 창가의 의자를 손으로 가리키며
거기 앉으라고 권하셨으며 먹고 있던 바나나를 저분에게
도 좀 드리라고 하셨다. 엄마는 이분에게 우호의 감정을
느끼셨던 것 같다.

당신은
비 오는데
우산 쓰고 혼자
어디 다니셨소?

3월 중순 여의도성모병원에 계실 때 아버지에게 하신 말
이다. 엄마는 아주 또렷한 어조로 이 말을 하셨다. 수년 전
아프시지 않을 때의 목소리와 꼭 같아 나는 깜짝 놀랐다.
엄마는 3월 6일 국립의료원에서 여의도성모병원으로 옮겨
왔다. 그사이 한달 가까이 엄마는 제대로 말을 하지 못하
셨다. 그러니 이 말을 듣고 얼마나 기뻤는지 모른다. 불현
듯 엄마가 암 판정을 받은 이후의 일들이 주마등처럼 머릿
속에 스쳐 지나갔다.

  엄마가 서울대병원 비뇨기과에서 말기암 판정을 받은
것은 2017년 10월이다. 의사는, 서울대병원이 해줄 수 있
는 일이 없다, 앞으로 급한 일이 많이 생길 텐데 그때마다

허겁지겁 병원 응급실을 찾으니 지금부터 좋은 요양병원을 알아봐 그리로 모시라고 했다. 우리 가족은 심각한 고민에 빠졌지만 의사의 충고에 따르지 않았다. 아직 엄마가 정신이 멀쩡한데 요양병원으로 모시는 것은 가당한 일이 아니라고 본 것이다. 엄마를 요양병원에 맡기면 우리는 혹 편할지 모른다. 하지만 엄마는 그 낯선 공간에서 얼마나 두렵고 외롭고 슬프겠는가. 이런 생각을 하고 또 하면서 요양병원에 대한 고려를 일단 접었다. 다행히 엄마는 다음 해 추석 무렵까지 큰 불편 없이 집에서 자립적으로 생활하셨다. 그리고 10월 8일 집에서 꽤 떨어져 있는 계림미용실(동네 아주머니와 할머니들이 주로 이용하는, 60대의 미용사 한 분이 운영하는 1980년대식 미용실이다)까지 혼자 가 파마를 하고 오셨다. 내 기억으로는 이것이 엄마의 마지막 미용실 출입이다. 지금도 계림미용실 부근을 지나면 거기 앉아 파마하고 계시던 엄마 모습이 환히 떠오른다. 당시 나는 삼각지의 실버타운에 들렀다가 엄마가 미용실에 가셨다는 말을 듣고 그곳으로 찾아가 엄마의 파마가 끝나기를 기다렸다가 엄마 손을 잡고 실버타운으로 돌아왔었다.

엄마는 10월 10일 오전 극심한 요통이 와 실버타운 부속 의원에서 진통제를 맞았으나 효력이 없었다. 그래서 119 구급차를 불러 보라매병원으로 가 응급조처를 했다.

엄마는 이날 오후 집으로 돌아오셨는데 갈수록 섬망

증상이 심해지고 방광암의 진행 양상이 나빠져갔다. 이전에 한번도 겪어보지 못한 사태였다. 그래서 모두들 당황해 어쩔 줄 몰라 했다.

이런 경우 보통은 요양병원을 택하는 것이 일반적인 듯했다. 요양병원은 집에서 가까운 곳을 택하는 것이 중요하다고 했다. 알아보니 요양병원도 천차만별이었다. 등급도 나뉘어 있어 1등급 병원이 있는가 하면 2등급, 3등급 병원도 있었다. 엄마는 이제 정신이 흐릿해질 때가 전보다 많아졌지만 그럼에도 아직 의식과 자의식이 있었다. 대소변을 가리지 못하게 된 것을 몹시 부끄러워하셨으며 자신의 처지를 몹시 슬퍼하셨다. 그리고 예전에 참 좋은 때가 많았다는 말을 자주 하시면서 그 시절을 회억(回憶)하곤 하셨다. 그리고 주무시다가도 "여보! 여보!" 하며 아버지를 자주 찾으셨다.

우리 가족은 여전히 요양병원으로 모시는 데 대한 거부감이 있었다. 하지만 엄마의 상태는 이제 아버지가 곁에서 혼자 수발할 수 있는 범위를 넘어서버렸다. 그래서 전일(全日) 재택 간병인, 즉 재가요양보호사의 도움을 받기로 했다. 그리고 노인장기요양보험을 신청해 등급 판정을 받았다. 그리하여 엄마를 위해 환자용 침대를 비롯한 여러 의료용 보조 기구들을 집에 들여놓았다. 그럼에도 엄마의 상태는 갈수록 심각해져 간병인의 도움만으로 되는 문제가 아니라는 사실을 깨닫게 되는 데 그리 오랜 시간이 걸리지 않았다. 하지만 엄마를 요양병원으로 모시는 데 대한 거부감은 여전했다. 아버지도 엄마 수발이 너무 괴로울 땐 "아무래도 요양병원으로 모시는 게 좋겠다"라고 하셨다가 다음날이 되면 다시 "느그 엄마가 정신이 없는 중에도 나를 자꾸 찾는데 우에 요양병원으로 보내겠나"라고 하셨다.

또다른 선택지를 이리저리 알아보던 중 나는 말기암 환자의 연명치료는 하지 않되 그 고통을 완화하면서 존엄한 죽음을 맞이하는 것을 돕는 의료체계로서 '호스피스 완화의료'라는 것이 있다는 사실을 알게 되었다. 호스피스 완화의료 행위는 모든 병원에서 하는 것이 아니라 일부 병원에서만 시행하고 있었다. 그중 서울성모병원은 우리나라에서 호스피스 완화의료를 제일 먼저 시작한 곳으로 유명했다. 게다가 서울성모병원은 호스피스 병동을 운영하는 다른 병원들과 달리 '입원형 호스피스' 외에 재택 간호를 지원하는 체계를 갖추고 있었다. 이른바 '가정형 호스피스'다. 이 제도는 매주 한번 간호사가 집으로 와 환자의 상태를 확인하며, 의사도 정기적으로 방문해 환자의 상태를 점검해 약을 처방해주게 되어 있다. 하지만 서울성모병원의 이 제도를 이용하기 위해서는 일단 한번 입원을 해야 했다. 그래서 엄마는 10월 26일 서울성모병원의 호스피스 완화의료 병동에 입원해 이런저런 검사와 처치를 받고 같은 달 31일 퇴원하셨다.

이제 갈피가 좀 잡히는 기분이었다. 우리 가족은 일단 이 시스템으로 가면 되겠구나 생각하고 안도했다. 하지만 엄마의 치매(이하 '치매'라는 말을 쓰지 않고 '인지장애'라든가 '인지저하증'이라는 말을 쓰기로 한다)는 갈수록 심해져갔다. 나는 동생과 함께 일주일 혹은 이주일에 한번꼴로 서울성모병원의 담당의를 방문해 엄마의 상태를 말하며 인지장애가 점점 심해지는데 개선 방안이 혹 없는지 물었다. 이 의사는 대체로 무뚝뚝하고 사무적이었다. 이 병원에서는 엄마의 인지장애에 페리돌이라는 약을 쓰고 있었다. 이 약의 용량을 늘리니 엄마에게 이상한 부작용이 나타나기 시작했다. 팔을 부르르 떨며 심한 경련을 일으킨다든가 호흡이 불안정해지는 현상이 그것이었다. 정신적 불안정과 혼돈이 거꾸로 더 심해지는 경향을 보이기도 했다. 알아보니 페리돌이라는 약은 부작용이 많고 노인에게 쓸 경우 급사를 야기할 수도 있는 약이었다. 말기암 환자니 급사쯤은 해도 그만이라고 생각한다면 혹 모르지만, 말기암 환자라도 살아 있는 한 최대한 살아내도록 도와주어야 하며, 죽음을 맞이할 때까지 삶의 불편과 어려움을 가능한 줄여주도록 노력하는 것이 곁에 있는 인간의 도리라고 생각하면 이 약을 계속 쓰는 데 신경이 곤두서지 않을 수 없다.

마침 나의 인척 중에 대학병원 정신과 교수가 한분 계

섰다. 나는 이분에게 전화로 엄마의 상태를 말하면서 페리돌이라는 약에 대해 물어보았다. 이분은 그 약은 예전에는 썼는데 부작용이 심하다는 게 알려져 지금은 정신과에서는 잘 처방하지 않는다, 엄마와 같은 증상에 쓸 수 있는 다른 약이 여럿 있으니 담당 의사에게 정신과에 협진을 해달라고 요청해라, 가정의학과나 내과에서는 이런 약을 잘 모르고, 게다가 엄마 같은 경우는 말기암이라 몸이 아주 쇠약하니 같은 약이라도 환자의 몸과 상태에 맞게 약의 용량을 아주 섬세하게 잘 조절해야 한다, 그래서 약을 조금 늘려봤다가 반응을 봐서 아니다 싶으면 양을 줄이는 식으로 가감을 잘 하는 게 아주 중요하다는 등의 말을 했다.

나는 담당의를 찾아가 지금 약이 음식 삼키는 것을 어렵게 해 몸 상태를 더 나빠지게 하는 듯한데 혹시 다른 약을 써볼 수는 없는지 물었다. 그러자 이 의사는 짜증스럽다는 듯 '치매에 약이 없는 줄 잘 알지 않느냐? 그런 약이 있으면 알아 와봐달라'라고 말했다. 나는 이 의사의 위세에 눌려 정신과에 협진을 요청해달라는 말은 미처 꺼내지도 못한 채 진료실을 나오고 말았다. 동생은 의사의 이런 태도에 혀를 내둘렀다.

서울성모병원이 제공하는 재택 간호 서비스로 끝까지 갈 수 있겠구나 하는 나의 생각은 오래지 않아 잘못된 것으로 판명되었다. 가정형 호스피스를 한 지 두달쯤 지나서인 12월 20일, 엄마는 요도가 막힌 데다 빈혈이 심해 앰뷸런스에 실려 서울성모병원 호스피스 병동으로 입원하게 되었다. 그사이 인지장애도 더 악화되어 있었다. 엄마는 서울성모병원에 다음해 1월 5일까지 계셨다. 여기는 규정상 오래 머물 수 없게 되어 있었다. 보통 열흘 정도 머물다 상태가 좀 개선되면 집으로 다시 돌아가든지 호스피스 병동을 운영하는 다른 병원으로 전원해야 했다. 병원 측에서는 엄마의 상태로 볼 때 집으로 가는 것보다 호스피스 병동을 운영하는 다른 병원으로 옮기는 게 좋겠다고 했다. 그리고 기한을 넘겼으니 빨리 병실을 나가달라는 독촉이 이만저만이 아니었다. 하지만 다른 병원의 호스피스 병동에 자리가 나지 않아 옮길 수가 없었다. 그래서 엄마는 일단 집으로 돌아오셨다. 나는 작년 12월 28일께 청량리에 있는 성바오로병원과 을지로6가에 있는 국립의료원의 호스피스 의료 담당 의사를 찾아갔었다. 1월 10일 두 병원에서 자리가 났다며 입원하라는 연락이 동시에 왔다. 성바오로병원보다 국립의료원이 시설이 나은 듯했다. 그래서 이날 형님과 나는 엄마를 앰뷸런스에 태워 그리로 갔다. 마음이 착잡하기 짝이 없었다.

국립의료원 호스피스 병동의 환자들은 대개 눈의 동공은 풀리고 입이 반쯤 벌어진 채 병상에 누워 있었다. 처음에 들어올 때는 그렇지 않은 환자도 시간이 지날수록 그렇게 되어가갔다. 그리고 며칠에 한명꼴로 사망했다. 호스피스 병동에 계신 분들은 거의 모두 말기암 환자들이다. 하지만 암에도 여러 종류가 있고 같은 암이라도 그 진행 양상이 꼭 같지만은 않다. 남녀노소에 따라 차이가 있게 마련이다. 그렇건만 이곳의 환자들은 개인차를 거의 보이지 않고 일률적으로 비슷한 모습을 하고 있어 그 점이 좀 의아했다.

나는 간호사실을 지나다가 우연히 그곳에 켜져 있는 컴퓨터 모니터 화면을 보게 되었는데 입원 환자들에게 주입되는 주사액 성분과 용량이 쭉 표시되어 있었다. 할로페리돌과 아티반, 이 두가지 약이 주종을 이루고 있었다. '아, 이 약 때문에 환자들의 모습이 다 비슷하게 된 거로구나' 하고 나는 생각했다. 이 주사를 맞고 계신 분들은 음식을 섭취하지 못하는 경우가 많았다. 음식을 섭취하지 못하고 멍한 상태에 빠지게 되니 급속히 상태가 나빠진다.

만일 어떤 환자가 음식을 그럭저럭 섭취하다가 어느 날 갑자기 음식을 섭취하지 못하게 된다고 하자. 그러면 어떻게 할 것인가? 음식을 섭취하지 못하니 경구투여약도 복용하기 어렵게 된다. 호스피스 병실의 환자에게는 대개 수면장애가 있다. 인지장애가 있는 환자도 있다. 이들 환자에게 약을 투여하지 않으면 불면증이 오거나 인지장애가 심해질 수 있다. 그러니 병원에서는 바로 주사제제로 바꾸게 된다. 그때 투여되는 것이 바로 할로페리돌과 아티반이다. 할로페리돌은 섬망을 동반한 불면증에 사용되고, 아티반은 신경안정과 불면증에 사용된다. 이 두 약을 쓰면 남녀노소할 것 없이 거의 식물인간처럼 되고 만다.

그러므로 음식을 섭취하지 못하고 경구투여약을 복용할 수 없다고 해도 이 두 약을 사용하는 결정은 신중을 기할 필요가 있다. 음식을 못 들더라도 곧바로 이 약들을 투여하지 말고 환자의 상태를 좀더 인내심을 갖고 지켜보아야 하며, 통상적인 음식 외에 다른 뭔가를 혹 먹을 수는 없는지 다각도로 강구하고 모색할 필요가 있다. 내가 경험한 바로는 엄마는 음식을 전연 안 드시다가도 며칠 후에 다시 드시기 시작한 경우가 있는가 하면, 환자식과 같은 통상적인 음식은 거부했으나 '비통상적'인 어떤 음식들은 희한하게도 드신 경우가 있었기 때문이다. 만일 이때 바로 할로페리돌과 아티반 같은 향정신성 약물을 투여했더라면 엄마는 돌아가실 때까지 계속 이 약을 주입받았을 것이며 결국 한두달의 혼수상태 끝에 생을 마감했을지도 모른다.

만일 호스피스 의료의 목표가 환자를 24시간 내내 잠들게 해 의식도 없는 조용한 상태에서 죽음에 이르게 하는 것이라면 이 약을 적극적으로 쓰는 것이 온당할 것이다. 이 약을 쓰면 환자가 고함을 치는 일도 없고, 밤에 자지 않고 혼자 중얼중얼거리는 일도 없게 된다. 그러니 병실은 더없이 조용하고 평온해질 것이다. 그러나 이 조용함과 평온함은 과연 누구를 위한 것인가? 정녕 환자 자신을 위한 것인가? 아니면 환자의 가족을 위한 것인가? 아니면 의료진을 위한 것인가?

엄마가 국립의료원에 처음 입원했을 때는 비록 인지장애가 있긴 했어도 이런저런 말을 곧잘 하셨다. 국립의료원에는 규정상 두달간 있을 수 있다. 그런데 엄마는 한달쯤 되자 상태가 나빠지기 시작하셨다. 밥도 죽도 못 드신 지 열흘이 넘어 위험한 상태에 돌입했다. 의료진은 엄마에게 아무것도 먹이지 말라고 했다. 뭘 먹이면 기도가 막혀 위험하게 된다는 거였다. 사실 말기암 환자나 인지장애 환자가 식사를 하지 못할 때 억지로 먹이면 제대로 삼키지 못해 음식물이 기도를 막아 폐렴이 유발되거나 숨을 쉬지 못해 돌아가시는 경우가 없지 않다. 그래서 애가 타지만 우리는 의료진의 말에 따랐다. 뭘 드시지 못하고 링거만 맞으니 엄마는 하루가 다르게 더 나빠져갔으며, 급기야 눈도 잘 뜨시지 못했다. 전원을 앞둔 이주 전 무렵부터는 이제 약을 삼키지도 못해 주사제로 된 할로페리돌과 아티반을 투여했다. 보통 할로페리돌 5밀리그램을 투여했는데, 그것으로 충분히 안정이 안 된다 싶으면 할로페리돌 2.5밀리그램과 아티반 0.5밀리그램을 추가로 투여했다. 이 주사약을 투여하면서 엄마는 점점 다른 환자들과 똑같은 모습으로 변해갔다. 눈은 초점이 없어지고 입을 반쯤 벌린 채 아무 말도 못하셨다. 하루 종일 이런 모습으로 누워 계셨다. 우리 가족들은 이제 엄마가 얼마 안 있어 돌아가시겠구나 생각했다. 의료진도 그리 판단하는 눈치였다. 그러던 중에 3월 6일 만기가 되어 여의도성모병원 호스피스 병동으로 전원했다. 엄마가 곧 돌아가실 듯해 아버지 집에서 가까운 병원이 좋겠다고 생각해 내린 결정이다.

엄마는 805호 병실 좌측 창가의 병상을 배정받았다. 간호사는 누워 계신 엄마를 살펴보며 이것저것 물었다. 나는 "엄마가 아무것도 드시지 못한다. 이전 병원의 의료진이 이런 경우 뭘 먹이면 위험하니 이제부터는 아무것도 먹이지 말라고 했다"라고 말했다. 하지만 이 간호사는 대뜸 "요플레 같은 걸 먹여보세요. 그건 기도가 잘 막히지 않아요"라고 했다. 형님이 즉각 요플레를 하나 사와 입에 떠 넣으니 신기하게도 엄마는 그걸 받아드셨다. 그리고 저녁식사로 나온 죽도 드셨다. 우리는 놀라 눈이 휘둥그레졌다. 믿기 어려운 일이 벌어져서다. 엄마는 다음날부터 밥을 조금씩 드시기 시작했다. 며칠 후부터는 매끼마다 밥을 반그릇 정도 드셨다. 엄마는 급속히 회복되어갔다.

여의도성모병원에서는 할로페리돌과 아티반 주사를 놓지 않았다. 주치의 정주혜 교수가 정신과에 협진을 요청해 정신과 의사가 병실을 방문했다. 그는 엄마의 상태를 확인함과 동시에 우리 가족에게 이것저것 자세히 물었다. 그리하여 페리돌 대신 세로켈이라는 약을 처방해주었다. 엄마는 서울성모병원의 재택 간호 서비스를 받기 시작한 2018년 11월부터 줄곧 페리돌을 복용해왔다. 페리돌은 경구투여약이고 할로페리돌은 주사제제이지만 성분은 같다. 재택 간호 당시 서울성모병원의 담당 의사는 이 약 외에 다른 약은 없다고 분명히 말한 바 있다. 하지만 12월 말 서울성모병원에 입원한 뒤 비로소 세로켈이라는 약을 쓰기 시작했다. 엄마에게 페리돌을 투여해도 별반 효과가 없자 담당 의사는 그제야 정신과에 협진을 요청했으며 정신과 의사의 소견에 따라 세로켈을 투약했다. 그랬는데 국립의료원에서 상태가 나빠져 다시 할로페리돌 주사를 맞게 된 것이다.

여의도성모병원으로 와 세로켈로 다시 약이 바뀌자 엄마는 이전과 달리 생기가 돌고 의식이 또렷해졌다. 섬망 증상도 현저히 줄어들었다. 그리고 무엇보다도 식사를 아주 잘 하시게 되었다. 식사를 잘 하시니 상태가 잘 유지되었다. 작년 11월 이래 재택 간호 서비스를 받을 때와 서울성모병원에 입원해 계실 때, 그리고 국립의료원에 계실 때, 이 모든 때에 비해 이곳에 있을 때 엄마가 가장 행복해 보였다. 엄마는 사람들을 대할 때 늘 미소를 띠었으며, 간호사들은 자기들끼리 엄마를 '스마일 할머니'라는 애칭으로 불렀다. 여기서는 엄마가 멍한 표정으로 계신 적이 없다. 엄마는 아프시기 전에도 약 민감도가 높았다. 병원에서 처방받아온 감기약도 한알을 다 드시면 몸이 견디지 못해 반알을 드시곤 하는 것을 여러번 목도한 바 있다. 엄마는 여기서 세로켈을 점심때 25밀리그램, 저녁때 25밀리그램씩 복용하셨다. 이 정도 용량은 엄마에게 별 무리가 없는 듯했다. 약에 취한 모습을 보여주지 않았기 때문이다. 엄마는 의사는 물론이고 수녀님과 간호사 들에게 수시로 감사하다는 말을 하셨다. 이런 말을 하실 때 엄마의 입가와 눈에는 엄마 특유의 다정함과 부드러움이 가득했다. 심지어 엄마는 평생 독실한 불교 신자였지만 수녀님이 두 손을 모아 기도하면 엄마도 두 손을 모아 기도하며 "할렐루야!" 하고 말하기도 했다.

위의 말을 엄마가 하신 것은 이처럼 여의도성모병원에서 엄마가 비교적 안온한 병실 생활을 하실 때다. 그날 비가 주룩주룩 왔는데 아버지가 병실에 들어서자 엄마는 대뜸 그리 말씀하셨다. 한편으로는 아버지가 걱정되기도 하고 한편으로는 아버지가 의심되기도 하셔서일 것이다. 인지장애 환자에게는 종종 의처증이나 의부증이 수반되곤 한다. 나는 당시 엄마의 이 말을 듣고 웃음을 금치 못했다. 지금 생각하니 더없이 행복한 시간이었다.

엄마는 여의도성모병원 호스피스 병동 805호실에 세

번 계셨다. 3월 6일 전원해 와 한달간 계셨고, 8월 5일 전원해 와 두달간 계셨으며, 10월 14일 전원해 와 열흘간 계시다가 24일 영면하셨다.

35

야야

양식이 떨어졌나

밥을 와 안 주노?

3월 초 국립의료원에 계실 때 하신 말로, 형님이 듣고 내게 전했다. '야야'는 '애야'라는 말이고, '양식이 떨어졌나'는 '쌀이 떨어졌나'라는 말이다. 당시 병원에서는 엄마가 마지막 단계에 접어든 것으로 판단해 금식 조처를 내려 2주 가까이 엄마는 아무것도 드시지 못했다. 이 때문에 엄마는 계속 주무시기만 하고 말을 통 하지 않으셨는데 이때 정신이 잠시 돌아와 이 말을 하셨다.

나는 이 말을 전해듣고 엄마와 함께 툇마루에 앉아 보리밥을 먹던 55년 전 일이 불시에 떠올랐다. 당시 우리 집은 부산 수정동에 있었고 나는 초등학교 2학년이었다. 그날 집에 쌀이 떨어져 엄마는 보리밥을 지어 소쿠리에 담아 툇마루로 가져오셨다. 갓 지은 보리밥은 구수한 냄새가 나고 보슬보슬해 먹을 만하지만 지은 지 한참 되어 식은 보리밥은 머들머들하고 잘 씹히지 않아 그리 맛있지는 않다. 내 기억으로는 그날 세끼를 그 소쿠리에 담긴 보리밥으로 때웠던 것 같다. 1960년대 초중엽까지만 해도 이처럼 집에 양식이 떨어지는 일이 더러 있었다.

바로 이 무렵 일이다. 하루는 누가 우리 집 대문을 두드리며 "밥 좀 주이소! 밥 좀 주이소!" 하길래 나는 얼른 부엌에 들어가 시근밥을 그릇에 좀 담아 대문으로 갖고 갔다. 대문을 여니 같은 반 여학생이 손에 걸식용 깡통을 들고 서 있었다. 나와 눈이 마주치자 걔는 몹시 놀라 부끄러워하며 뒤도 돌아보지 않고 달음박질쳐 달아났다. 괜스레 미안했다. 당시만 해도 동네를 돌며 밥을 구걸하는 사람이 그리 드물지 않았다. 그러면 대개 시근밥이나 남은 나물 같은 것을 얼마쯤 덜어 갖다주는 것이 상례였다. 그야말로 십시일반(十匙一飯)이다. 삐쩍 마른 그 여자애의 놀라고 당황하던 모습이 지금도 눈앞에 선하다.

엄마는 보름을 굶어 배가 고픈 끝에 위의 말을 하셨을 것이다. 이 말을 할 당시 엄마는 양식이 떨어져 전전긍긍하곤 했던 옛날 그 시절의 기억 속에 머물고 계셨을는지도 모른다.

36

옷
깨끗한 거 입고 다니소.
남들이 보면
웃는다.

3월 말, 여의도성모병원에 계실 때 아버지에게 하신 말이
다. 옷을 추레하게 입고 다니지 말라는 충고다. 당시 아버
지의 옷차림은 단정했건만 병상의 엄마는 아버지가 옷을
남루하게 입어 혹 남들의 멸시를 받을까봐 걱정이 되어 이
런 말을 하신 것이다. 집에 같이 있지 못하고 병원에 혼자
계시니 아버지가 더욱 걱정이 되셨을 터이다. 엄마는 혼몽
히 병상에 누워 계시면서도 세상과 가족 일이 늘 염두에
있었던 것 같다.

　일반인의 눈에는 호스피스 병실의 환자들이 생활도
없으며 그저 죽음을 대기하고 있는 존재에 불과한 것으로
비칠지 모르지만 그건 편견에 지나지 않는다. 그분들에게

도 나름의 생활이 있으며 남루한 삶이지만 삶이 영위되고 있다. 그러니 무시하거나 얕보아서는 안 되며 존중하고 배려해야 한다. 그 존중과 배려는 돌고 돌아 결국 우리 자신에게로 돌아올 것이다.

37

저기
나무에 감이 달렸다.

예에.

1월 하순, 국립의료원에 계실 때 하신 말이다. 국립의료원
은 호스피스 병동이 별관 2층에 있다. 엄마는 4인실에 계
시다가 잠시 1인실로 와 있었다. 옆 병상에 있는 환자의 가
족들이 너무 와자지껄 이야기를 해 엄마가 불편해하시는
것 같아 간호사에게 하소연했더니 1인실이 잠시 비었다며
그쪽으로 옮겨준 것이다. 여기에 한 일주일 잘 있었던 것
같다.

　1인실 병상의 왼쪽에 창이 있고 창밖에 나무가 있었
다. 나뭇가지에는 군데군데 나뭇잎이 달려 있었는데 얼핏
보면 꼭 감 같았다. 엄마는 그것을 손가락으로 가리키며
위와 같이 말씀하셨다. 아마 여기서 감을 보니 기분이 참

좋으셨던 모양이다.

옛날 수유리 집에도 엄마 주무시던 방의 창밖에 감나
무가 심겨 있었다. 아버지가 묘목을 구해 와 심은 것인데
몇년 지나자 훌쩍 자라 가을이면 감이 열렸다. 단감인데
육질이 단단하고 썩 맛이 있었다. 이 감을 따와 부모님과
같이 먹곤 했다.

수유리 집에는 나무가 많았다. 이 집에 처음 이사 온
것은 1972년 2월이다. 아버지는 분재를 좋아해 당시 집에
소나무가 오십분(盆)은 더 있었다. 소나무만이 아니라 단
풍나무, 물푸레나무, 느티나무, 매화나무, 대나무 등 여러
종류의 나무를 분에 재배하셨다. 특히 단풍나무 분은 아주
많아 수십분을 상회했다. 그래서 동네 사람들은 우리 집을
'단풍나무 집'이라고 불렀다. 당시는 동네에 쌀집이 따로
있었는데 쌀집 주인에게 단풍나무 집으로 쌀을 가져오라
하면 다시 묻지 않고 가져왔다.

수유리 집에는 화분만이 아니라 뜰에 심긴 나무도 많
았다. 엄마 방 창문으로 내다보면 오른쪽 담 끝에 잘생긴
적송(赤松)이 한그루 있었고 그 옆에 높다란 가죽나무가
있었다. 이 나무는 고향 함안에서 이식한 것인데 아주 윤
택하여 엄마는 봄마다 그 잎을 따서 장아찌를 담갔다. 가
죽나무 옆에는 작은 앵두나무가 있었는데 열매가 많이 열
려 5월이면 한말 가까이 따서 사람들에게 나눠주었다. 그

러고도 남는 게 있으면 술을 담그기도 했다. 앵두나무 왼쪽으로는 담을 끼고 향나무가 세그루 있었으며 향나무 사이사이로 작은 단풍나무들이 심겨 있었다. 담 중앙에는 꽤 큰 라일락나무가 한그루 있어 봄이면 향기가 자욱했다. 담 왼쪽으로는 매화나무, 대추나무, 구기자나무, 해당화가 있었다. 여기까지는 정면의 담을 말하는 것이고 좌측 측면의 담에는 벽도화와 박태기나무가 있어 봄이면 울긋불긋 꽃이 피었다. 박태기나무 옆으로는 두어평 정도의 시렁을 만들어 그 위로 오래된 등나무 줄기를 올렸는데 초여름경 보라색 꽃이 하늘을 뒤덮고 온갖 벌들이 날아와 윙윙거리는 것이 장관이었다. 밤에 그 아래에 앉아 있으면 은은한 등꽃 향기가 매혹적이었다. 등나무 곁에는 사람 키를 넘는 신이화가 한그루 있었는데, 꽃 모양은 목련 비슷했으나 목련과 달리 바닐라향 비슷한 아주 독특한 향기가 났다. 신이화 옆에는 10미터를 넘는 토종 벚나무가 한그루 있었는데 버찌가 어찌나 많이 열리던지 버찌를 따 술을 담그기도 했다. 좌측 담장의 이 나무들 사이로는 철쭉이 여러그루 심겨 있었다.

아버지는 스스로 '목신(木神)'이라고 할 정도로 나무에 벽(癖)이 있으셨다. 하지만 엄마가 나무를 애호하지 않으셨다면 아버지가 집 안을 온통 이처럼 나무 천지로 만드시지는 못했을 성싶다.

엄마가 병원 창밖의 나뭇가지 끝에 달린 누런 잎을 보고 '감'이라며 좋아할 때 수유리 집 창밖의 감나무를 떠올린 게 아닐까 한다. 엄마는 수유리 감나무를 특히 사랑해 무더운 여름이면 물도 자주 주고 하셨으니까.

여기

새가 많이

날아온다.

새가예?

국립의료원 1인실에 계실 때인 1월 하순에 하신 말이다. 병실 창밖의 나무에 직박구리나 참새 같은 겨울새들이 날아와 앉곤 했다. 엄마는 새들이 찾아오는 것이 반가웠던 모양이다.

　작년 봄 삼각지 집 침실의 창문으로 보이는 맞은편 건물의 벽돌 틈 사이로 참새 두마리가 들고 나고 하더니 어느날 새끼를 낳아 식구가 다섯이 되었는데, 새끼들은 몸집이 자그마했다고 한다. 엄마가 이를 처음 발견했는데, 엄마는 늘 창가에서 이 참새들을 보는 것을 낙으로 삼으셨다고 한다. 나는 엄마가 돌아가신 후 아버지에게 이 얘기를 처음 들었다. 이 말을 듣고 나는 엄마의 외로움을 생각했다. 아버지는 늘 혼자 신문을 본다든가 글씨를 쓴다든가 컴퓨터를 본다든가 하며 소일하시는 편이라 엄마와 마주앉아 대화하는 일이 그리 많지 않았다. 나는 나대로 내 일에 몰두하다보니 매일 엄마와 통화하며 안부를 묻는 것과 토요일마다 찾아뵙고 점심을 함께 먹는 것 외에는 엄마와 함께 보내는 시간이 없었다.

엄마가 완전히 걷지 못하기 직전의 일이니 작년 10월 13일쯤으로 기억된다. 나는 삼각지 집에 들러 엄마와 잠시 같이 있다가 일이 있어 곧 나왔는데 엄마는 엘리베이터 타는 곳까지 따라 나와 나를 배웅하셨다. 나는 엘리베이터에서 내려 밖으로 걸어가다가 집에다 무엇을 놓고 나왔다는 것을 깨닫고는 도로 엘리베이터를 타고 4층으로 올라갔다. 엘리베이터에서 내리니 엄마는 허리를 굽히고 복도의 창을 통해 열심히 저 아래 길거리를 살피고 계셨다. 가는 나를 보기 위해서였다. 나는 갑자기 가슴이 먹먹해졌다. 엄마가 나를 배웅한 것은 이것이 마지막이다.

나는 엄마와 다시 작별하고 나오며 문득 옛날 부모님이 수유리 집에 사실 때를 생각했다. 당시 나는 토요일마다 부모님을 찾아뵙고 점심을 함께했다. 그때 엄마는 내가 마을버스에서 내리는 것을 보려고 3층 침실의 창문을 열고 내다보며 기다리고 계셨다. 내가 돌아갈 때도 창문을 열고 내다보셨는데 내가 50미터쯤 되는 골목길을 걸어가 왼쪽으로 길을 꺾어들어 안 보일 때까지 바라보곤 하셨다. 나는 엄마가 매번 그러시는 걸 아는지라 가다가 한두번 돌아서서 엄마를 쳐다봤으며 골목길을 다 빠져나와 길을 꺾기 전에 엄마에게 손을 흔들어 보였다. 그러면 엄마도 내게 손을 흔들며 잘 가라는 시늉을 하셨다. 그때마다 이 일이 언제까지 지속될 수 있을까 생각하며 존재의 운명을 서글퍼했었다.

엄마가 병실 창밖에 새가 앉아 있는 것을 보며 좋아하신 것과 삼각지 집에서 홀로 창밖의 참새들을 보고 계셨던 것은 뭔가 통하는 것이 있다고 느껴진다.

·

39

아줌마!

내 때문에

고생이 많소.

감사합니다.

엄마는 병원에 고용된 완화의료도우미들에게 수시로 감사
의 마음을 표시했다. 엄마는 성벽(性癖)이 남에게 폐 끼치
는 것을 몹시 싫어하셨다. 자식들에게도 마찬가지여서 아
프거나 병이 난 것을 늘 감추고 살아, 나중에 그 사실을 알
고서 난감해한 적이 한두번이 아니다. 아버지가 가끔 "느
그 엄마가 절대 말하지 말라고 했다"라고 운을 떼며 몰래
엄마 사정을 귀띔해주신 적도 있지만 엄마는 아버지가 발
설한 것을 알면 아버지를 나무라셨다.

　엄마가 이처럼 감사의 뜻을 표해서인지 도우미들은
대체로 엄마를 잘 돌봐주었다. 특히 북부병원의 두 도우미
는 엄마를 정말 잘 보살펴주어 고맙기 그지없었다. 아버지

는 특히 배모라는 도우미가 엄마에게 잘해줘 너무 고맙다며 두목(杜牧)의 시 「강남춘(江南春)」을 초서로 써서 선물로 주기까지 하셨다. 배 도우미는 종이에 다음과 같은 글을 써서 아버지에게 주셨다.

"감사합니다. 좋은 글 잘 간직하겠습니다. 글 내용처럼 따뜻하게 아픈 이를 돌보면서 누대에 내리는 이슬비 같은 가족들의 눈물을 닦아드리겠습니다. 늘 부인께 정성을 다하시는 모습이 참으로 아름답습니다. 항상 건승하시길 기원합니다."

이거
니도 좀
묵으라.

예.

엄마는 도토리묵이나 손두부를 잡수시는 중간에 내게 이런 말을 하시곤 했다. 예전 같으면 아마 음식을 드시기 시작할 때 바로 말을 하셨을 것이다. 정신이 혼몽해지신지라 중간에야 상황을 인지하시게 된 것이다. 하지만 나는 엄마가 이렇게 말씀하실 때 더할 수 없이 행복했다. 엄마의 지극한 사랑이 느껴져서다.

밥은 묵었나?

예.

엄마는 호스피스 병실에 도합 307일을 계셨다. 병원에 계
시는 동안 나는 이 말을 무수히 들었다. 아마 엄마가 내게
가장 많이 하신 말일 것이다.

　'밥'은 생명의 근원이다. 밥을 먹지 않으면 생명이 끊
어진다. 이리 보면 밥은 존재의 안위와 직결된다. 그러니
엄마의 이 물음은 곧 나의 생명과 안위에 대한 걱정이다.
이 걱정은 물질에 대한 관심이라든가 이해득실과는 아무
상관이 없다. 비록 '밥' 자체는 물질이나, 엄마의 이 물음
에는 물질성이 전연 개입되어 있지 않다. 그렇다면 물질로
표상되는 이 '비물질성'은 대체 무엇인가? 아둔한 나는 그
것이 바로 '사랑'이라는 것을 한참이 지나서야 깨달을 수
있었다.

영병이하고 나가
뭐 한그릇 사 무라.
석숭이도 불러
같이 가라.

예.

동부병원 304호실에 입원한 지 닷새째 되는 날 하신 말이
다. 여의도성모병원은 한달밖에 있을 수 없게 되어 있어
4월 8일 동부병원으로 전원했다. 의사에게 "한 병원에 오
래 있게 하면 환자도 의료진도 다 좋을 텐데 왜 이리 있을
만하면 옮기게 하느냐" 하고 물었더니 의사는 괴로운 표정
을 지으며 정부의 시책이 그러니 어쩔 수 없다고 했다. 이
후 여의도성모병원은 다행히 입원 기한을 한달에서 두달로
늘렸다. 국립의료원과 시립병원(동부병원, 서북병원, 서남병
원, 북부병원)은 본래 두달간 있을 수 있으며 전원 후 두달

이 지나면 재입원할 수 있다. 하지만 시립병원의 경우 1년 내 한 병원에 세번 이상 입원하는 것이 허용되지 않는 듯했다. 그러므로 1년 이상 삶이 지속되는 환자의 경우 동부병원, 서북병원, 서남병원, 북부병원을 돌아가며 있어야 한다. 병원마다 상황이 조금씩 다르지만 대개 한달쯤 전에 입원 신청을 해서 대기해야 한다. 완화의료도우미 제도를 시행해 따로 간병인을 구해야 하는 부담이 없는 동부병원과 북부병원의 경우 대기 기간이 더 길었다.

위의 엄마 말씀 중 '영병'은 동생이고 '석숭'은 형님이다. 형님은 전날 부산 집으로 내려갔다. 동생은 이 무렵 건강이 나빠져 엄마에게 잘 오지 못했다. 그러니 당시 엄마 곁에는 동생도 형님도 없었다. 엄마는 정신이 혼몽한 나머지 나보고 형제들과 다같이 병원 밖에 나가 저녁을 사 먹고 오라고 하신 것이다. 엄마가 환(幻)을 좇으며 이리 말씀하신 것은 그 마음속에 자식들이 늘 있어서였을 것이다.

43

**영병이는 왜
안 오나.**

마이 아픕니더.

아프나?

예.

**큰일이다.
내가 아파 이러니
가보지도 못하고.**

동부병원에 계시던 어느날 오후 이리 말씀하셨다. 이 말을 하신 후 엄마는 안절부절못했으며 한시간 이상 근심스러운 표정을 하셨다. 한숨도 자주 내쉬었으며 가만히 누워 있지 못하고 몸을 자꾸 뒤척이셨다. 일어나 동생에게 가보고 싶으나 그러지 못하니 답답해 그러신 듯했다.

2007년 겨울 무렵 나는 과로로 몸이 번아웃(burnout)되어 잘 걷지도 못하고 밤에 잠도 잘 자지 못했다. 새벽 3, 4시가 넘어서야 겨우 잠드는 불면의 나날이 두어달 지속되었다. 잠을 못 자니 소화도 안 되고 정신도 흐릿해져 마음에 이상한 불안감이 점점 자라났으며, 소리도 빛도 다 불편했고 전화를 받을 기운조차 없었다. 해를 넘겨 1월 중순쯤으로 기억된다. 나는 탈진 상태가 너무 심해 집 근처 의원에 가 링거를 맞고 있었다. 두시간쯤 맞았을 때 불시에 엄마가 근심스러운 표정으로 병실로 들어서며 "좀 낫나?"라고 하시는 게 아닌가. 엄마가 어찌 아셨는지 수유리에서 혼자 지하철을 타고 이촌동 이곳까지 찾아오신 것이다. 당시 오후 5시쯤 되어 밖은 어둑어둑했으며 눈발이 조금 날리고 있었다. 엄마는 내 머리를 여러번 쓰다듬어주시고 돌아가셨다.

지금 동생 역시 과로로 번아웃이 된 상태다. 엄마의 이 말에 12년 전의 엄마와 지금의 엄마가 내 마음속에서 슬프게 포개졌다.

44

니가
내 때문에 많이
에비따.

아입니더.

'에비따'는 '여위었다'의 경상도 방언이다. 엄마는 종종 내
게 미안한 마음을 토로하셨다. 평생 자식의 짐 되는 것을
싫어하셨는데 지금 짐이 되고 있다고 여기셔서 그 사실에
마음이 아파 이리 말씀하신 것이다.

　엄마는 아프시고 정신이 혼몽해도 나의 안색과 기색
을 귀신같이 알아보셨다. 정말 놀랄 정도였다. 한번은 내가
학교 일로 좀 피곤해 안색이 안 좋았던지 엄마는 나를 보
자마자 이리 말씀하셨다. "니 요새 글 쓰제?" 엄마는 아프
시기 전에도 내 기색을 살피시고는 곧잘 이렇게 묻곤 하셨
는데 십중팔구는 엄마 말이 맞았다. 나는 그때마다 속으로

107

'야, 정말 엄마는 못 속이겠구나'라며 탄복해 마지않았다.

나는 2007년 겨울 번아웃을 경험한 후 건강을 회복하기 위해 태극권을 배웠다. 태극권을 가르치는 사범님은 이 운동을 하면 척추와 다리의 근골이 쭉 펴져 키가 커진다는 말을 하시곤 했다. 나는 긴가민가했지만 한번도 빠지지 않고 부지런히 태극권을 배웠다. 2, 3년 뒤에 혹시나 하고 키를 재보았더니 원래의 내 키보다 5센티미터가 더 나왔다. 이상하다 싶어 다시 재보았으나 틀림없었다. 그런데 희한한 일은 그 무렵 수유리 집에 갔는데 엄마가 현관에 들어서는 나를 보고는 대뜸 "니, 요새 키가 좀 커졌네"라고 하시는 게 아닌가. 그 순간 나는 '지자(知子)는 막여모(莫如母)'로구나 생각하며 엄마의 귀신같은 관찰력에 탄복을 금치 못했다.

저 사람은

늘

누워 잔다.

골치 아프다.

호스피스 병실에는 식음을 전폐한 채 수액을 통해 진통제와 수면제를 투여받는 환자들이 많다. 이런 환자들은 말도 못하며 몸을 뒤척이지도 않는다. 겉으로 보면 꼭 24시간 누워 자는 것처럼 보인다. 엄마는 이런 상태에 있는 맞은편 병상의 환자를 늘 지켜보다 이 말을 하셨다.

'골치 아프다'라는 말은 병원에 계시는 동안 엄마가 입에 달고 사신 말인데(그전에는 이 말을 별로 쓰지 않으셨다), 맥락에 따라 여러 의미와 뉘앙스가 있었다. 여기서는 가엾다, 애긍하다, 마음이 아프다, 괴롭다, 이런 정도의 의미를 지니고 있다고 여겨진다.

점도록 뭐 하다가
이제 오노.

예,

조금 늦었습니다.

'점도록'은 '저물도록'의 경상도 방언이다. 이날 사실 내가
늦게 온 것은 아니며, 보통 때와 비슷한 시간에 병실로 왔
다. 그날따라 엄마는 나를 몹시 기다리셨던 것 같다. 그래
서 이런 말을 하신 것이다.

　나는 이날 정말 오랜만에 '점도록'이라는 단어를 엄마
에게서 들었다. 아마 수십년 만에 들은 것일지도 모른다.
엄마는 경남 함안군 가야면 말산리에서 태어나 거기서 성
장했다. 그래서 나는 엄마가 혹 가야인일지도 모른다고 생
각하고 있다. 엄마는 서울에 48년간 사셨다. 서울에 오래
사시다보니 말이 적잖이 표준화되었다. 그리하여 아프시

기 전에는 사투리를 별로 쓰시지 않았다. 그런데 아프시면서, 특히 병원에 계시면서, 엄마는 눈에 띄게 그전에 별로 안 쓰시던 사투리를 사용하셨다. 그래서 나는 엄마를 통해 몇십년간 완전히 잊고 지낸 단어들을 기억해내게 되었다.

그것은 아주 이상한 느낌이 드는 대단히 새로운 경험이었다. 나는 초등학교 2학년 이래 중학교 때까지 부산에서 지냈다. 이후 서울에서 학교를 다녔다. 그러다보니 어릴 적에 쓰던 사투리를 거의 다 잊어버렸다. 그런데 나는 죽어가는 엄마를 통해 그동안 한번도 머릿속에 떠올리지 못했던 어린 시절의 사투리를 살려내게 된 것이다.

작년 11월 엄마가 재택 간호를 받고 있을 무렵이다. 엄마는 나와 통화 중에 '개오지'라는 말을 쓰셨다. 옛날 부산 동구 좌천동의 능풍장에 살 때 우리 집 아래에 최씨 성의 세무서 직원이 살았다. 그분에게는 아들이 셋 있었는데 엄마는 그 막내를 일컬으며 "걔가 개오지였디라"라고 하셨다. 그 말을 듣고 나는 불현듯 몇십년간 잊고 있던 풍경과 기억과 시간이 되살아나는 느낌을 받았다. 생각해보니 그 시절 앞니 빠진 아이를 '앞니 빠진 개오지'라고 놀리곤 했었다. 그때는 앞니 빠진 아이들이 왜 그리 많았는지.

엄마가 '개오지' 운운하셨을 때가 나와 엄마의 마지막 통화로 기억된다. 그후 엄마는 인지능력이 급속도로 떨어져 전화 통화를 하기 어렵게 되었다. 엄마가 국립의료원에 입원한 뒤 나는 아버지의 분부에 따라 엄마의 휴대폰을 대리점에 갖고 가 해지했다. 그때의 꿀꿀한 기분은 이루 형용할 수 없다.

엄마는 병원에 계시면서 예전에 별로 쓰지 않던 사투리를 자주 구사하셨다. 인지장애 때문에 옛 시공간에 머무시는 시간이 많아서였을 것이다. 옛 기억이 옛 언어를 해방시킨 셈이다. 나는 이런 엄마 덕에 까마득히 잊어버린 저 옛날을 소환할 수 있었다. 그리하여 과거와 현재를 넘나들며 엄마와 소통하고 '접속'할 수 있었다. 엄마는 내게 마지막까지 근사한 선물을 주신 것이다.

여는
아나 어른이나
전다지 아프다.
우짜면 좋겠노.

'여는'은 '여기는'이라는 뜻이다. '아'는 '아이'를 말한다.
엄마는 병원에 계시면서 남녀노소 없이 인간이 병에 고통
받는 것을 늘 슬퍼하고 한탄하셨다. '우짜면 좋겠노'라는
엄마의 말이 지금도 허공을 맴도는 것 같다.

늦었는데
밥 한그릇 해가
간단히 묵자.

예.

엄마는 몇십년 전의 시공간 속에 계시며 이 말을 하셨을
것이다. 몇십년 전 엄마가 40대이거나 50대이거나 혹은
60대였을 때 저녁 무렵이면 엄마는 이런 어법으로 말씀
하시곤 했었다. 그러므로 엄마가 이 말을 하셨을 때 나는
40대의, 혹은 50대의, 혹은 60대의 엄마와 만나고 있었던
것이다.

느그 아버지는
집에 있나?

예.

아버지는 아흔다섯의 나이에도 이틀에 한번꼴로 병원의
엄마를 찾았다. 그때마다 집에서 키위를 갈아 주스를 만들
어 갖고 와 엄마에게 떠먹였다. 북부병원은 집에서 멀어
한시간 이상이 걸렸지만 그럼에도 이틀에 한번은 꼭 다녀
가셨다. 7월 폭염에도 양산을 받치고 병원에 오셨는데 이
때문에 건강을 많이 상하셨다.
　　엄마는 아버지가 올 시간이면 늘 모로 누워 복도를 바
라보며 아버지를 기다리셨다.

이제
가지 마라.
고마 여 있거라.

예.

북부병원에 계실 때 하신 말이다. 엄마에게 음식을 떠먹인
후 양치질을 해드리고 저녁에 복용해야 할 가루약을 배즙
에 개어 억지로 먹이고 나면 8시가 가까워진다. 이때쯤이
면 나는 병원 밖으로 나가 부근에서 김밥을 사 먹든가 귀
가해 밥을 먹었다.

　병실을 나설 때 나는 엄마에게 늘 "엄마, 나 아직 밥
안 먹었어요. 나가서 밥 먹고 올게요"라고 말했다. 그러면
엄마는 "여태 밥 안 묵나. 어여 가 밥 무라"라고 하셨다. 집
에 간다고 하면 섭섭해하실 것 같아 나는 늘 '밥 먹고 올게
요'라고 말했던 것이다.

다음날 완화의료도우미에게 물어보면 엄마는 내가 간 후 나를 찾지 않으시고 곧 주무신다고 했다. 나는 엄마가 인지능력이 저하되어 나를 곧 잊고 찾지 않으시는 줄로만 알았다. 그러나 반드시 그런 것만은 아니었다. 엄마의 위의 말을 듣고 나는 정수리를 한대 맞는 느낌이 들었다. 엄마는 내가 집에 가는 것을 알고 계셨던 듯하다. 아시면서 잠자코 계셨던 것 같다.

북부병원에서 여의도성모병원으로 옮긴 뒤 어느날이다. 그날 오후 무렵 나는 엄마에게 "엄마, 이제 저는 그만 집에 가볼게요"라며 작별인사를 했다. 엄마는 '그래, 가봐라'라고 하시고는 간병인을 그윽한 눈으로 바라보며 머리를 끄덕이면서 "이제부터 니캉 내캉 둘이서 같이 있자"라고 하시는 것이었다.

엄마가 나보고 '가지 마라'라는 말을 하신 건 딱 한번이다. 하지만 자식을 위해 말을 하시지 않았을 뿐이지 엄마는 늘 내가 곁에 있기를 바랐던 것 같다. 그때나 지금이나 죄스러운 마음뿐이다.

51

손이
따뜻하다.

예.
엄마 손은 찹니더.

암에 걸린 사람은 몸이 차다. 엄마 손을 잡으면 얼음처럼 차가웠다. 그래서 나는 종종 나의 양손으로 엄마 손을 비벼 드렸다. 그러고 나서 손깍지를 끼면 엄마는 편안해하셨다.

오래 사신 수유리 집에서 삼각지의 실버타운으로 이사한 후 엄마는 눈에 띄게 노쇠해지셨다. 엄마는 수유리에서 50년 가까이 살아 동네 시장을 가든 약국을 가든 과일가게를 가든 슈퍼마켓이나 식당을 가든 아는 사람이 많았다. 특히 약국 주인이나 과일가게 주인, 세탁소 주인은 한곳에서 4, 50년간 영업을 해 엄마와 반평생을 함께한 분들이었다. 목욕탕 주인도 40년 내내 그대로였다. 이렇듯 수유리에는 시간이 변해도 달라지지 않은 사람과 장소가 상당히 많았다.

그뿐만 아니라 집 뒤 북한산 기슭의 부모님이 평소 산책하셨던 길도, 저녁 무렵 들려오는 화계사의 종소리도 몇십년 동안 달라진 게 아무것도 없었다.

부모님은 삼각지로 이사 오시기 전까지, 그 옛날 '닭집'(닭을 내다 키웠기에 이리 불렸다. 엄마는 이따금 이 집에서 닭을 잡아 와 우리에게 닭도리탕을 끓여주시곤 했었다)으로 불리던 산장 부근을 조금 지나면 나오는 작은 운동장을 30분쯤 돌다가 집으로 돌아오셨다. 아버지가 워낙 규칙적이어서 두분은 꼭 오후 4시경 집을 나섰다.

혹은 무더운 여름날에는 저녁 8시경 집을 나서서 우이초등학교 운동장을 몇바퀴 돌다가 돌아오시기도 했다. 혹은 선선한 가을이면 저녁을 드신 후 우이초등학교 뒷문 전방의 도로를 따라 느릿느릿 내려가셔서 본원정사를 지나 국립재활원 앞길을 쭉 걸어가셨는데, 거기서 뵈는 인수봉과 백운대의 풍광은 이루 말할 수 없이 좋았다. 차도 그다지 다니지 않는 이 한적한 길을 10분쯤 걸어가면 팔봉 김기진의 고가(古家)에 이르는데, 그 앞을 흐르는 시내의 작은 다리를 건넌 뒤 생태자연마을을 통과해 가르멜수녀원 담길을 따라 내려오면 형제슈퍼가 나온다. 이 앞에서 골목길을 따라 조금 내려온 뒤 계단을 올라가면 바로 집이다. 엄마와 아버지는 저녁 무렵이면 3, 40분쯤 소요되는 이 산책길을 즐겨 거닐곤 했었다. 어떤 날은 조금 일찍 나와 본원정사 부근의 식당에서 청국장 1인분을 시켜 나눠 드신 후 산책길을 따라 집으로 돌아오시기도 했다.

오랜, 그리고 깊은 존재관련이 있는 이런 공간과 사람들을 떠나 아무 존재관련이 없는 곳으로 오셨으니 엄마가 얼마나 당혹스러움과 황량함을 느끼셨을까 싶다.

여든 중반을 넘기면서부터 엄마는 집안일을 감당하는 데 버거움을 느끼셨다. 특히 식사 준비를 하는 데 퍽이나 힘들어하셨다. 나가서 장을 봐오고 음식을 만드는 것이 보통 부담이 아니었던 것이다. 그래서 한동안 가사도우미 서비스도 이용해보고 매일 새벽마다 반찬을 배달해주는 서비스도 이용해보았다. 그러다가 결국 아버지가 결정을 내려 실버타운을 알아보게 되었다. 서울의 여러 실버타운을 둘러봤지만 부모님은 삼각지의 실버타운이 제일 마음에 든다고 하셨다. 아마 내가 사는 집이 가까워 호감을 느끼셨던 게 아닌가 싶다. 그리하여 2017년 1월, 수유리에서 삼각지로 이사하셨다.

내가 늘 엄마의 손을 잡고 다닌 것은 엄마가 삼각지에 사시면서부터다. 그전에는 그러지 않았다. 왜 이때부터 엄마 손을 잡고 다니게 되었을까? 그 동기는 분명하지 않다. 아마도 이 무렵부터 엄마의 노쇠가 눈에 띄게 현저해져 걸음걸이도 느려지고 허리도 조금 앞으로 굽어, 이런 엄마 모습에 나도 모르게 엄마 손을 잡게 되지 않았나 싶다. 나처럼 머리가 허연 아들이 엄마 손을 잡고 걸어가는 풍경은 여전히 그리 흔치 않다. 젊을 때 같으면 부끄러워 엄마 손을 잡지 못했을 것이다. 하지만 노쇠한 엄마 앞에서 부끄러움은 절로 사라졌다.

이때부터 나는 음식점을 가든 병원을 가든 박물관을 가든 공원을 가든 늘 엄마 손을 잡고 다녔다. 손을 잡기 시작하니 엄마 손을 잡는 것이 그리 자연스럽고 편안할 수가 없었다. 나는 걸음걸이가 빠른 편이다. 하지만 손을 잡으면 걸음걸이가 엄마에게 맞춰진다. 내가 어린아이였을 때 엄마는, 지금 내가 엄마의 걸음에 맞추듯 나의 걸음걸이에 맞춰 걸으셨을 것이다. 관계는 역전되었지만 다시 그때처럼 된 것이다.

엄마 손을 잡고 걸을 때 엄마 손이 차가워 늘 마음이 안 좋았지만 그럼에도 손을 잡고 있어 행복했다. 엄마가 숨을 거두실 때 나는 엄마의 찬 손을 마지막으로 꼭 잡았다.

52

내가 아파

니

기 챈다.

아입니더.

그런 말 마이소.

'기 챈다'라는 말은 '귀찮게 한다' '힘들게 한다'라는 뉘앙
스를 갖는 말이다. 엄마는 아프시기 전에도 이 단어를 자
주 자식들 앞에서 쓰셨다. 아마 예순 넘어 노년에 접어들
면서부터였을 것이다.

　　엄마는 젊어서부터 잔병치레가 많으셨다. 신경이 좀
예민하신 편이었으며 그 때문에 평생 위장장애를 안고 사
셨다. 하지만 병원 출입은 잦아도 수술을 하시거나 입원한
적은 없으셨다. 엄마가 병원에 입원하신 것은 호스피스 병
동이 처음이다.

엄마가 암에 걸린 것도 어찌 생각하면 꼭 질병이라기보다는 노화의 한 과정이 아니었나 생각된다. 나무가 늙으면 힘이 쇠하고 기능이 떨어져 병충해에 약해지고 결국 고사하듯 사람도 나이가 들면 안팎으로 온갖 침해를 받아 스스로 생명을 마감하는 듯싶다. 예정된, 피할 수 없는, 존재의 운명이다. 이 과정에 크고 작은 고통이 수반되는 것은 괴롭고 슬픈 일이나 그 역시 존재의 운명일 것이다.

이리 생각하면 엄마는 꼭 병으로 돌아가셨다기보다는 늙은 나무처럼 힘이 소진하고 연한이 다 되어 내부적으로 서서히 고사해가신 게 아닌가 싶다. 나는 10개월간 병실에서 엄마를 지켜보면서 크고 오래된 나무가 하루하루 고사해가는 이미지를 자주 떠올리곤 했었다. 그것은 흉하지도 않고 무섭지도 않고 낯설지도 않고 당혹스럽지도 않은 지극히 자연스러운 생의 한 과정으로 느껴졌다.

산행하다보면 고사해 쓰러져 있는 노목들을 자주 목도하게 된다. 초록의 당당한 삶을 누린 나무였을 텐데 지금은 황백색의 뼈다귀를 드러낸 몸체만 남아 비바람에 풍화되어가고 있다. 흙으로 돌아가는 중인 것이다. 나무의 이런 모습은 비참함이나 안타까움이 아니라 경건함과 경외감을 준다. 삶과 죽음의 운명 앞에서 느끼는 경건함과 경외감이다. 엄마도 저 늙은 나무와 똑같은 게 아닐까.

엄마는 수유리에 사실 적에도 혹 몸이 아프셔서 우리

가 걱정하면 '내가 아파 느그 기만 챈다'라는 말을 곧잘 하셨다. 엄마는 심지어 우리를 '기 채지' 않게 하려고 아버지에게 '자식들한테 내가 아프다고 절대 알리지 말라'라고 주의를 주곤 하셨다. 그래서 쉽게 치료할 수도 있었을 엄마의 질병이 악화되어 고생한 적이 한두번이 아니다.

엄마는 호스피스 병동에 입원해 돌아가실 때까지 자식들에게 '기 채는' 것을 끝내 미안해하셨던 것이다.

53

여보!
여보!

주무시다가 하신 잠꼬대다. 엄마는 주무시다 아버지를 자주 찾았다.

엄마는 열여덟살 때인 1947년 12월에 스물세살의 아버지와 결혼하셨다. 그러니 부부로 함께한 햇수가 72년이다. 젊은 나무들은 늙은 나무들 마음을 알기 어렵다. 3, 40년을 산 부부가 7, 80년을 산 부부의 두께를 어찌 요량할 수 있겠는가.

7년 전 늦가을, 부모님이 수유리 사실 때 일이다. 당시 엄마는 마른기침이 잦아 불편을 겪고 계셨다. 인후가 약하셔서 환절기에 이런 증상이 잘 나타났다. 심하지 않을 때는 용각산 같은 것을 드셨으나 이것으로 안 될 때는 병원에 가서 시럽으로 된 기침약을 처방받아 복용하셨다. 이 증상이 나타나면 주무실 때도 기침이 나와 잠을 잘 주무시지 못했다. 그런데 이 무렵 아버지도 이상하게 아랫배가 아파 약국에 가서 소화제를 사와 이삼일 복용하고 계셨다. 그러던 중 새벽 1시경 정신을 잃을 정도로 배의 통증이 심해 아버지는 침대에서 살금살금 기어 내려와 마루로 나가셔서 집 전화로 119 구급차를 불렀다. 그때 엄마는 아버지 곁의 딴 침대에서 곤히 주무시고 계셨다. 아버지는 이즈음 엄마가 기침으로 잠도 잘 못 자고 고생하는 게 안되어 엄마를 깨우지 않으려고 방에 불도 켜지 않고 어둠 속에서 배를 움켜잡고 기어 나왔다고 하셨다.

내가 우이동의 한일병원 응급실에 계신 아버지의 전화를 받은 건 이날 새벽 4시경이다. 아버지는, 급히 수술을 해야 해서 병원에서 보호자의 동의가 필요하다고 하니 네가 얼른 좀 와야겠다고 하셨다. 전화를 받고 달려가보니 썰렁한 응급실 침대에 아버지가 연신 신음소리를 내며 누워 계셨다. 당직 의사에게 물어보니 담낭염이 심해 얼른 수술하지 않으면 위험하다고 했다.

7시경 동이 틀 무렵 엄마에게서 전화가 왔다. 엄마는 다급한 목소리로 "느그 아버지가 안 보인다. 느그 아버지한테 무슨 일이 생겼나"라고 물으셨다. 나는 엄마가 놀라시지 않도록 대강 자초지종을 말씀드렸다. 아버지는 당시 119에 전화한 뒤 종이에 간단히 "아파 119 구급차로 급히 병원에 감"이라고 써서 식탁에 붙여놓고 나오셨다고 한다.

아버지는 이 말을 하는 와중에도 119대원의 침착함을 칭찬하며 그 헌신적 행동에 감사를 표하셨다.

나는 당시 엄마를 배려하기 위한 아버지의 이 놀라운 행위에서 두분의 존재관련이 얼마나 깊은지 짐작할 수 있었으며, 두분 외의 그 누구도 두분의 그 깊이를 이해할 수 없다는 생각을 하게 되었다.

나는
니가 못 올 줄 알았다.

북부병원에 계실 때 하신 말이다. 병실을 들어서자 이리
말씀하셨다. 평시와 비슷한 시간에 갔건만 이리 말씀하셔
서 의아했다. 엄마는 이날따라 내가 오는 걸 더 기다리셨
던 걸까. '못 올 줄'이라는 말이 이상하게 마음을 건드렸
다. 언젠가는 엄마를 못 찾아갈 날이 올 것이기 때문일 터
이다.

밥맛 없으면
물에
말아 무라.

예,
그라겠십니더.

엄마는 음식을 잘 들지 못하시면서도 늘 내 걱정을 하셨
다. 아마 당신이 통 입맛이 없으시다보니 이런 말을 하신
건지도 모른다.

　어린 시절, 여름에 더위를 먹어 밥맛이 없으면 물에
밥을 말아 먹곤 했다. 1960년대 초중반 내가 초등학교 다
닐 때는 입을 것도 먹을 것도 부족했다. 대부분의 사람이
남루하게 살았지만 아이도 어른도 어려움을 견디는 힘만
큼은 강했다. 위의 말을 하실 때 엄마는 그 시공간 속에 계
셨던 게 아닐까. 그때 내 나이는 열살 전후이고 엄마는 서

른네살쯤이었을 것이다. 시간은 곧 슬픔이다. 젊디젊었던
엄마의 그때를 생각하면.

56

늦었는데
밖에서
저녁 한그릇 사 묵자.

그럴까예?

형제들 중에는 내가 엄마와 밥을 가장 많이 먹었을 것이
다. 나는 결혼한 뒤에도 8년을 엄마 슬하에 있었고 그뒤
20년은 주말마다 수유리 집에 가 점심을 함께했고 그뒤
2년은 주말마다 삼각지에서 함께 외식을 했다.

　수유리에서 삼각지로 이사하기 전 몇년간 엄마는 토
요일 이른 아침마다 오골계 백숙을 안치셨는데 보자기에
찹쌀, 기장, 율무, 수수 등의 오곡을 넣은 뒤 엄나무, 헛개
나무, 오가피나무, 구지뽕나무 가지를 오골계 위에 얹고
말린 밤과 대추를 넣으셨다. 서너시간 약한 불로 찌면 요
리가 완성되는데, 중간 크기의 오골계 한마리는 부모님과

나 셋이서 함께 먹으면 양이 딱 맞았다. 엄마가 만드신 오골계 백숙은 아주 향기롭고 그윽하여 아무리 먹어도 질리지 않았다. 오골계 백숙은 닭백숙과 달리 살이 좀 질긴 편이지만 맛의 깊이는 닭백숙과 비교할 바가 아니었다. 가까운 기억으로는 부모님과 백숙을 먹으며 이런저런 대화를 나눈 이때만큼 행복한 적이 없었다. 나는 가끔 학교에서 있었던 일이라든가 훌륭한 학생들에 대한 이야기를 엄마에게 들려드리곤 했는데 그러면 엄마는 "그렇나? 그렇나?"를 연발하시며 무척 재미있어하셨다. 정말 행복한 시간이었다. 엄마도 내가 음식을 맛있게 먹어 매번 흐뭇하신 표정이었다.

토요일 점심때는 이렇게 모처럼 활기가 있었지만 다른 날은 두분만 계셔서 적적하셨을 것이다. 부모님은 음식을 시켜 드시거나 집 부근에서 외식을 하는 경우가 적지 않았다. 아버지 말씀으로는 엄마는 특히 오리고기가 든 도시락을 맛있어하셨다고 한다. 외식은 본원정사 부근의 청국장집이나 그 건너편의 추어탕집에서 잘 하셨다. 백십자약국 맞은편의 순댓국집도 더러 다니셨다. 삼각지 실버타운은 매끼 식사가 제공되니 저녁을 밖에서 사 드실 필요가 없었다. 그러니 위의 말을 하실 때 엄마는 수유리 옛집에 계셨던 것이 분명하다.

57

여기 좋다.

니도 고마

이리 들어온나.

2019년 1월 10일 국립의료원으로 옮긴 지 이틀째 되는 날 하신 말이다.

　엄마는 내가 사는 집이 좀 춥다고 늘 걱정하셨다. 나는 남쪽 사람이라 추위를 많이 타는 편인데 내가 사는 아파트는 중앙난방식이어서 실내 온도를 조절할 수가 없다. 특히 난방이 안 되는 봄이나 가을은 전기담요를 이용하지 않으면 안 된다.

　엄마는 당시 2인실에 계셨는데 방이 깨끗하고 따뜻했으며 창으로 햇볕이 잘 들었다. 엄마는 새로 옮긴 병실의 느낌과 분위기가 좋으셨던 모양이다. 그래서 나보고 추운 집에서 고생하지 말고 그만 이리로 이사 오라고 하신 것이다. '고마'라는 단어에 엄마의 깊은 마음이 담겨 있는 듯했

다. '거기서 고생 그만하고' '요리조리 망설이지 말고'라는
뉘앙스가 담겨 있다고 여겨져서다.

그뿐만 아니라 위의 말에는 자식과 함께 살고 싶은 엄
마의 마음이 담겨 있기도 할 것이다.

58

엄마
어디가 아픕니꺼?

**여기저기 다
아프다.**

엄마는 작년 10월 10일부터 몸에 통증이 나타나기 시작하
여 타진서방정이라는 약을 복용하셨다. 처음에는 5밀리그
램을 복용했는데 효과가 없어 단위를 차츰 올렸다. 이 약
은 마약성 진통제로서 중등증(moderate) 혹은 중증의 통증
에 사용한다.

12월 20일 서울성모병원에 입원해서는 낮은 단위의
진통제 주사를 맞았다. 1월 10일 국립의료원으로 옮기신
후에도 두달간 계속 진통제 주사를 맞았다. 3월 6일 여의
도성모병원으로 옮기셨는데 여기서는 진통제 주사를 맞지
않고도 지내실 수 있었다. 알 수 없는 일이었다. 그후로도

엄마는 진통제 주사를 맞지 않았다. 가끔 통증이 있으신지 얼굴을 찡그리시기도 하고 "아야! 아야" 하는 소리를 이따금 내시기도 했으나 오래 그러지는 않으셨다.

호스피스 병실의 암 환자에게 가장 중요한 것은 통증 완화다. 국립의료원에 계실 때 엄마 병상 옆의 50대 여성은 밤마다 통증 때문에 비명을 질렀다. 이분은 죽기 두어 시간 전 극심한 통증으로 하늘이 떠나갈 듯 울부짖었다. 그러고는 숨을 거두었다. 여의도성모병원에서는 50대 남성이 견딜 수 없는 통증 때문에 울부짖으며 "엄마! 엄마!" 하며 연신 외치는 것을 본 적이 있다. 이런 상황을 목도하면 보는 사람도 넋이 나가 이 세상이 꼭 지옥처럼 느껴진다.

엄마는 초기에는 통증 때문에 고생했으나 뒤로 가면서 통증은 크게 문제가 되지 않았다. 나이가 많은 말기암 환자 중에는 별로 통증을 겪지 않고 돌아가시는 분도 있다고 했다. 더구나 인지저하증 환자는 통증을 덜 느낀다고들 했다. 엄마가 통증에 덜 시달리신 건 나이가 많은데다 인지저하증이 있어서일지 모른다.

하지만 나의 관찰에 의하면 엄마는 통증이 없는 것이 아니라 통증을 자각하지 못하거나 덜 자각할 뿐이었다. 자각능력이 있는 사람이라야 통증을 느낀다. 자각능력이 없으면 통증이 있어도 통증을 느끼지 못한다. 엄마가 이따금 아프다는 표정을 지으시거나 신음소리를 내실 때는 미약

하나마 자각능력이 잠시 돌아왔기 때문이든가 통증의 정도가 너무도 심해 무자각 속에서 약간의 자각이 생긴 때문이 아닐까 한다.

　아무튼 엄마가 위의 말을 하셨을 때 엄마는 통증을 자각하고 있었음이 분명하다.

내 때문에 공부도 못하고
안됐다.

아입니더.

엄마는 병실에 계시면서 자주 내 공부 걱정을 하셨다. 예순네살 노인의 공부 걱정이라니! 그러고 보면 엄마만큼 평생 내 공부를 지켜보고 내 공부길을 걱정해주신 분은 없을 것이다.

부산에서 초등학교 다니던 시절이다. 3,4학년 때로 기억된다. 당시 학교에서는 시험을 자주 보았는데, 담임선생님은 시험 본 다음날 점수를 매긴 답안지를 학생들에게 나눠주었다. 답안지 맨 위에 붉은 색연필로 점수가 큼지막이 적혀 있었는데 나는 100점을 맞으면 점심시간을 이용해 집으로 달음박질쳐 엄마에게 답안지를 갖다드리곤 했다. 엄마는 기뻐하시며 내 머리를 한번 쓰다듬어주셨다. 집은 걸어서 15분쯤 거리에 있었다. 나는 중간에 한번도 쉬지 않고 내달려 집에 갔다가 도로 학교로 돌아왔다. 그러면 5교시 수업을 듣는 데 문제가 없었다.

엄마가 국립의료원에 계실 때 형님에게 말씀하시기를, "희병이 가가 정말 공부 잘하데. 경기고등학교 합격 안 했나. 그때 너무 기뻤더니라"라고 하셨다고 한다.('가가'는 '그 애가'라는 뜻이다.) 엄마가 직접 내게 이런 말을 하신 적은 없었던 것 같다. 하지만 엄마의 마음속에는 평생 이 일이 기쁜 일로 간직되어 있었던 모양이다. 그렇지 않고서야 혼몽하신 중에 이런 말을 하실 리가 있겠는가. 나는 형님 말을 전해 듣고 엄마가 아프시고 정신이 없으신 중에도 옛날 일 한조각을 떠올리며 행복해하시는 것 같아 마음이 기뻤다.

그러고 보니 엄마는 내가 서울대에 합격했을 때도 무척 기뻐하셨다. 당시 나는 동숭동 문리대의 법대 건물에서 시험을 보았다. 합격자 명단은 문리대 정문 안쪽의 게시판에 나붙었다. 합격자 발표가 있던 날 오전에 나는 엄마와 함께 수유리 집을 나서서 동숭동으로 갔다. 엄마는 수험번호와 이름들이 깨알 같은 글씨로 적힌 명단에서 내 이름 석자를 발견하는 순간 얼굴이 환해지셨다. 잊고 지낸 당시의 엄마 모습이 불현듯 떠올랐다. 그때 나는 열아홉살이고 엄마는 마흔네살이었다.

학창 시절의 시험공부는 어쩔 수 없이 한 것이고 지금의 내 공부는 내가 좋아 하는 것으로 본질상 전연 다른 것이지만 엄마의 마음속에는 나의 어릴 적 공부와 지금의 공부가 하나로 쭉 이어져 있었던 것 같다. 하기야 엄마 생각대로 이전의 내 공부가 없었으면 지금의 내 공부가 있을 리가 만무하니 엄마 생각이 꼭 잘못된 것도 아니다.

나는 어린 시절 엄마가 기뻐하는 모습이 좋아 공부에 재미를 붙였지만 엄마는 힘든 그 시절 나로 인해 위로를 받으셨던 것 같다. 그런 까닭에 엄마는 혼몽한 중에도 때로 옛 기억을 떠올리며 행복해하셨다.

나는 평생 공부를 해왔지만 내 공부의 뒤안길에는 늘 엄마가 계셨다. 엄마가 나를 지켜봐주시고 걱정해주셔서 지금의 내가 있을 수 있었다. 그러니 나의 공부는 모두 엄마 덕분이다. 하지만 이제 나는 지켜봐주는 엄마 없이 남아 있는 시간 동안 공부길을 가야 한다. 위의 엄마 말을 평생 가슴에 새기며 촌음을 아껴 공부하려 한다. 그게 엄마의 뜻일 것이다.

60

조심해라.

예.

동부병원에 계실 때 하신 말이다.

　나를 보는 엄마의 눈길 속에 가득 담긴 것은 '걱정'이었다. 여의도성모병원의 한 나이 든 간호사는 엄마가 돌아가실 즈음 내게 몇번이나 '엄마는 자식이 아기처럼 보인다. 엄마를 자꾸 안아드려라. 엄마는 혼수상태에 있지만 다 들으신다'라는 말을 했다. 이 간호사가 한 말 중 '아기'라는 말에 나는 정신이 번쩍 들었다. 엄마 눈에는 초로의 내가 여전히 아기로 보였던 것이다. 아프시고 인지기능이 저하되면서 엄마에게는 더욱 내가 걱정스러운 아기로 보였던 것 같다. 그러니 옷이 춥지는 않은지, 배가 고프지는 않은지, 잠은 잘 자는지, 어디 아프지는 않은지, 길은 똑바로 다니는지, 산에 혼자 올라가다 사고가 나지는 않을는지, 이런 게 모두 늘 걱정이었을 것이다.

　엄마의 이 무한 걱정은 '순수사랑'일 것이다. 순수사랑은 적합성이라든가 효용성이라든가 현실성 같은 것을 훌쩍 뛰어넘는다. 자기희생 위에서만 성립되는 이 순수사랑은 인간이 추구할 수 있는 가장 높은 심급의 '진리'가 아닌가 한다. 그러니 알량한 이성으로 사랑의 합당함이라든가 상호성을 말할 것은 아니다. 엄마를 통해 나는 순수사랑이 이성의 영역을 넘어선다는 사실을 깨닫게 되었다.

61

밥 왔다.
니도 같이 묵자.

예, 어머이 먼저 묵고예.

북부병원에 계실 때 하신 말이다.

호스피스 병실에는 5시 반쯤 밥이 나왔다. 병원마다 식사에 차이가 있었지만 북부병원은 특히 반찬이 시원찮았다. 엄마에게는 밥 대신 죽이 나왔다. 반찬은 서너가지쯤 되는데 나물이든 고기든 전부 분쇄해 떡처럼 만들어서 뭐가 뭔지 통 알 수 없었다. 전에 있던 동부병원에서는 엄마가 좋아하는 계란찜도 가끔 나왔었다. 그리고 채소나 고기를 씹기 편하게 다지긴 했지만 내용물이 뭐가 뭔지는 알수 있었다. 엄마는 이 반찬을 때로는 반쯤, 때로는 거의 다드셨다. 엄마가 드시기 전에 내가 먼저 반찬 맛을 보기도 했는데 그럭저럭 먹을 만했다.

하지만 당시 북부병원의 반찬은 냄새도 이상하고 맛도 영 이상했다. 이걸 먹으라고 준 건가 싶은 생각이 들 정도였다. 엄마는 북부병원에서 처음 며칠은 식사를 했으나 일주일쯤 지나면서부터는 병원에서 제공하는 음식에 아예 입도 대지 않으셨다. 게다가 의사는 나의 우려에도 불구하고 세로켈을 증량해 투여했다. 그러자 엄마는 급속히 나빠져갔다.

엄마 병상 옆의 50대 환자는 동부병원에서도 두달간 같은 병실에 계시던 분이다. 이분은 말기암이긴 하나 정신이 또렷하고 그럭저럭 혼자서 밥을 드실 수 있는 상태였다. 그런데 이분의 반찬은 엄마의 반찬과 달랐다. 생선도 가끔 나오고 반찬도 참고 먹을 만해 보였다. 아마 밥을 먹는 환자와 죽을 먹는 환자는 식사 내용이 다른 것 같았다. 그런데 내 생각으로는 죽을 먹는 환자가 상태가 더 나빠진 경우이므로 좀더 세심하게 칼로리와 영양소를 고려해 식사를 제공해야 할 듯한데 실제로는 그 반대 같았다. 먹든 말든 알아서 하라는 식으로 영 성의 없는 식사가 제공되었다. 나조차도 먹을 맛이 나지 않았다.

호스피스 병실에는 세 단계의 환자가 있다. 첫째는 밥을 먹는 환자이고, 둘째는 죽을 먹는 환자이며, 셋째는 아무것도 먹지 못하는 환자다. 엄마는 원래 첫째 단계의 환자였으나 북부병원으로 오시면서 둘째 단계로 바뀌었다.

죽을 먹는 환자는 조만간 죽을 것이라고 여겨 이처럼 먹기 어려운 음식을 제공하는 것일까라는 생각을 혼자 해본 적도 있다. 순수히 의료적 관점에서만 본다면 세번째 단계의 환자가 가장 '관리'하기 편할지 모른다. 죽음의 문턱에 와 있는, 그래서 정해진 매뉴얼대로만 조처하면 되는 환자들이기 때문이다. 그와 달리 나머지 두 단계의 환자들은 아직 갈 길이 먼데다가 시시각각 다양한 반응을 보여 관리하기가 그리 쉽지 않다. 특히 두번째 단계의 환자는 이것도 저것도 아니어서 보기에 따라서는 짜증스럽고 애매하며 얼른 세번째 단계로 넘겨야 할 존재로 간주될 수도 있다.

내가 경험한 바로는 좋은 호스피스 병원이란 특히 두번째 단계의 환자에게 세심함과 배려를 보여주는 병원이다. 왜냐하면 이 단계의 환자가 가장 까다롭고 다루기 어렵기 때문이다. 의료진이 어떻게 돌보느냐에 따라 이 단계의 환자는 혹 첫번째 단계로 복귀할 수도 있고 그만 세번째 단계로 급전직하할 수도 있다.

엄마가 8월 5일 북부병원에서 여의도성모병원으로 옮기신 뒤 나는 이 사실을 명확히 알게 되었다. 여의도성모병원으로 옮긴 다음날부터 엄마는 죽이 아닌 밥을 드시기 시작했다. 믿기지 않는 일이었다. 요리사가 직접 병실로 찾아와 엄마에게 어떤 음식이 필요한지 물었다. 그리하여 계란찜이라든가 생선 같은 부드러운 반찬 위주로 식사가 나왔다. 심지어 주치의인 정주혜 교수는 엄마가 단백질 섭취를 더 해야 한다면서 단백질이 많이 든 식사를 제공하도록 하겠다고 말하기까지 했다. 엄마는 이 음식들을 모두 다 드셨다.

설상가상으로 엄마는 북부병원에 계실 때 완화의료도 우미가 잠깐 나간 사이에 PICC(말초삽입중심정맥관: 팔에서 좌심방까지 연결된 50센티미터 길이의 튜브로, 이 튜브의 관을 통해 각종 약을 투입한다)를 몇센티미터가량 뽑아버렸다. 관이 박힌 부분이 아프고 불편해서였을 것이다. 다행히 빨리 발견해 바로 PICC를 제거했으며, 9일 후인 7월 30일 재시술을 했다. 시술 대기자가 많아 9일이나 기다린 것이다. 시술할 때 병원에서는 나에게 동의서에 서명을 하라고 했다. 나는 왠지 예감이 안 좋았다.

엄마는 월요일 오전에 시술을 했는데 이틀 뒤부터 시술한 왼쪽 팔과 손이 퉁퉁 붓기 시작했다. 간호사에게 말했더니 "좀 부었네요"라면서 대수롭지 않게 말했다. 붓기는 갈수록 심해졌다. 엄마는 점점 상태가 나빠져 드시던 도토리묵도 입에 대지 않으시고 눈을 감은 채 꼼짝도 않으셨다. PICC 시술을 잘못하면 감염이 될 수 있고 그러면 패혈증으로 목숨을 잃을 수도 있다고 했다. 나는 금요일 오전 간호사에게 PICC를 급히 제거해줄 것을 요청했다. 간호사는 의사가 마침 휴가 중이라며 전화를 해 물어보겠다고 했다. 의사는 PICC 때문일 수도 있고 엄마의 몸 상태가 나빠져 그럴 수도 있지만 일단 PICC는 제거하도록 조처하겠다고 했다. 그리하여 즉각 PICC가 제거되었다. 제거하고 난 다음날부터 엄마의 몸 상태는 눈에 띄게 호전되었다. 하지만 퉁퉁 부은 팔과 손의 붓기는 잘 빠지지 않았다. 그런 상태에서 엿새 뒤 여의도성모병원으로 전원한 것이다. 만일 금요일 오전 PICC를 제거하지 않았다면 엄마는 아주 위험한 상태가 되었을지도 모른다.

나는 여의도성모병원의 주치의에게 PICC 시술과 관련된 상황을 자세히 말했다. 의사는 가만히 내 말을 경청했으며 그다음날 재시술을 하겠다고 했다. 엄마가 영양 상태가 안 좋으므로 포도당 주사를 놓아야 하고 긴급하게 약물도 투입해야 하기 때문이라고 했다. 여의도성모병원에서의 시술은 아무 문제가 없었다. 하지만 부은 팔은 한달쯤 지나서야 원래에 가깝게 돌아왔다.

엄마는 당시 북부병원에서 제공하는 음식을 드시지 않았다. 그럼에도 나에게 "니도 같이 먹자"라고 하신 것은 아프지 않을 때 늘 그러셨던 것처럼 자식을 생각해서 하신 말이다.

62

니가 요새 마이 말랐다.
밥은 묵나?

예, 잘 묵습니더.

동부병원에 계실 때 하신 말이다.

작년 10월 초순 엄마가 아프시기 시작한 이래 자다가 깨어 엄마 생각을 하느라 다시 잠을 잘 이루지 못하는 경우가 잦았다. 생각이 꼬리에 꼬리를 물어 유년 시절 이래 엄마에 대한 온갖 기억들, 흘러간 긴 시간의 아련한 조각들이 한량없이 떠올라 '이제 생각을 그만하고 자야지, 내일 학교에 가야 하는데'라고 마음속으로 되뇌며 잠을 청해도 머리가 말똥말똥한 게 잠이 잘 오지 않았다.

엄마가 호스피스 병동에 입원하시고부터는 이런 현상이 더 심해졌다. 자려고 하면 괜스레 마음이 비감해져 잠을 잘 이루지 못했으며, 자다가 깨면 가슴이 답답해 한참 동안 다시 잠을 잘 이루지 못했다. 이러니 늘 몸이 피곤하고 정신이 맑지 못했으며 체중도 좀 빠졌다.

엄마는 인지저하증을 앓고 계셨지만 돌아가시기 직전까지도 자식에 대한 관찰의 끈을 놓지 않으셨다. 위의 말도 그런 맥락 속에서 이해되어야 할 것이다. 엄마는 늘 나를 관찰하고 걱정하셨으며 내게 필요한 충고를 하셨다. 의료진에게 엄마의 이런 모습은 도무지 포착될 수 없었다. 의사는 대개 하루에 한번 쓱 왔다 가는데, 엄마와 소통이 될 리가 없으니 혼자 말하고는 그냥 가버린다. 간호사는 혈압이나 체온을 재거나 수액을 교환하거나 약을 갖다주기 위해 이따금 들르는데 역시 엄마와 소통이 될 리가 없다. 엄마는 혼몽하신 중에도 눈치가 있어 의사와 간호사의 존재를 늘 알아보시고 이분들이 오면 애써 미소를 지으며 감사의 표시를 하셨다. 그렇기는 하나 의료진에게 엄마는 주무시든가, 주무시지 않더라도 눈을 감고 혼침(昏沈)의 상태에 있지 않으면 수시로 이상한 언행을 해대는, 말기암에다 치매까지 겹친 좀 난처한 환자로 인식되었을 법하다.

서울성모병원 의무기록에는 엄마가 '상황에 적절하지 않은 말'을 하고 '혼돈' 상태에 있다고 적혀 있다. 요컨대 두서없는 말을 하고 횡설수설한다는 것이다. 의료진에게는 이 관찰이 옳을 수 있다. 하지만 그것은 의료진의 패러다임과 그에 따른 해석의 결과일 뿐이다. 패러다임과 해석을 달리하면 퍽 다른 결과가 나올 수 있다. 말하자면 이런 것이다. 가령 어떤 환자가 인지저하와 섬망이 심하다 치자. 그러면 의료진에게는 그 환자의 횡설수설하는 말, 행동장애, 이상반응, 수면장애 등이 주로 주목되고 관찰될 것이다. 그리고 증상이 나타날 때마다 대증적(對症的)으로 아티반이나 할로페리돌 같은 약을 투여해 진정시키거나 수면에 들게 할 것이다. 하지만 약효가 떨어지면 환자는 다시 횡설수설과 행동장애와 이상반응과 수면장애를 보이게 될 것이다. 그러면 의료진은 재차 필요하다고 판단되는 약을 투여할 것이다. 환자는 또다시 진정되거나 수면을 취하게 될 것이다. 그런데 이 약들은 몸에 여러가지 부작용을 초래하기 때문에 오래 쓰다보면 손떨림이나 경련이 나타날 수도 있고 행동장애나 의식의 혼돈이 더 심해질 수도 있으며 수면장애가 심화될 수도 있다. 게다가 환자의 상태에 맞게 신중히 약의 용량이 조절되지 않고 혹 과다투여가 이루어질 경우 문제는 더욱 심각해진다. 아무튼 이런 의료적 프로세스에서 환자는 전연 '이해'의 대상이 아니며 그저 '처치'의 대상일 뿐이다. 의료진의 패러다임과 해석은 바로 이 점에서 문제가 있다.

패러다임을 바꾸어 환자를 이해하려는 입장을 취한다면, 환자는 단순히 정신이나 뇌가 망가진 존재가 아니라 정신이나 뇌에 일부 장애가 나타난 존재로 간주될 수 있다. 물론 장애의 정도는 환자마다 달라 좀 심한 경우도 있고 좀 덜한 경우도 있을 것이다. 나의 판단으로는 엄마의 경우 장애가 그리 심한 편은 아니었다.

인지저하증이나 섬망과 같은 뇌와 관련된 장애는 비록 특수한 것이기는 하나 그럼에도 '장애 일반'의 문제로 접근해야 할 필요가 있다. 노령화 사회에서 이런 환자가 점점 더 많아지고 있으니 더욱 그러하다. 이런 접근법은 인간 존엄성의 수준을 좀더 고양시키는 길이 될 것이다.

엄마와 같은 인지저하증 환자를 장애의 측면에서 접근한다면 파블로프식 조건반사처럼 무조건 약물치료에만 의존하는 것이 능사는 아니다. 적절하고 신중한 약물치료는 물론 중요하나, 우선 환자를 장애 때문에 불편을 느끼는 '인간'으로 여기고 대하는 자세와 감수성이 무엇보다도 필요하다. 이런 자세와 감수성을 조금이라도 갖는다면 환자를 그저 '상황에 적절하지 않은 말'이나 해대고 '혼돈'에 빠져 있는 존재로만 치부할 수는 없다.

엄마는 늘 상황에 적절하지 않은 말을 한 것도 아니고 늘 혼돈에 빠져 있었던 것도 아니다. '엄마의 마지막 말들'이 이 점을 입증한다. 엄마는 적절하지 않은 말만큼이나 적절한 말을 많이 하셨으며 혼돈만큼이나 비혼돈의 상태에 계셨다. 의료진은 대체로 엄마의 적절하지 않은 말과 혼돈에만 주목했으며 그 반대의 양상은 무시하거나 별반 의미를 두지 않았다. 하지만 엄마와 같은 환자를 보는 패러다임을 바꾸면, 그리고 그런 환자가 보여주는 언어적·비언어적 반응들에 대한 해석을 달리하면, 환자는 완전히 다른 존재로 인식된다. 패러다임에 따라, 그리고 해석의 태도와 방법에 따라 존재는 다르게 표상된다.

인문학을 업으로 삼는 나는 엄마의 언어적·비언어적 기표(記標)들을 가능한 한 세심히 관찰하고 분석하고 음미하고자 했다. 그 결과 엄마의 많은 신체적·언어적 기표에 어떤 맥락과 의미가 내재되어 있음을 깨닫게 되었다. 엄마는 아주 작은 소리로 모호하게 말할 때도 많았다. 그런 때마다 나는 그 의미를 정확히 포착하기 위해 "엄마! 뭐라고요?" 하고 물었지만 엄마는 대개 되풀이해 말씀하시는 법이 없었다. 나는 그때마다 아쉬웠다. 엄마가 바깥의 세상을 향해 던진 메시지를 그만 놓쳐버렸다는 낭패감 때문이었다. 나는 어릴 때부터 난청이 좀 있다. 난청만 아니었다면 엄마가 발한 무수한 기표들로부터 좀더 많은 의미를 해독해 낼 수 있었을 텐데 그러지 못한 것이 아쉽고 한스럽다.

하지만 귀가 밝다고 해서 엄마의 말을 다 알아들을 수 있는 것은 아니다. 간병인들은 설사 귀가 밝아도 내가 알아듣는 엄마의 말을 알아듣지 못했다. 나는 그럴 때마다 간병인들에게 '지금 엄마가 하신 말은 무슨 뜻입니다. 이

런 내용을 그러한 방식으로 표현하신 것입니다'라고 풀이
해주곤 했다. 간병인들이 엄마 말을 잘 알아듣지 못한 것
은 엄마가 종종 사투리를 써서 그럴 수도 있다. 하지만 전
적으로 이 때문만은 아니다. 두가지가 특히 문제였다고 생
각된다. 하나는 엄마의 독특한 언어습관이고, 다른 하나는
엄마 말의 맥락에 대한 이해도였다. 이 두가지 점으로 인
해 간병인들은 엄마의 말을 이해할 수 없었으며, 엄마가
아무 의미 없는 말을 해댄다고 여겼을 법하다. 간병인만이
아니라 의사나 간호사도 사정이 별반 다르지 않다.

엄마의 이런 말들은 당연히 '상황에 적절하지 않은
말'로 간주되었을 터이다. 더군다나 엄마는 인지저하증이
오면서 그토록 밝으셨던 귀가 잘 들리지 않게 되었다. 그
러니 간호사가 엄마에게 뭐라고 물으면 엄마는 제대로 대
꾸하지 못했으며 간호사가 보기에는 영 동이 닿지 않는 말
만 하셨다.

엄마는 비록 귀가 잘 안 들려도 희한하게 내 말은 좀
알아들으셨다. 하지만 내 말도 못 알아들을 때가 역시 많
으셔서 나는 한번은 공책을 가져와 거기에다 연필로 글씨
를 크게 써서 엄마에게 보여드렸다. 아니나 다를까 엄마는
글씨를 가만히 보시더니 쓰인 질문에 대한 답을 정확히 하
시는 것이었다. 일종의 '필담'이다. 애석하게도 필담을 시
작한 것은 엄마가 돌아가시기 두달쯤 전부터다.

엄마와 같은 환자를 대하는 모든 병원의 호스피스 의료진의 태도가 다 같은 것은 아니었다. 어떤 병원의 의료진은 엄마를 사물화하는 편이었지만 어떤 병원의 의료진은 엄마를 인간적으로 대하려고 노력했다. 시립병원인 동부병원은 사립병원에 비해 시설도 낡고 물질적 여건도 좋지 않았지만 그럼에도 이런 핸디캡을 의료진의 정성과 헌신적 책임감으로 넘어서고 있었다. 여의도성모병원에는 병원 입구만이 아니라 병원 곳곳에 성모마리아 상이 있다. 성모마리아의 사랑을 실천하고 있어서인지 이 병원 호스피스 병동의 수녀님과 의사와 간호사는 혼연일체가 되어 엄마를 정성스럽게 돌봐주었다. 특히 두 병원 모두 호스피스 의료행위에 임하는 의사의 윤리의식과 헌신성이 돋보였다. 의사의 태도와 자질이 무엇보다 중요한 듯했다. 동부병원의 배근주 의사와 여의도성모병원의 정주혜 의사 모두 환자와 그 보호자들을 아주 격의 없이 대했으며, 늘상 간호사실에 앉아 간호사들과 의견을 교환하거나 간호사실에서 환자 차트를 보고 있었다. 이러니 간호사들 역시 환자에게 자상하고 일에 열성적이었다. 내가 관찰한 바로는 이런 모범적 시스템의 중심에는 의사가 있었다. 뒤집어 말하면, 의사에게 호스피스 의료행위에 요구되는 윤리의식과 자질이 부족하다면 그 병원 호스피스 병동의 시스템은 보나마나이다. 간호사도 불친절해 환자를 사무적으로 대하게 마련이고, 환자에게 필요한 제대로 된 의료적 조치가 신속하고 적절하게 행해지는 것을 기대하기도 어렵다. 이런 시스템 속의 의사일수록 불친절하고 권위적이며 자기방어적이다. 그래서 환자의 보호자에게 걸핏하면 훈계나 하려 들고 보호자를 무시하는 경향을 보인다. 그 반대의 시스템을 이끄는 의사는 환자의 상태를 수시로 살피며 보호자의 말을 사려 깊게 경청해 치료에 반영한다. 정주혜 의사는 늘 자기 말은 적게 하고 보호자의 말을 가만히 듣는 편이었는데 나의 뇌리에는 이 점이 아주 인상적으로 남아 있다.

시스템이 그래서인지 여의도성모병원에 계실 때 엄마는 완전히 딴사람 같았다. 북부병원에 계실 때 엄마는 천덕꾸러기 신세였지만 여의도성모병원에서는 수녀님, 의사, 간호사 모두로부터 '스마일 할머니'로 불리며 '귀여움'과 사랑을 받았다.

나는 이것이 근본적으로 환자를 대하는 병원 의료진의 패러다임 때문이라고 생각한다. 패러다임이 달랐기 때문에 환자는 생기를 얻고 환대와 사랑을 받을 수 있었으며, 의료진은 환자와 교감하고 소통할 수 있었던 것이다. 그리하여 환자 및 보호자는 의료진과 깊은 정서적 유대를 형성할 수 있었다.

엄마가 돌아가셨을 때 간호사들 중에는 눈물을 흘리

는 분도 계셨다. 장례식장에는 수녀님이 찾아와 기도해주
었으며, 간호사 몇분이 바쁜 중에도 일부러 찾아와 우리를
위로해주었다.

63

아부지!

아부지!

작년 11월 집에서 서울성모병원 호스피스 완화의료센터의
가정형 호스피스를 받고 계실 때 하신 말이다.

　　당시 간호사가 일주일에 한번 집을 방문해 엄마의 상
태를 확인하고 필요한 의료적 처치를 해주었다. 간호사는
병원에 돌아가 의사에게 엄마의 상태를 보고했으며 나와
동생이 일주일 혹은 이주일마다 의사를 방문해 엄마의 상
태를 자세히 말하고 약을 처방받아 왔다. 담당의는 별로
친절한 분이 아니었으며, 만날 때마다 암담한 기분이 들게
했다. 가정의학 전공이라 그런지 인지저하증에 대한 이해
도 퍽 부족해 보였다. 당시 엄마는 페리돌을 처방받아 드
시고 계셨는데 별로 효과가 없었다. 의사는 엄마가 발작적
행동을 보일 때마다 약을 증량하라고 했지만, 약은 강제
수면 효과는 있었으나 발작적 행동을 개선하지는 못했으

며 팔에 심한 경련이 일어나고 호흡곤란이 야기되는 등 부
작용이 나타났다.

　어느 병원이든 호스피스 병동의 의사는 전공이 가정
의학인 경우가 대부분이다. 내과 전공도 혹 있지만 그리
많지는 않은 듯했다. 문제는, 가정의학 전공 의사든 내과
전공 의사든 정신과 약물에 대한 전문성이 부족하다는 점
이다. 호스피스 병실에 계시는 분들은 거의 모두 말기암
환자인데 이들에게는 섬망이나 인지저하증이 동반되는 경
우가 적지 않다. 섬망이나 인지저하증은 정신의학적 대처
가 필요하다. 게다가 이들 질환은 환자의 조건이나 상태에
따라 편차가 있고 다양한 양상으로 발현될 수 있기에 정신
과 의사의 세심하고 지속적인 관찰과 적절한 약물 선택 및
약물 용량의 조절이 필요하다. 정신과 의사가 아니고는 이
런 세심한 관찰과 약물 조절이 어렵다.

　그래서 호스피스 담당 의사는 필요하다고 판단될 경
우 정신과 의사에게 협진을 요청한다. 하지만 이 협진이
운용되는 방식에는 문제가 없지 않았다.

　첫번째 문제는 담당 의사가 협진을 늦게 요청하는 경
우다. 서울성모병원의 경우가 그러했다. 엄마가 가정형 호
스피스를 받고 있을 때 의사가 보호자의 말을 좀더 경청하
고 문제를 해결하기 위해 함께 노력하는 자세를 보였다면
엄마와 가족들은 고통을 덜 받았을 것이다. 의사의 전문성

부족에다 헛된 권위의식이 문제 해결을 지연시켰다.

두번째 문제는 설사 제때 협진을 요청했다 할지라도 환자에 대한 정신의학적 관찰, 약물의 적절한 변통과 가감이 현 호스피스 의료체제에서는 제대로 이루어지기 어렵다는 점이다. 북부병원의 경우가 그러했다. 이 병원으로 옮기고 얼마 후 주치의는 정신과에 협진을 요청해 이전 병원에서 취침 전에 복용하던 세로켈의 양을 50밀리그램에서 75밀리그램으로 증량했다. 엄마가 밤에 잠을 안 자고 깨어 있다는 것이 이유였다. 세로켈은 수면 효과도 있으므로 정신과 의사는 증량을 권했던 것이다. 하지만 증량 후 엄마의 상태는 급속히 나빠져갔다. 우리 가족은 의사에게 몇번이나 엄마가 대단히 쇠약한데다 약에 대한 민감도가 아주 높은 편이어서 약의 조절이 필요하다는 의견을 전달했다. 하지만 의사는 환자 가족의 말에 귀를 기울이지 않았으며, 외려 감히 의사에게 간섭하는 것으로 간주해 불쾌감을 느낀 듯했다. 하지만 나는 환자 가족의 이런 태도가 의사의 권위에 대한 도전이거나 의사에게 간섭하는 일이라고는 생각하지 않았다. 환자의 보호자인 우리 가족은 당연히 최선을 다해 의료적 자결권을 상실한 엄마를 대변해야 할 의무와 권리가 있었기 때문이다. 엄마가 무엇을 요구하시는지, 엄마가 무엇을 불편하게 여기고 계신지, 지금 투여되는 약물들이 과연 현재 상태의 엄마에게 최선의 것인지, 시시각각 이런 점을 세심히 판단하지 않으면 안 되었기에 늘 백척간두에 서 있는 기분이었다. 그러니 독일 철학자 가다머(Hans-Georg Gadamer)가 강조했듯 환자 측과 의사 간에는 대화가 필요하다. 대화는 충분히, 그리고 자주 할수록 좋다. 대화의 전제는 경청이다. 의료의 지평은 환자와 의사가 함께 열어나가는 것이지, 의사는 결정하고 환자는 무조건 따르기만 하는 것이 아니다. 나는 생각 끝에 이 병원의 정신과 의사를 만났다. 의사는 내 말을 듣고 내일부터 원래의 양으로 감량하겠다고 했다. 그러면서 자신이 직접 돌보는 환자 같으면 세심히 살펴볼 텐데 그렇지 않으니 한계가 있다는 취지의 말을 했다. 나는 정신과 의사의 이 말을 듣고 현 호스피스 의료체제의 문제점을 좀더 분명히 깨달을 수 있었다.

이런 문제점을 넘어서기 위해서는 호스피스 의료진에 정신과 전공 의사가 포함되는 방향으로 장차 제도 개선이 이루어질 필요가 있지 않을까 한다. 한국에서 호스피스 의료는 아직 걸음마 단계이며 갈 길이 멀다. 호스피스 의료는 돈벌이가 되지 않으니 병원에서 꺼린다. 그래서 재벌병원에는 대개 호스피스 병동이 없다. 그러므로 이 분야 종사자들이 어려운 여건에서 분투하고 있음은 인정해야 할 사실이고 그분들에게 큰 감사를 표해야 마땅하다. 하지만 호스피스 의료의 향상과 발전을 위해서는 현재 드러난 문제점이 무엇인지, 제도를 어떻게 보완해야 하고, 의료진에게 어떤 윤리의식과 인성의 함양이 필요한지 냉정하게 짚고 넘어갈 필요가 있다고 생각된다.

위의 엄마 말에는 온갖 망상과 함께 환청과 환시가 나타나던 당시 엄마의 힘든 내적 상황이 반영되어 있다.

나는 엄마의 아버지, 즉 나의 외조부를 뵌 적이 없다. 외조부는 은진 임씨 휘 우문(又文)인데, 함안군 가야읍 말산리에서 1895년 10월 17일 태어났으며, 내가 태어나기 전인 1948년 5월에 돌아가셨다. 외조부 댁은 함안군청 부근에 있었다. 예전에 함안군청 앞의 넓은 들판은 모두 논이었다. 이 논이 거의 대부분 외조부 소유였으며 외조부는 말산리 아랫골에서 으뜸가는 부자였다고 한다. 외조부는 키가 크시고 점잖고 덕이 있으셨으며 이웃에 베풀기를 좋아하셨다고 한다.

엄마는 함안군 가야읍 말산리의 외백조부 댁에서 차녀로 태어나셨다. 엄마 위로는 휘가 맹옥(孟玉)인 언니가 한분 계셨는데, 1928년 10월 태어나 4년 후인 1932년 4월 요절했다. 아래로 세 동생이 있었는데 여동생은 휘 말선(末仙)으로, 1935년 7월 출생해 1968년 여름 폐결핵으로 돌아가셨다. 남동생은 휘 경규(景奎)로, 1938년 5월 출생해 결핵성 뇌수막염으로 1966년 5월 돌아가셨다. 막내 여동생은 휘 순자(順子)로, 1941년 4월 출생해 열네살 때인

1954년 세상을 떠났다. 중학교 다닐 때 달리기를 퍽 잘했
는데 친구들과 달리기하며 놀다 넘어진 뒤 집에서 시름시
름 앓다 세상을 하직했다고 한다.

　외조부가 돌아가시자 그 묘를 말산리 425번지의 관
음사 땅에 썼다. 나중에 돌아가신 외백조부도 역시 이곳에
산소를 썼다. 관음사는 외백조부가 땅을 희사해 1942년
건립된 절이다. 산소를 쓴 지 몇년 후 한 스님이 관음사에
왔다가 멀리서 이 산소를 보고는 인근 보리밭에서 일하고
계시던 외당숙모에게 이리 말했다고 한다. "저기 두 무덤
이 누구 묘입니까? 저 묫자리는 굉장히 나쁜 묫자리입니
다. 가면 갈수록 안 좋은 일들이 생기고 사람의 수명이 단
축되어 오래 못 삽니다. 저 묘를 하루빨리 없애는 게 좋습
니다."

　그 말대로 집안에 자꾸 안 좋은 일이 생겨 1957년 이
장을 하려고 무덤을 열어 보니 널에 물이 가득 차 있어 여
러날을 말려 화장을 해서 다른 곳에 무덤을 썼다고 한다.
생전에 엄마는, 외조부 산소를 잘못 쓰는 바람에 가족이
차례로 다 세상을 뜨고 그 많던 재산도 다 흩어져버렸다는
말씀을 이따금 하셨다. 그러고 보면 순자 이모가 1954년
이상하게 돌아가신 것을 필두로 경규 외삼촌이 1966년에,
외조모와 말선 이모가 1968년에 차례로 돌아가신 일이 좀
이상하기는 하다. 돌아가실 때 경규 외삼촌은 고작 스물아

흡, 맏선 이모는 서른넷이셨다. 이 무렵 엄마도 신경쇠약과 원인불상의 위장병으로 몸이 대꼬챙이처럼 말라 체중이 30킬로그램대까지 떨어졌으며 잘 걷지도 못하고 말도 잘 하지 못하셨다. 내가 초등학교 5,6학년 때 일이다. 외재종매인 연희 누님께서는, 아버지의 강한 기운 덕에 엄마만 홀로 죽지 않고 겨우 살아남을 수 있었던 거라고 말씀하셨다. 안 그러면 엄마도 그때 죽어 멸문이 되었을 거라고 하셨다. 정말 그런지 어떤지는 알 수 없는 일이지만 살다보면 세상에는 합리적으로 설명되지 않는 일들이 종종 있다. 어쨌든 엄마는 서른예닐곱살 무렵인 그때 돌아가시지 않고 살아남은 이래 '골골 90년'의 평생을 끈기 있게 버텨오신 셈이다.

엄마는 함안의 가야초등학교를 나오셨다. 이모도 외삼촌도 모두 이 초등학교를 다녔다고 한다. 엄마가 사시던 집 인근에는 함안 말이산 고분군이 자리하고 있다. '말산리'라는 지명은 바로 이 말이산에서 온 말이다. 엄마가 '말산댁'이라고 불린 것은 엄마가 가야 말산 사람이기 때문이다.

가야초등학교는 1922년 문을 열었는데 엄마가 사시던 집에서 10여분이면 가는 거리다. 집 인근의 검암에는 큰 하천이 지금도 흐르는데 엄마 말씀으로는 어린 시절 저녁에 동무들과 하천으로 걸어가 멱을 감곤 했다고 한다.

나는 예전에 엄마와 함께 함안을 찾았을 때 엄마에게서 이 말을 처음 듣고 묘한 기분에 사로잡혔었다. 한번도 엄마의 어린 시절을 생각해본 적이 없었기 때문이다. 이상하게도 슬프고 황홀했다. 일흔의 엄마가 그처럼 어리고 고운 소녀였다니!

나는 이전에 엄마가 당신의 '아버지'를 부르시는 것을 한번도 들은 적이 없다. 엄마가 착란으로 인해 환청과 환시를 경험하며 그리도 힘들어하실 때 '아부지'를 연호하신 것은 아마도 당시 엄마가 어린 시절의 시공간 속에 계셔서였을 것이다. 즉 7, 80년 전 말산리의, 아버지·어머니·동생들과 함께 지내던 그 다정한 시공간으로 돌아가 계셨기 때문일 것이다. 그때는 힘든 시집살이도, 남편 봉양의 수고로움도, 자식들 키우고 뒷바라지하는 데 대한 걱정도, 병고 따위도 없었을 터이다. 아버지 어머니의 사랑 속에서 살았고, 혹 무슨 어려움이 생겨도 든든한 아버지가 다 해결해주었을 터이다. 그래서 엄마는 아버지에게 힘든 자신을 도와달라고 '아부지! 아부지!' 하고 다급하게 부른 게 아니었을까.

64

어머이!
어머이!

'어머이'는 어머니의 경상도 방언이다. '아부지'를 연호하던 무렵에 하신 말이다.

엄마의 어머니, 즉 외조모는 남양 홍씨이며 휘가 재임(再任)이다. 부(父) 홍순삼(洪淳參)과 모(母) 김합천(金合天)의 차녀로 함안군 법수면 윤외리의 집에서 1903년 10월에 태어나 1968년 4월 부산에서 돌아가셨다.

외조모는 키가 자그마하시고 체구도 작으셨으며 얼굴 왼쪽 입 아래에 점이 하나 있으셨다. 성품은 곰살맞고 인정이 많았다. 나의 친가 사람들은 기가 좀 세고 남에게 굽히기 싫어하며 시시비비 가리기를 좋아하나 외가 사람들은 기가 좀 약하고 유순하며 남을 잘 배려하고 다정다감한 성품을 지녔다.

1960년대 초엽 아버지가 강원도 인제에 가 근무하시

게 되어 인제군 남면 관대리의 관사에 살게 되었다. 겨울이면 눈이 많이 오는 곳이다. 외조모는 그 먼 함안에서 딸을 보기 위해 이곳까지 찾아오셨다. 가을 무렵으로 기억된다.

관사 뒤에는 논이 있었고 논 아래로 작은 개울이 있었다. 개울에 통발을 놓았다가 아침에 들어 올리면 미꾸라지가 가득했다. 외조모는 이걸 햇볕에 적당히 말린 후 기름에 튀겼다. 이 미꾸라지 튀김은 먹을 것이 별로 없던 그 시절에 근사하고 맛있는 음식이었다. 개울 넘어 논으로 올라가면 나락이 익어 황금빛으로 출렁거렸다. 나는 외조모와 둘이서 나락 사이를 헤집고 다니며 메뚜기를 잡았다. 나락 반 메뚜기 반이라고 할 정도로 메뚜기 천지였다. 나는 그때 아직 여섯살 아이라 벼 이삭을 밑에서 올려봐야 했다. 외조모가 앞에 계시고 나는 그 뒤를 졸졸 따라다녔는데, 메뚜기가 놀라 이리 뛰고 저리 뛰어 허공에 손을 뻗어 움켜쥐기만 해도 메뚜기가 잡혔다. 외조모는 이삭의 알벼를 손으로 훑어버리고 그 줄기에다 잡은 메뚜기를 꿰셨다. 메뚜기에서는 진득진득한 액이 나오고 특이한 냄새가 났다. 그래서 손가락이 금방 진노란색으로 물들었다. 외조모는 한줄기를 다 채우면 어깨에 멘 망태기에 집어넣으시고 다시 다른 줄기를 새로 만들어 메뚜기를 잡아 꿰셨다. 나도 외조모를 흉내 내어 열심히 한다고 했지만 그리 많이 잡지는 못했다. 논에서는 메뚜기들이 나락을 갉아 먹는 소리가 삭삭삭삭 들렸으며 수백수천마리나 되는 메뚜기들이 이리 뛰고 저리 뛰어 정신이 없었다.

외조모는 잡아온 메뚜기를 볶아 가루를 낸 뒤 꿀에다 재어 먹게 했다. 정말 고소하고 맛있었다. 내 뇌리에 강하게 각인되어 있는 이 독특한 메뚜기 가공품은 아쉽게도 이것이 처음이자 마지막이었다. 외조모를 생각하면 늘 이 메뚜기 꿀이 떠오른다.

1962년 우리 가족은 관대리 관사를 떠나 인제읍 합강리의 내린천 가로 이사를 갔다. 집주인은 혼자 사는 나무꾼이었는데, 이 집의 방 하나를 빌려서 거주했다. 이 집에 살 때도 외조모가 한번 찾아오셨다. 이때는 여름이었던 것 같다. 당시 외조모는 자주 마른기침을 하셨다. 나는 외조모에게서 기침을 낫우는 데 청개구리 말린 것이 좋다는 말씀을 얼핏 듣고서는 그때부터 청개구리를 열심히 잡기 시작했다. 지금은 청개구리를 보기도 힘들지만 당시 인제에는 비만 오면 청개구리들이 깍깍깍깍 울어댔다. 청개구리는 일반 개구리의 10분의 1 크기도 안 될 정도로 작지만 우는 소리는 일반 개구리보다 훨씬 크다. 우는 방식도 일반 개구리와 달라 금방 알 수 있다. 청개구리는 보통 때는 울지 않다가 비만 오면 울어댄다. 나는 비 올 때마다 혼자 나가 청개구리를 몇마리씩 잡아 왔다. 청개구리는 대개 논 부근이나 개울에 있는 나무의 잎 뒷면에 붙어 있었다. 발바닥이 끈적끈적한 게 흡착력이 대단히 강해 그 힘으로 붙어 있는 것이다. 나는 청개구리를 하도 잡아 나중에는 나무를 자세히 안 봐도 청개구리가 어디에 붙어 있는지 알 수 있었다. 외조모는 이처럼 열성인 나를 대견하게 여기셨으며 청개구리 말린 것을 잘 싸서 돌아가셨다.

합강리 살 때는 이모도 한번 다녀가셨다. 겨울이었던 것으로 기억된다. 이모는 다정다감하고 인정이 많으셨다. 당시 직접 짠 푸른색 모직 스웨터를 가져와 선물로 주셔서 입고 다녔다.

지금 생각하니 외조모가 마른기침을 자주 하신 것은 아마 결핵에 걸렸기 때문인 것 같다. 그때는 그 사실을 아무도 몰랐다. 당시 한국에는 결핵 환자가 아주 많았다. 가족 중에 결핵 환자가 한명 있으면 금방 가족 전체로 감염된다. 외조모는 이모랑 외삼촌이랑 함께 사셨다. 그러니 외조모의 결핵이 이모와 외삼촌에게 전염되었을 가능성이 높다. 나중에 아버지, 엄마, 큰형님, 나, 동생도 결핵에 감염되었다. 우리 가족 중에 결핵에 감염되지 않은 사람은 친조모와 둘째 형님 단 두분이다. 희한하게 이 두분은 감염되지 않았지만 나머지 식구는 모두 감염되어 오랫동안 약을 복용했다. 나는 초등학교 6학년 때 각혈이 나와 검사를 해보았더니 폐결핵이라고 했다. 그래서 '아이나' '파스' 등 독한 결핵약을 2년 가까이 먹었다. 파스는 한번에 열알 가까이 먹었던 것 같다. 몇달간은 스트렙토마이신 주사도 맞았다. 2년 후 의사는 이제 완치되었다면서 약을 그만 먹어도 된다고 했지만 나는 몰래 두달을 더 먹었다. 혹 재발할까봐 두려웠기 때문이다.

스트렙토마이신 주사를 많이 맞으면 난청이 생긴다. 내가 고등학교 때 난청이 생긴 것은 이 주사와 관련이 있지 않나 한다. 나이가 들수록 난청은 더 심해지고 있다. 다른 식구들도 결핵 때문에 고생했지만 결국은 다 나았는데 유독 큰형만 완치가 안 되어 43세를 일기로 생을 마감했다.

1963년 아버지가 전근 발령을 받아 우리 가족은 마산에서 조금 살다가 곧 부산으로 이사했다. 외조모는 부산의 능풍장 집에 가끔 들르셨다. 내가 초등학교 2, 3학년 때였다. 하지만 집에 친조모가 계시면 집으로 들어오지 못하고 발길을 돌리시곤 하셨다. 친조모는 마흔에 홀몸이 되셨으며 기가 아주 센 분이셨다. 기가 약하신 엄마는 이런 시어머니 밑에서 시집살이의 고초를 많이 겪으셨다.

엄마가 망상과 발작으로 엄청 고생하실 때 '어머이!'를 연호하신 것은 '엄마'의 도움이 필요하다고 여겨서일 것이다. 그래서 아이가 되어 당신의 '엄마'를 찾았을 것이다.

65

연탄불 꺼졌다!
연탄불 갈아야 한다!

갈았습니다.

니가 갈았나?

밤에 주무시다가 하신 잠꼬대인데 형님이 들었다. 국립의
료원에 계실 때 일이다.

옛날 수유리 집은 방이 네개였는데 큰방과 작은방이
각각 두개씩이었다. 대문으로 들어오면 현관이 있고, 현관
으로 들어서면 왼쪽에 화장실이 있고, 화장실 오른쪽에 큰
방이 하나, 화장실과 이어지는 쪽에 작은방이 하나 있었
다. 그 작은방을 곧추 지나면 부엌이 나오고 부엌 오른쪽
에 골방이 있었다. 현관을 들어서서 왼쪽 대각선 방향으로
마루를 지나면 안방이 있었다.

안방은 부모님이 주무시는 방이다. 겨울이면 안방 아랫목에 늘 두꺼운 이불이 하나 깔려 있어 어디 나갔다 들어오면 꼭 이 방으로 와 이불을 덮고 몸을 덥혔다. 당시는 겨울이 얼마나 춥던지! 현관 옆 작은방에는 친조모가 거처하셨고 큰방은 우리 형제 넷이 썼다.

당시 한국 도시의 집들이 대부분 그랬듯 수유리 옛집은 연탄으로 난방을 했다. 아궁이는 두군데로 나뉘어 있었는데 하나는 지하실에 있었고 다른 하나는 마당에 있었다. 지하실의 아궁이는 두개였는데 오른쪽 것은 안방용이고 왼쪽 것은 작은방용이었다. 마당에 있는 아궁이는 큰방 아궁이였다.

지하실의 아궁이에는 레일이 깔려 있었지만 마당의 아궁이에는 레일이 없었으며 화덕에 바퀴가 달려 있었다. 연탄 하나의 무게는 3.5킬로그램쯤 되어 상당히 무거웠다. 연탄에 불을 붙이면 지속 시간이 여섯시간에서 여덟시간가량 된다. 화덕 아랫부분에 불의 세기를 조절하는 공기구멍이 있어 구멍을 많이 열면 연탄이 빨리 타고 적게 열면 천천히 탄다.

화덕은 세로로 길쭉해 연탄이 두장 들어간다. 아래의 연탄에 불을 붙이고 그 위에 불을 붙이지 않은 연탄을 올려놓는다. 밑의 연탄이 다 탈 때쯤이면 위의 연탄에 불이 옮겨붙는다. 문제는 위의 연탄이 다 탈 때쯤이다. 만약 이

때 타이밍을 놓치면 연탄불이 꺼지게 된다. 연탄불이 꺼지면 난감해진다. 새 연탄에 불을 붙여야 하는데 이게 만만한 일이 아니다. 연탄을 신문지 위에 놓고 불을 지르기도 하고 잘게 짜갠 나무 쏘시개 위에 연탄을 올려놓고 불을 지르기도 하는데 어찌해도 연탄에 쉽게 불이 붙지 않는다. 연탄은 불이 붙으면 잘 타는 편이지만 처음에 불붙이기가 이처럼 쉽지 않다. 나중에 '번개탄'이라는 게 나와 불붙이기가 좀 수월해지기는 했다. 불을 번개처럼 빨리 붙일 수 있다고 해서 '번개'라는 이름을 붙인 것이다.

연탄을 가는 일, 혹 연탄이 꺼지면 불을 붙이는 일은 모두 엄마 몫이었다. 연탄은 하루에 서너번쯤 갈아야 했다. 엄마는 연탄불을 꺼뜨리지 않기 위해 새벽 2시나 새벽 3, 4시에 일어나시곤 했다. 연탄불이 꺼지면 방이 얼마 안 있어 냉골이 되어버리고, 그러면 감기 걸리기 십상이다. 그러니 엄마는 주무시다가 시간을 보기 위해 수시로 일어나시곤 했다. 연탄불 때문에 새우잠을 주무신 것이다. 한번은 연탄을 갈기 위해 밤에 지하실로 내려가다가 계단을 헛디뎌 몸을 다치신 적도 있다. 지하실에는 연탄이 수백장 쌓여 있었다. 엄마는 아궁이에서 화덕을 끌어낸 다음 연탄 집게로 위쪽의 불이 조금 남아 있는 연탄을 집어 양철로 만든 연탄재 담는 통에 먼저 놓은 다음 화덕 아래쪽의 다 탄 연탄을 꺼내 그 옆에 놓는다. 그리고 불이 조금 남아 있는 연탄을 화덕 아래쪽에 넣고 그 위에 새 연탄을 한장 놓는다. 새 연탄을 놓을 때는 아래쪽 연탄과 구멍을 잘 맞추어야 한다. 그렇지 않으면 공기가 안 통해 연탄불이 금방 꺼져버린다. 구멍을 맞추기 위해서는 화덕에 머리를 가까이 대고 잘 살펴보며 연탄집게로 이리저리 연탄을 조절하지 않으면 안 된다. 용을 써야 할 뿐만 아니라 시간이 걸리는 일이다. 그러다보니 연탄가스를 적잖이 들이마시게 된다. 연탄가스에는 유독가스인 일산화탄소가 많이 포함되어 있다. 들이마시면 메스껍거나 어지럽고 머리도 아프다.

　지하실에는 아궁이가 두개 있으니 동시에 불을 간다고 치면 10분 이상 걸렸을 것이다. 화덕의 연탄을 꺼낼 때 위쪽 연탄과 아래쪽 연탄이 붙어 있을 때가 가끔 있다. 그런 때는 연탄재 나르는 양철통에 두 연탄을 세로로 누인 다음 연탄집게로 가운데를 툭툭 쳐 연탄을 분리해내야 한다. 엉겨붙은 연탄은 분리가 잘 되지 않는다. 그래서 애를 먹는다. 그러다보면 연탄을 깨뜨리는 수가 있다. 혹 불이 있는 연탄이 깨지면 문제가 커진다. 불을 새로 붙여야 하기 때문이다. 이런 일을 만나면 10분으로는 어림도 없다. 30분이 걸릴 수도 있고 한시간이 걸릴 수도 있다. 게다가 당시 지하실에 환기장치가 없어 오염된 공기가 밖으로 배출되지 않고 차곡차곡 쌓였다. 그러니 엄마는 굉장히 안 좋은 조건에서 작업을 하셨던 것이다. 당시에도 엄마가 고생하시는 게 민망하지 않았던 것은 아니나 그럼에도 그리 심각하게 생각하지 못했으며, 도와드려야겠다는 생각을 하지도 못했다. 일상으로서 그냥 대수롭지 않게 넘어갔던 것이다.

집에 아궁이가 셋이었으니 아궁이마다 불을 안 꺼뜨리고 제때 탄불을 가는 것은 보통 일이 아니었다. 게다가 마당 아궁이의 연탄불을 갈려면 지하실의 연탄을 날라 와야 했다. 3.5킬로그램의 연탄을 집게로 집어 지하실 계단을 올라와 마당의 아궁이까지 나르는 것도 쉬운 일은 아니다. 야밤에는 더욱 그렇다. 게다가 비나 눈이 오는 날이면 문제가 더 심각해진다.

엄마는 나이 드시면서 인후가 안 좋아져 기침을 자주 하셨다. 지금 생각하니 연탄불 가느라 오랜 기간 들이마신 연탄가스의 영향이 있지 않나 싶다. 우리 가족이 수유리 집에 살기 시작한 것은 1972년 2월부터다. 수유리 집의 난방 방식이 연탄에서 기름보일러로 바뀐 것은 1986년이다. 그 무렵 동사무소에서 연탄에서 기름으로 난방 방식을 바꾸는 것을 지원해주었다. 그러니 엄마는 마흔둘에서 쉰여섯까지 장장 14년간 연탄불을 가셨던 셈이다.

하지만 그게 끝이 아니었던 것 같다. 우리가 모르고 있었을 뿐 연탄불에 대한 엄마의 트라우마는 구순까지 이어진 듯하다. 엄마가 호스피스 병실에 계시면서 주무시

다가 다급한 목소리로 "연탄불 꺼졌다! 연탄불 갈아야 한
다!"라고 외치신 것이 그 증거일 터이다. 엄마의 노고와 헌
신에 죄스러움을 느끼며 한량없는 감사를 드릴 뿐이다.

66

느그 아버지
밥 차리줬나?

엄마는 아버지 걱정을 자주 하셨다. 특히 밥 걱정, 옷 걱정, 잠자리 걱정, 건강 걱정을 자주 하셨다. 엄마가 아프시기 전 엄마와 아버지는 2인 1조로 늘 같이 다니셨다. 아버지는 나이가 드시면서 귀가 어두워지셨다. 엄마는 2015년까지는 귀가 아주 밝아 가랑비 소리도 다 들으셨다. 하지만 2016년부터 갑자기 어두워지셨는데 나중에 알고 보니 이게 인지저하증의 신호였다. 아무튼 엄마와 아버지는 수유리 사실 때는 물론이고 삼각지에 이사 와서도 엄마가 거동을 못하시기 전까지는 늘 같이 다니셨다. 엄마 말씀으로는 "느그 아버지가 귀가 어두워 남의 말을 잘 못 알아들어 같이 다녀야 한다"라고 하셨다.

　부모님이 수유리 사실 때는 한달에 한두번 창동에 있는 이마트에 필요한 물건을 사러 가셨다. 형제슈퍼 앞에서 마을버스를 타고 수유역까지 가 4호선 지하철을 타신 후 창동역에 내리셨다. 두분은 장을 본 뒤 다시 지하철과 마을버스 편으로 집으로 돌아오셨다. 아버지는 가방을 메고 엄마는 손에 짐을 드셨다. 이렇게 늘 둘이 함께 다니셨다. 병원에 가실 때도 늘 두분이 함께 가셨으며 혼자 가는 법이 없었다.

삼각지로 이사한 뒤에도 마찬가지였다. 국립중앙박물관도 같이 걸어가시고 주변의 음식점도 늘 같이 다니셨다. 두분은 인근의 남대문시장에 종종 가셨는데 필요한 물건을 사시기도 하고 국밥집에서 식사를 하시기도 했다. 아버지 말씀으로는 엄마가 한여름에 시장 길바닥의 수레에서 파는 수박 조각을 시원하다며 늘 맛있게 먹곤 하셨다고 한다.

부모님은 삼각지로 이사 온 뒤 자주 나와 함께 이촌동내 집 부근의 음식점에서 식사를 하셨다. 삼각지에서 지하철을 타 이촌역에서 내려 3-1번 출구로 나오면 왼쪽에 어린이 놀이터가 있다. 이 놀이터 길가 쪽에 나무 벤치가 열 개 남짓 있는데 부모님은 대개 여덟번째 벤치에 앉아 나를 기다리셨다. 내가 먼저 와 기다린 적도 없지는 않지만 대개는 두분이 약속시간보다 먼저 와 나를 기다리곤 하셨다. 엄마는 늘 자주색 모자를 쓰고 벤치 왼쪽에 앉아 고개를 돌려 내가 오는 방향을 보고 계셨다. 그래서 내가 길을 돌아

벤치 쪽을 바라보면 늘 엄마와 눈이 마주쳤다. 엄마는 갑자기 반가운 눈이 되시며 환한 미소를 지으셨다. 엄마가 돌아가신 후 이 길을 지날 때마다 벤치에 앉아서 나를 기다리시던 엄마가 생각나 눈시울이 붉어지곤 한다.

삼각지로 이사하신 그해 사월 초파일에 부모님과 나는 국립중앙박물관의 2층 불교관을 찾아 금동반가사유상을 참배했다. 엄마는 수유리 사실 적에는 매년 초파일마다 아버지와 함께 집 인근의 화계사에 가 대웅전의 부처님께 참배하고 절 마당에서 무료로 주는 점심밥을 받아 와 시냇가 옆 느티나무 아래에서 드셨다. 나도 몇번인가 따라간 적이 있는데 비빔밥에 국 한그릇이 전부지만 부모님과 같이 먹으니 맛이 있었다. 엄마는 초파일 전에 미리 화계사에 가 시주하고 연등에 우리 가족의 이름을 올렸다. 내가 옛날에 어떤 산에서 한 스님을 만난 적이 있는데 그 스님이 나를 가만히 보더니 "그동안 모친이 연등에 이름을 올려 자식들의 복을 빌어왔는데 이제 자식이 모친의 복을 빌어야겠네요"라고 했다. 이 신통한 스님의 말처럼 엄마는 오랫동안 절에 불공을 드려 자식들의 건강과 복을 빌었다.

삼각지 부근에는 절이 없는 듯해 궁여지책으로 박물관의 불상을 참배하기로 했던 것이다. 엄마는 박물관에 들어서자 먼저 1층의 경천사지 십층석탑을 돌며 절을 하셨다. 그리고 2층으로 올라가 반가사유상 앞에서 여러번 합장을 하셨다.

우리는 박물관에서 나와 용산가족공원으로 가 공원 남쪽 운동장을 한바퀴 쭉 돌았다. 엄마는 그만 걸으시겠다며 벤치에 앉으셨고 나는 아버지를 따라 한바퀴 더 돌았다. 엄마는 이때만 해도 아픈 기색 없이 비교적 잘 걸으셨다.(엄마가 암 판정을 받은 것은 이해 10월 중순이다.) 공원을 돌아 나오는 길에 운동기구들이 비치되어 있는 곳이 있어 엄마더러 원판 위에서 좌우로 허리를 돌리는 운동을 해보시라 했더니 웃으시며 몇번인가 하셨다. 박물관 쪽으로 돌아오다 미르폭포를 구경했는데 지금은 못에 잉어가 없지만 당시에는 잉어가 많았다. 엄마는 유유히 헤엄치는 큰 잉어들과 조그만 새끼 잉어들을 한참 동안 즐거운 표정으로 보시다가 "니 덕에 이런 데 와서 구경 잘 한다"라고 하셨다.

그다음해 사월 초파일에 엄마는 삼각지 집 부근에 있는 국방부 내 원광사의 2층 법당에 가셨다. 거기에 법당이 있다는 사실을 엄마가 어떻게 아셨는지는 알 수 없다. 그날 비가 부슬부슬 내리고 일기가 썩 좋지 않았다. 엄마는 그 무렵 컨디션이 안 좋아 여러날 고생하고 계셨다. 훗날 내가 혼자서 원광사를 한번 찾아가보았는데 심한 언덕길이었다. 몸이 성치도 않은 엄마가 대체 이 길을 비를 맞으며 어찌 오르셨나 싶었다. 혹 '오늘이 내가 살아 마지막으로 절집을 찾는 날'이라는 비장한 일념 같은 것이 엄마에게 있었을지도 모르겠다. 엄마는 원광사에 갔다 오신 후 앓아누우셨으며 어지럼증이 심하게 와 돌아눕지도 일어나지도 못하셨다. 게다가 혈뇨가 심하게 나왔다. 나는 엿새 후인 5월 28일 월요일 오전에 119 구급차를 불러 엄마를 중앙대병원 응급실로 모시고 갔다. 이후 나는 엄마가 돌아가실 때까지 앰뷸런스를 열두번을 더 탔다. 그때마다 엄마 곁에서 엄마 손을 꼭 잡고 "엄마, 괜찮아요. 조금만 참으세요"를 몇번이고 되풀이했다. 지금도 도로에 앰뷸런스가 왱왱 경적을 울리며 지나가면 가슴이 경동(驚動)하며 엄마 생각이 난다.

며칠 후 엄마의 증세가 좀 호전되자 나는 엄마에게 물었다.

"엄마, 그 절을 어찌 알고 가셨어요?"

"물어서 안 갔다나."

"몸도 안 좋으신데 가서 절을 하셨습니까?"

"절을 많이 했디라."

"엄마! 나중에 엄마 돌아가시면 예전에 다니시던 화계사에 알아봐 거기서 49재 지내야겠지요?"

"49재 지내지 마라. 나는 독실히 부처님을 믿어 그런 거 안 해도 극락왕생할끼다."

엄마는 49재 지내는 일이 번거롭고 수고로우니 자식

들에게 폐를 끼칠까봐 짐짓 이리 말씀하신 것이다. 우리 가족은 엄마가 돌아가신 후 엄마의 말을 따르지 않고 49재를 지냈다. 쓸데없는 일인 줄 알지만 엄마가 불교 신자였으므로 지내고 나니 마음은 좋았다.

엄마가 병실에 계시면서 늘 아버지 걱정을 하신 것은 불교식으로 말하면 깊은 인연의 '습(習)' 때문일 것이다. 하지만 불교를 떠나 '인간'의 눈으로 본다면 그것은 늙은 사랑의 한 방식일 것이다.

사랑에는 젊은 사랑이 있는가 하면 늙은 사랑이 있다. 젊은이 중에도 간혹 늙은 사랑을 하는 사람이 있는가 하면 늙은이 중에도 젊은 사랑을 하는 사람이 있다. 그러니 젊은 사랑과 늙은 사랑이 꼭 나이에 의해 결정되는 것은 아니다. 게다가 사랑 없이 살아가는 사람도 많다.

젊은 사랑과 늙은 사랑을 가르는 세가지 기준은 욕망, 죽음의 그늘, 기억의 두께다. 젊은 사랑에는 욕망이 필수적이나 늙은 사랑에 욕망은 아무런 의미가 없다. 한편 젊은 사랑에는 생의 유한성에 대한 통절한 자각 같은 것이 없으므로 죽음의 그늘이 의식되지 않지만, 늙은 사랑은 생의 유한성에 대한 자각 때문에 죽음의 그늘이 늘 드리워져 있다. 또한 젊은 사랑은 기억의 두께가 얇다. 기억의 두께가 두꺼워지면서 사랑은 젊은 사랑에서 늙은 사랑으로 옮겨 가게 된다. 기억의 두께는 꼭 시간의 두께에 비례하지만은 않으며 주관성을 띤다. 기억이 특히 강렬하게 문제가 되는 상황에서 기억의 두께는 두꺼워진다. 그리하여 늙은 사랑은 기억의 두께에 의해 지탱된다. 기억은 온갖 고락과 고통, 기쁨과 슬픔, 애증이 켜켜이 쌓여 형성된 것이다. 늙은 사랑의 기억 속에는 미움과 원망도 내포되어 있다. 하지만 늙은 사랑에서 미움과 원망의 기억은 맥을 추지 못한다.

늙은 사랑은 젊은 사랑을 이해할 수 있지만 젊은 사랑은 늙은 사랑을 알기 어렵다. 늙은 사랑을 알지 못하는 한 사랑에 대한 온전하고 깊은 이해에 이르렀다 하기는 어렵다.

나는 호스피스 병실의 엄마를 통해, 그리고 죽어가는 엄마를 대하는 아버지를 통해 이런 생각을 하게 되었다. 호스피스 병실에서 나는 30대 중반의 한 젊은 부부에게서도 늙은 사랑을 발견하고 가슴이 뭉클해진 적이 있다.

**춥다
옷 더 입어라.**

예.

사실 옷을 춥게 입은 것은 아닌데 엄마 눈에는 내가 추워
보였던 것 같다.

희병아!

도망가라!

얼른 도망가라!

국립의료원에서 밤에 주무시다가 하신 말이다.

내가 대학 다닐 때인 1970년대 중후반은 유신독재 시절이었다. 대학에 입학한 해인 1975년 5월, 긴급조치 9호가 제정되어 유신헌법을 부정·반대·왜곡·비방하거나 개정이나 폐지를 주장·청원·선동·선전한 경우 1년 이상의 징역에 처해졌다. 이 무렵 서울 시내에 위수령이 발동되어 학교는 휴업에 들어갔다. 당시 장갑차가 교문을 봉쇄하고 있어 학교에 들어갈 수 없었다. 그리하여 2학기가 되어서야 비로소 학교에 출입할 수 있었다.

학교에는 사복형사들이 여기저기 잠복해 있어 늘 언행을 조심하지 않으면 안 되었다. 사복형사들은 '짭새'라 불렸다. 짭새들의 감시에도 불구하고 매 학기마다 한두차

레 유신독재 반대와 철폐를 주장하는 데모가 학내에서 벌어졌다. 데모가 일어나면 즉각 전경(전투경찰)이 투입되었다. 데모 주동자는 물론이려니와 참여자도 짭새나 전경에게 붙잡혀 가차 없이 구속되었다. 긴급조치 9호 위반이 그 죄목이었다.

상황이 이렇다보니 자유로운 분위기에서 대학 생활을 하는 것이 불가능했다. 대학은 삭막하다 못해 살벌했으며 양심의 자유와 이성의 빛에 이끌려 학문하고 사색하는 곳이 전연 아니었다. 대부분의 교수들은 어용화되어 목전의 사태에 침묵하거나 학생들의 동태를 감시·보고하는 데 협조했다. 이런 교수들에게 배울 게 없다고 생각한 나는 깊은 회의에 빠지게 되었다.

그래서 지하서클에 참여해 공동학습 방식으로 이런저런 사회과학 서적과 역사학 서적을 읽게 되었다. 이른바 '이념서적'이다. 하지만 '학회'라고 불린 지하서클에서 읽는 책들은 대개 정해져 있었으며 양이 그리 많지도 않았다. 나는 그 지적 수준에 만족할 수 없었다. 그래서 닥치는 대로 혼자 책을 구해 읽었으며 일본어를 독학해 일본 책을 보기 시작했고 서점이나 헌책방을 뒤져 보고 싶은 책들을 입수했다. 그러다보니 당시 나의 장서는 학부생의 장서라고 믿기 어려울 정도로 늘어났다.

대학 3학년 때로 기억된다. 수유리 집으로 형사 둘이

들이닥쳤다. 이른바 무단가택침입이다. 엄마는 엉겁결에 대문을 열어주셨는데 놀란 가슴에 눈이 동그래져 어쩔 줄을 몰라 하셨다. 형사들은 서슬이 시퍼래 다짜고짜 나를 찾아 큰방으로 들어왔다. 그들은 나에게 수배 중인 친구들에 대해 이것저것 캐물었다. 나는 일절 모른다고 했다. 그러자 방을 뒤지기 시작했다. 다행히 평소 나는 문제가 될 법한 책이나 물건들은 지하실의 궤짝 속에 보관해두고 있어 뒤져봤자 아무것도 나올 게 없었다. 서랍과 책장 등을 한참 뒤져도 신통한 게 나오지 않자 이들은 자못 실망스러운 표정을 지으며 "예전부터 사상이 불온한 놈들은 꼭 이처럼 책이 많다니까. 좋은 머리를 잘 써야지" 하고는 대문을 나갔다. 소심하고 겁이 많으신 엄마는 되게 놀라 형사들이 나가고 나서도 몸을 가누지 못하셨다. 나는 엄마에게 몹시 미안했다. 별일 아니라고 말씀드렸지만 엄마는 내 말을 믿지 않으시는 눈치였다. 이 이후로 대학 졸업할 때까지 엄마는 늘 내 신변을 걱정하셨다. 전보다 문단속을 더 철저히 하셨으며, 밤에 문이 잘 잠겼는지 확인하고 또 확인하셨다. 그리고 대문 밖에 낯선 사람이 얼쩡거리면 긴장하여 경계를 늦추지 않으셨다.

이후로도 형사가 한번 더 찾아왔다. 그때는 내가 집에 없을 때였다. 엄마는 필시 이전과 마찬가지로 놀라고 불안해하셨을 것이다. 그뒤로 형사가 집으로 들이닥치는 일은 없었다. 하지만 간혹 어디서 전화가 걸려와 "몸조심하라!"라고 하거나 나의 근황을 묻곤 했다. 아마 공포감을 주기 위한 것 같았다. 어둠 저편에 정체를 알 수 없는 자들이 늘 나를 주시하며 감시하고 있다는 느낌을 받으면 몸과 정신이 오그라들고 불안해지게 마련이다. 당사자야 그렇다 치더라도 그것은 가족들, 특히 엄마에게 크나큰 심적 타격을 주었다. 어둠의 세력은 비열하게도 이것을 노린 것일지도 모른다.

엄마가 병실에서 주무시다가 "희병아! 얼른 도망가라!"라고 외치신 것은 그러므로 1978년 내가 대학 3학년이던 때 엄마가 받은, 나로서는 도무지 가늠할 수 없는 그 심적 타격이 평생 엄마의 뇌리 속에 각인되어 있었음을 말해준다. 미안하고 죄송한 마음을 필설로 형용하기 어렵다.

아야! 아야!

엄마는 통증을 비언어적으로 표현할 때가 더 많았다. 얼굴을 찡그리시거나 눈을 지그시 감으시는 건 대개 통증 때문이었던 것으로 보인다. 통증이 심할 때는 이따금 "아야! 아야!" 하는 소리를 내셨다. 이 소리를 들으면 마음이 몹시참담해졌다. 이런 경우 병원에서는 마약성 진통제인 옥시넘 10밀리그램이나 모르핀염산염 5밀리그램을 수액을 통해 주입했다. 진통제는 통증을 가릴 뿐 통증 자체를 없애지는 못한다.

골치 아프다.

어여 끝나야 할 텐데.

공부하는데 자꾸 방해나 하고.

'어여'는 '어서'라는 뜻이다. 동부병원에 계실 때 하신 말이다. 호스피스 병동의 환자들은 모두 '끝'을 기다리고 있는 사람들이다. '끝'이 조만간 오는 건 분명하나 정확히 언제 올지는 의사도 모르고 환자도 모르고 가족도 모른다. 신은 알고 계실지.

　엄마는 성격이 깔끔하신 분이었다. 병상에서 기저귀를 갈 때도 혹 간병인이 커튼을 치지 않고 하면 안절부절 못하셨다. 한번은 엄마가 간병인에게 커튼을 안 치고 하면 어쩌느냐고 항의하시는 것을 본 적이 있다. 창피하셨던 것이다. 엄마는 정신이 혼몽한 중에도 그러셨으니 간혹 정신이 돌아와 또렷하실 때는 병원에서의 삶을 얼마나 불편하고 거북하게 여기셨을지 모른다.

위의 말은 정신이 비교적 또렷하실 때 하신 것이다. 어서 죽었으면 좋겠는데 마음대로 죽지도 못하고 언제 죽을지도 모른 채 하루하루를 보내고 있으니 난처하고 괴롭고 미안하다는 뜻이다. "공부하는데 자꾸 방해나 하고"라는 말이 가슴을 아리게 했다.

밥 차리났다더나?
퍼뜩 가 밥 묵으라.

예.

"밥 차리났다더나"의 주어는 아마 나의 처일 것이다. 내 처
는 나와 결혼한 이래 평생 지병으로 고생했다. 좀 살 만하
면 병이 도져 죽을 고생을 하고, 좀 회복되어 숨을 쉴 만하
면 또 병이 재발해 말할 수 없는 고초를 겪어야 했다. 처는
그럼에도 30년간 일을 놓지 않았다.

　　엄마는 오랫동안 병고에 시달려온 나의 처를 대단히
측은해하는 마음을 갖고 계셨다. 당신도 평생 병고에 시달
리셨으니 동병상련의 감정을 가지셨던 듯하다. 위의 말은
"네 처가 집에 밥 차려놓았다더냐? 어서 집에 가서 저녁밥
먹으라"라는 뜻이다. 이 말에는 나의 처에 대한 엄마의 깊
은 신뢰가 담겨 있다.

가는?

북부병원에 계실 때 하신 말이다. 이날은 이 한마디 앞에
도 말씀이 없으셨고 이 한마디 뒤에도 말씀이 없으셨다.
그리고 종내 아무 말씀도 않으셨다. 나는 이 말을 들을 당
시 무슨 뜻인지 알지 못해 무심히 흘려들었다. 그냥 의미
없이 하시는 말로만 안 것이다. 하지만 좀 지나 '가'가 처
를 가리킨다는 것을 깨닫게 되었다. '가'는 '걔'를 뜻하는
경상도 말이다. 엄마는 처를 늘 '가'로 불렀다. 표준어 '걔'
와 달리 경상도 말 '가'에는 아주 친근하고 다정한 뉘앙스
가 담겨 있다.

　　엄마는 다른 사람에게 옆에 있는 처를 가리켜 말할 때
에는 '야는' 혹은 '야가'라고 했다. '야'는 '이 애'라는 뜻인
데 표준어의 '이 애'와 달리 몹시 다정한 느낌이 배어 있
다. 작년 10월 엄마가 집에서 투병하고 있을 때 처가 대구
친정에 갔다가 오는 길에 삼각지에 들렀다. 처는 엄마 드

시라고 무슨 과자를 사왔는데 엄마는 사람들에게 "야는 아무거나 안 사온다. 뭐든 제일 좋은 거로 사온다"라며 좋아하셨다.

'가는?' 뒤의 언표되지 않은 말은 무엇일까? 아마 '잘 있나'일 것이다. 엄마는 아프시기 전에도 종종 나에게 '가는 잘 있나'라고 물으셨기 때문이다. 병원에 하릴없이 누워 계시면서 엄마는 처의 안부가 문득 궁금하셨는지 모른다.

여의도성모병원에서 엄마가 돌아가시기 사흘 전에 있었던 일이다. 엄마는 그 일주일쯤 전부터 반혼수상태에 계셨으며 눈도 뜨지 않으시고 말도 하지 못하셨다. 형님과 내가 옆에서 엄마에게 이런저런 말을 걸어도 엄마는 아무 반응이 없었다. 그런데 이날 밤 처가 와 엄마 손을 잡고 "관세음보살! 나무아미타불!"을 연호하며(처는 불교 신자는 아니다) "어머니! 마음을 편히 가지세요. 세상 뜰 때는 환한 빛이 눈앞에 보인답니다. 그 빛을 따라가면 된답니다. 다시 태어나면 아프지지 마시고 건강한 몸으로 좋은 사람들 많이 만나 행복하시기 바랍니다. 대학도 다니시고 하고 싶은 공부도 많이 하시기 바랍니다. 어머니, 이제 모든 걱정 내려놓으세요. 이제 걱정 안 하셔도 됩니다. 어머니! 꼭 좋은 데 태어날 겁니다"라고 하자 엄마는 갑자기 눈을 4, 5분간 크게 뜨셨다. 얼굴도 상기되고 아까와는 달리 심장박동도 많아졌다. 처의 말로는 이때 엄마가 처의 손을 몇번이나 꽉 쥐셨다고 한다. 혼수상태에 계시지만 처의 말을 다 알아들으신 것이다. 우리의 말에 아무 반응을 않으시던 엄마가 처의 말에 이런 격한 반응을 보이신 까닭은 무얼까? 엄마와 처 사이에 우리가 알지 못하는 어떤 끈이 있어서가 아니었나 싶다.

엄마가 처의 손을 꽉 쥔 것은 어떤 의미일까? '잘 있어라. 아파도 잘 살아라. 고맙다. 그동안 욕봤다.' 이런 뜻이 담긴 것은 아닐까?

이후 엄마는 다시 아무 반응이 없다가 사흘 후 숨을 거두셨다.

73

눈이 저래 마이 오는데
집에 우에 가노.

국립의료원에 계실 때인 1월 21일에 하신 말인데 형님이 듣고 전해주셨다. '저래'는 '저리'라는 뜻이고, '우에'는 '어떻게'라는 뜻이다.

　이 말을 하실 때 엄마는 옛날을 거슬러 올라가 강원도 인제군 남면 신남리에 가 계셨던 듯하다. 부모님은 진해 관사에서 3년여를 사시다가 강원도 인제로 이사하셨는데, 처음 세 들어 사신 곳이 신남리다. 여기에 조금 계시다가 관대리의 관사로 옮겼으며, 관대리에 1년쯤 사시다가 인제읍 합강리의 나무꾼 집에 세 들어 사셨다. 이 집에서 2년쯤 살다가 마산 월영동의 본가로 이사했으며, 6개월쯤 후 부산으로 이사하셨다. 부산에서도 집을 세번이나 옮기셨다. 처음에는 수정동 윗동네 수성초등학교 올라가는 길 오른편의 작은 집에 세 들어 살다가 곧 50미터쯤 아래에 있는 집으로 옮기셨으며, 1년쯤 지나 좌천동의 능풍장으로 이사하셨다. 부모님은 이때 처음 집을 장만하셨다. 이리 이사를 많이 다녀 나는 초등학교만 세군데를 다녔다. 옮길 때마다 적응을 못해 학교생활이 여간 괴로운 게 아니었다. 나의 학문은 '정주성(定住性)'이 부족한 편인데 내 삶의 이런 편력과 무관하지 않을 것이다.

진해에서 강원도로 이사할 때 위의 형님 두분은 할머니가 계시는 마산의 본가로 보내졌고 어린 나와 나의 동생만 부모님을 따라갔다. 형님들은 당시 학교에 다니고 있었기에 교육 문제 때문에 그리한 것이다.

바다가 보이는 따뜻한 남쪽 땅 진해와 달리 강원도 인제는 겨울이 엄청 춥고 눈이 많이 오는 곳이었다.

그날 엄마는 장을 보러 갈 때 나를 데리고 가셨다. 인제 원대리의 덕장에서 말린 꼬득꼬득한 황태 서너마리와 무 따위를 저녁 찬거리로 사서 집으로 돌아오는 길이었는데 갑자기 눈이 하늘을 뒤덮으며 펑펑 쏟아져 앞이 보이지 않았다. 이렇게 눈이 쏟아지면 금세 눈이 쌓여 천지분간이 어렵다. 길도 끊어져 방향을 알기가 쉽지 않고, 온 천지가 새하얗게 변해버려 어디가 어딘지 망연해져버린다. 위의 엄마 말씀은 그런 상황에서 나온 탄식이다. 당시 나는 펑펑 내리는 눈을 맞으며 엄마 손을 잡고 있었을 터이다.

엄마는 스스로도 잊고 계셨을 60년 전의 이 까마득한

일을 저 깊숙한 기억의 창고에서 꺼내어 현재진행형처럼 말씀하셨다. 신기하다면 신기한 일이다. 엄마는 매양 병실을 나와 집으로 돌아가고 싶어하셨다. 수시로 '이제 고마 집에 가자'라고 말씀하셨다. 그래서 엄마는 병실의 창가에 내리는 눈을 보며 문득 그 옛날 눈 때문에 집으로 가지 못하고 곤란을 겪었던 일을 떠올리게 된 것은 아닐까. 만일 그러하다면 엄마의 이 말씀은 신기한 것이 아니라 슬픈 은유라고 해야 할 것이다.

74

안 춥나?

안 춥습니더.

엄마는 걸핏하면 내게 '안 춥나'라고 물으셨다. 내가 몸이 약하고 추위를 많이 타는 편이라 걱정이 되셔서일 것이다.

인지저하증은 사람에 따라 조금씩 다르게 발현된다. 어떤 이는 욕을 많이 하거나 폭력적인 성향을 보이는가 하면 어떤 이는 온순하고, 어떤 이는 사람을 통 알아보지 못해 자식을 못 알아보기도 하고, 어떤 이는 공간 인지가 안되어 길을 통 못 찾는다. 엄마는 순하고 사람을 비교적 잘 알아보았으나 시공간의 인지가 잘 안 되는 편이셨다.

나는 엄마가 인지저하가 되면서 인간으로서 실격되어 버리거나 모자라거나 열등한 존재가 되어버렸다고 생각한 적이 단 한번도 없다. 기능적으로 많이 떨어지고 불편해지신 것은 분명하나 엄마라는 인간의 본질은 오히려 인지저하가 되면서 더욱 뚜렷해지고 선명해졌다고 생각했다. 엄마는 마치 겨울의 나목들이 그렇듯 자신에게 비본질적인 것은 다 덜어내버리고 본질적인 것만 남겨두신 것처럼 보였다. 아주 심플한 인간이 되신 것이다. 장자(莊子)는 지인(至人), 즉 높은 도에 이른 인간은 흡사 바보와 같다고 했다. 내가 존경하는 18세기 중국의 서화가 정판교(鄭板橋)는 '난득호도(難得糊塗)'라는 글씨를 남겼는데, '바보 같은 인간이 되기는 참으로 어렵다'라는 뜻이다. 엄마의 인지저하를 분식(粉飾)할 생각은 추호도 없지만 바보 혹은 바보 같은 상태를 조금도 못 견뎌하는 근대인, 그리고 오늘날의 일반적인 한국인들의 생각이 꼭 옳다고 여겨지지는 않는다.

인지저하를 겪는 엄마를 보면서 나는 인간의 본질이 무엇인가를 다시금 곰곰이 생각해보게 되었다. 만일 동물보다 세련되고 합리적이고 체계적이며 논리적인 사고와 행동을 할 수 있는 것이 인간의 본질이라면 인지저하 상태의 엄마는 인간의 본질에 미달인, 하자가 많은 인간이라 할 것이다. 그런 입장에 서면 엄마는 '비인간(非人間)'이라고까지야 말할 순 없겠지만 인간과 비인간의 중간쯤에 있다고 할 수 있을지 모른다. 하지만 만일 타인에 대한 끊임없는 배려와 염려, 그칠 줄 모르는 사랑이 인간의 가장 중요한 본질이라고 한다면 엄마는 본질에 미치는 정도가 아니라 본질을 훨씬 상회하는 인간이라 할 것이다. 인지저하가 아닌 사람들, 즉 바보의 상태에 있지 않으며 '똑똑하고 정상적인' 사람들이 과연 얼마나 타인을 배려하고 염려하며, 타인에게 그칠 줄 모르는 사랑을 보이는가? 오히려 '똑똑하고 정상적인' 머리로 타인을 괴롭히거나 해코지하거나 혐오하거나 증오하고 있지는 않은가?

이런 입장에 서면 인지저하의 엄마를 꼭 열등하거나 결함 있는 인간으로만 보는 것은 큰 실례일 뿐만 아니라 사리에도 맞지 않는 일이 된다.

나는 1년 가까이 호스피스 병동에서 엄마와 함께하면서 '정상적 인간'으로서의 나를 되돌아보고 성찰하게 되었다. 엄마의 마지막 선물이다. 엄마는 생의 마지막에 내게 큰 공부를 시키신 것이다.

75

박군!
박군!

나를 부르시는 말이다. 엄마는 병원에 계시는 동안 이 말을 두어번쯤 하셨다.

엄마는 아프시기 전에도 나를 종종 '박군'이라고 부르셨다. 언제부터 나를 이리 부르셨는지는 잘 기억이 나지 않는다. 분명한 것은 대학이나 대학원 다닐 때는 이리 부르지 않으셨다는 사실이다. 그리 보면 아마 내가 교수가 되고 나서부터 이리 부르기 시작하신 것 같다. 하지만 엄마가 늘 이 호칭을 쓰신 것은 아니며 가끔 이 호칭으로 나를 부르셨다. 나도 그 이유는 알 수 없지만 엄마가 나를 이리 부르시면 기분이 좋았다.

이 세상에서 나를 '박군'이라 부른 분은 딱 둘이다. 한분은 엄마이고, 다른 한분은 서울대 독문과 교수로 계시다가 3년 전에 작고하신 천기태 선생님이시다.

천기태 선생님은 나에게 각별한 분이다. 내가 대학에 입학할 당시 서울대는 학과별로 학생을 뽑지 않고 계열별로 뽑았다. 그래서 나는 인문계열로 입학했는데, 인문계열에서 3학기를 수학한 다음 자신이 원하는 학과를 택하게 되어 있었다. 나는 국문과를 지원했다. 천기태 선생님은 내가 인문계열 학생으로 있을 때 나의 지도교수셨다.

1학년 첫 학기 때 선생님을 연구실에서 처음 뵈었는데, 선생님은 대여섯명의 1학년 지도학생들에게 "앞으로 이곳에서 정기적으로 만나 공부를 같이 하자"라고 하셨다. 부담스러워하는 학생도 있는 듯했지만 나는 선생님의 말씀이 퍽 반가웠다. 선생님은 언젠가 수십 페이지나 되는 브리태니커백과사전의 '르네상스' 항목을 손수 복사해 학생들에게 나눠주며 원문 강독을 하시기도 했고, 학생들에게 돌아가며 스스로 책 한권씩을 택해 주제 발표를 하도록 시키기도 했다. 나는 그 무렵 일본 도쿄대 교수를 지낸 나카무라 하지메(中村元)의 『중국인의 사유방법』이라는 책을 흥미롭게 읽어 이 책 내용을 비판적으로 검토한 발표를 했는데, 선생님으로부터 아주 훌륭하다는 칭찬을 받은 바 있다. 지금 생각해보니 당시 선생님은 고작 마흔한살이셨다.

선생님은 소탈했으며 키는 작으나 몸이 다부지셨고 목소리는 굵고 중저음이셨는데 범접하기 어려운 카리스마가 있었다. 학문 이외의 말씀은 잘 안 하셨으며 학문에 대해 이야기하기 시작하면 한두시간이 금방 지나가버릴 정도로 열정과 헌신적 태도가 있으셨다. 괴테와 실러를 비롯한 독일 '슈투름 운트 드랑'(Sturm und Drang, 질풍노도운동) 시대의 작가들에 대한 해박한 지식을 가지고 계셨는데, 박람강기(博覽強記)하여 책에서 봤던 중요한 내용을 독일어 원어로 말한 다음 그 뜻이 뭔지 풀이하는 방식으로 담론을 이끌어가시곤 했다. 게다가 선생님은 정치학과 사회학에도 조예가 있어 칼 슈미트와 막스 베버 이야기를 자주 하셨다. 나는 선생님을 통해 학문의 길이 어떤 것인지 처음 알게 되었다. 선생님은 실로 세계시민적인 고매한 학식으로 20대 초반의 나를 이끌어주셨던 것이다.

2학년 때로 기억된다. 오후 두어시경 선생님 연구실에 들렀더니 선생님은 학문에 대한 이런저런 말씀을 한참 하신 뒤 "오늘 명동의 소피아서점에 가보려고 하는데 박군, 시간 있나? 시간 있으면 나하고 같이 가지"라고 하셨다. 당시 명동 사보이호텔 옆에 소피아서점이라는 독일책 전문서점이 있었다. 1957년 개점한 국내 유일의 독일책 전문서점으로 문학과 철학 책을 주로 취급했다. 나는 서점 이름은 들은 적이 있지만 한번도 가본 적은 없었다. 선생님과 나는 학교 정문까지 걸어 내려와 버스를 이용해 명동까지 갔다. 당시는 아직 지하철이 없었다.

소피아서점은 2층에 있었는데 매장이 아주 넓었다.

교수처럼 점잖게 생긴 주인이 선생님을 환대해주었다. 나는 먼 훗날에야 이분 성함이 백환규씨임을 알게 되었다. 천선생님은 내게 살짝 "이분은 독일어 교사를 하시다가 그만두고 서점을 차렸는데 독일어를 아주 잘하신다"라고 일러주셨다. 나는 서점의 온갖 독일어 서적들에 압도되어 일순 눈이 휘둥그레졌다. 매장의 서가를 둘러보다가 주어캄프(Suhrkamp) 출판사에서 간행한 헤겔전집 중 『정신현상학』과 『역사철학』을 빼내어 펼쳐보았는데 한국 책과는 다른 특이한 서향(書香)이 엄습했다. 유명한 레클람(Reclams) 문고의 책들도 여기서 처음 보았다. 그뒤로 나는 이따금 소피아서점에 들러 책을 구입했다. 돈이 안 돼 책 구경만 하고 올 때도 있었다.

내가 문예사회학에 눈을 뜨게 된 데는 천선생님의 영향이 없지 않다. 선생님은 문학연구에서 문학과 사회의 관련을 특히 중시하셨다. 이런 입장은 당시의 유신체제에 극히 비판적이었던 나의 지적 요구와도 잘 부합되었다. 선생님은 훗날 서울대 독문과에 문예사회학 강의를 처음 개설하셨다.

내가 인문대 2동 4층의 좌측 맨 끝방에 있는 선생님의 연구실을 노크하고 들어서면 선생님은 언제나 "박군! 왔나"라고 하며 다정히 맞아주셨다. 말씀 중에도 늘 나를 '박군'이라고 부르셨다.

1986년 봄 나는 결혼을 앞두고 녹번동 댁으로 선생님을 찾아뵈었다. 선생님은 변함없이 "박군! 왔나"라면서 환대해주셨는데, 그러면서도 '칸트가 결혼을 안 했기에 큰 학자가 될 수 있었다'라는 고언(苦言)을 더하셨다. 이후 나는 부산 경성대로 부임해 오랫동안 선생님을 찾아뵙지 못했다.

선생님은 1994년 2학기 초 법대의 남궁호경 교수와 함께 재임용에서 탈락되어 학교를 떠나야 했다. 정년 5년 전이었다. 논문 실적이 부족하다는 것이 이유였다. 이는 서울대에서 전무후무한 일이었다. 아마 '공부 안 하는' 교수들에게 본때를 보인다는 의도였던 것 같다. 선생님은 저술을 등한시하시기는 했지만 공부 안 하는 교수는 결코 아니었다. 인문대에 공부 안 하고 판판이 놀아 학생들에게 지탄받는 교수들은 따로 있었지만 그들 누구도 재임용에서 탈락하는 일 없이 정년을 누리고 퇴직했다.

내가 서울대에 부임한 것은 1996년 3월이다. 나는 부임 뒤에야 선생님이 학교를 떠나신 것을 알고 망연자실했다. 선생님은 부산대 정치학과를 졸업하셨다. 대학 다니실 때부터 독일어를 워낙 잘해 학부를 졸업하고 바로 대학의 독일어 강사가 되셨다. 그후 출중한 독일어 실력을 인정받아 서울고 교사로 발탁되었으며 재직 중이던 1961년 한국인 최초로 괴테 장학금을 받아 독일 유학을 가셨다. 그후 서울대 교수로 임용되셨다. 지금은 꼭 그렇지는 않지만 당시 서울대는 텃세가 세 타대 출신이 지내기 어려웠다. 게다가 선생님은 독문과 출신이 아니고 정치학과 출신이었으며 성격이 나긋나긋하지 않고 강개하며 반골 기질이 있었다. 그리고 자부심이 아주 강하셔서 서울대 본과 출신 교수들의 독일어 실력을 늘 얕잡아보셨다. 이런 연유로 선생님은 독문과에 재직하시는 동안 서울대 본과 출신의 교수들로부터 늘 미움과 박해를 받을 수밖에 없었다. 선생님은 언젠가 내게 "박군! 내가 왜 허리가 구부정한지 아나? 학과 교수들이 늘 나를 누르니 내가 이리 안 될 수가 있나!" 하시면서 허허 웃으신 적이 있다. 또 이런 말도 하셨다. "학과 아무개 교수가 천씨는 상놈 성이라고 하길래 '당신은 만씨라서 양반이오?' 하고 쏘아붙였다네."

선생님은 눈이 높으셔서 그런지 논문을 좀처럼 쓰지 않으셨다. 논문이 있어야 승진이 되는데 논문이 없으니 만년 조교수에 머물 수밖에 없었다. 대단한 호기(豪氣)가 아닐 수 없다. 당시에는 논문심사제도 같은 것도 없었으므로 적당히 끄적거려 아무 데나 실으면 그만인데 그러시지를 못한 것이다. 하지만 당시의 대학은 교수 업적에 대해 양적 평가를 중시하는 방향으로 나아가고 있었다. 서양철학의 대가이신 박홍규 교수는 그전에 정년퇴직을 하셨기에 망정이지 만일 이때까지 계셨다면 업적 부족으로 대학에서 쫓겨났을지도 모른다. 평생 쓰신 논문이 고작 너덧편밖에 안 되는데 그중 일부는 스승의 안위를 몹시 걱정한 제자가 썼다는 말이 풍문으로 나돌 정도였으니까.

하지만 선생님이 재임용에서 탈락된 것을 액면 그대로 연구 업적만의 문제로 받아들이기는 어렵다. 선생님이 밖에서 굴러들어온 돌이라는 점, 학과 교수들과의 알력으로 외톨이로 지내셨다는 점이 이면에 작용한 것이 틀림없다.

선생님은 2016년 1월 돌아가셨다. 내가 선생님을 마지막으로 뵌 것은 돌아가시기 3년 전인 2013년 5월 스승의 날 때다. 이날 나는 옛날 선생님께 같이 지도를 받은 종교학 전공의 장석만 박사와 동행해 제기동의 선생님 댁을 찾았다. 거진 30년 만이다. 이 기나긴 시간의 공백에도 불구하고 내가 아파트 문을 들어서자 선생님은 나를 보시더니 대뜸 "박군! 왔나"라고 말씀하셨다. 나는 순간 가슴이 뭉클해졌다. 시간은 모든 것을 변하게 하나 그럼에도 변하지 않는 것이 있구나 생각했기 때문이다. 나는 자리에 앉자마자 두달 전에 출간된 졸저 『범애와 평등: 홍대용의 사회사상』을 선생님께 드렸다. 나로서는 그동안의 공부를 선생님께 보고하는 의미가 있었다. 선생님은 빙그레 미소를 띤 채 내 책을 펼쳐보셨다.

선생님은 노쇠한데다 초췌하셨다. 하지만 형형한 눈매, 카리스마가 느껴지는 굵고 낮은 톤의 음성, 학문과 대학을 걱정하시는 태도는 예전과 전연 다름이 없었다. 선생님은 특히 서울대 교수들의 행태에 대해 말씀하실 때 목소리가 높아지셨다. "진정으로 학생들을 생각하는 교수가 몇 있나. 다 지 이익만 챙기지." 장박사에게는 막스 베버를 좀 더 공부해보라는 당부를 잊지 않으셨다.

선생님 댁을 나서며 나는 장박사와 내년 스승의 날에도 선생님을 꼭 찾아뵙자고 약속했으나 나는 이 약속을 지키지 못했다. 집안에 어려운 일이 생기는 바람에 그 파도에 휩쓸려 정신을 차릴 수 없었기 때문이다.

창원대 독문과의 홍성군 교수는 나와 대학 동기일 뿐만 아니라 내 재종매의 남편인데, 천기태 선생님께 석박사 학위논문 지도를 받았다. 홍군은 선생님이 위독하시다는 말을 듣고 급히 상경해 찾아뵈었다고 한다. 선생님은 홍군을 보시자 "나는 개안타! 나는 개안타!"라고 하셨다고 한다. 홍군이 다녀간 뒤 선생님은 더이상 어떤 말씀도 하지 않으셨으며 다음날 숨을 거두셨다고 한다.

내가 천기태 선생님의 이야기를 길게 적은 것은 '박군'이라는 단어 때문이다. 나를 이 호칭으로 부른 사람은 이 세상에 단 두분이었다. 한분은 엄마이고 또 한분은 천기태 선생님이다. 하지만 두분 모두 이제 이 세상에는 안 계신다. 이런 연유로 나는 이 단어에서 엄마를 추념함과 동시에 천기태 선생님을 추념하게 된다.

76

니도 묵어봐라.

아나.

맛있다.

예, 맛있네예.

북부병원 계실 때 하신 말이다. 엄마 옆 병상에 누워 계신 환자분은 50대 중반쯤 되었는데 가끔 음식을 드시고 토할 적도 있었으나 비교적 음식을 잘 드시는 편이었다. 대학생으로 보이는 아들과 딸이 이따금 들렀다. 딸은 엄마를 위해 반찬을 갖고 오곤 했다.

　이분의 병상 오른쪽에는 "이 세상에서 제일 예쁘고 착한 내 딸아! 사랑한다"라는 글귀가 적힌 흰 종이가 붙어 있었다. 이분의 어머니가 쓴 글귀로 짐작되었다.

　이분은 엄마가 동부병원 계실 때도 같은 병실의 옆자리에 계셨다. 두분은 하루 시차를 두고 북부병원으로 전원

209

하셨다. 인연이라면 인연이다.

북부병원으로 와서 엄마는 병원에서 제공하는 음식을 통 들지 않으셨다. 그래서 내가 꾀를 내어 도토리묵과 손두부를 잘게 잘라 엄마 입에 한조각씩 넣어드렸다는 것은 앞서 언급한 바 있다. 손두부 반모의 반을 엄마 입에 넣기 좋게 칼로 적당히 자르고 있으니 옆의 이 환자분이 물끄러미 보고 계셨다. 나는 엄마에게 두어조각을 먹인 다음 이분에게도 한번 드셔보라며 조금 갖다드렸다.

며칠 후 그 남편분이 수박을 하나 사왔는데 엄마에게 드리라며 두어조각을 건넸다. 내가 수박 살을 작게 잘라 엄마 입에 넣어드렸더니 엄마는 맛있다고 하셨다. 병원 입원한 이래 처음 드시는 수박이었다. 엄마는 잘게 자른 수박 살 몇개를 맛있게 드시더니 급기야 그 하나를 집어 내 입에 갖다 대며 "니도 묵어봐라. 아나. 맛있다"라고 하셨다. '아나'는 경상도 방언에서 다른 사람에게 물건을 건넬 때 하는 말이다.

엄마가 늙은 자식 입에 수박을 넣어주는 모습을 보고 완화의료도우미들이 모두 웃었다.

77

여기서 집이 머나?
고마 이 손 잡고 집에 가자.

북부병원에 계실 때 하신 말이다. 엄마는 이 병원에 계실 때 유달리 집에 가자는 말을 더 자주 하셨다. 죽을 때가 가까워오면 그것을 예감하는 사람도 있다. 나는 엄마가 무슨 예감이 있어서 그러신가 하는 생각을 해보기도 했다. 이 말을 들을 때면 늘 마음이 괴로웠다. '집'이라는 단어가 불러일으키는 연상 때문이었다.

'집'은 모든 존재의 거소, 즉 모든 존재가 본래 있어야 할 장소다. 모든 존재는 본래적으로 집에서 가장 편안하다. 모든 존재는 집 바깥에 오랫동안 나가 있을 때 늘 집을 그리워하며 집으로 돌아가기를 열망한다. 새는 저녁이 되면 둥지가 있는 숲으로 날아들고, 여우는 죽을 때 자기가 태어난 집으로 머리를 돌리고, 아이들은 뛰놀다가도 저녁이 되면 집으로 돌아간다.

집은 내가 모든 것을 내려놓고 웅크린 채 누울 수 있는 곳이며, 오랜 기억들이 곳곳에 널려 있는 곳이다. 그러니 집은 모든 존재가 종국에는 응당 돌아가야 할 고향과도 같은 곳이다.

엄마가 '고마 집에 가자'라고 하셨을 때의 '집'은 바로 그런 '집'일 것이다. 하지만 엄마는 집으로 가실 수 없었다. 엄마의 이 말을 들을 때마다 마음이 괴롭고 슬펐던 것은 이 때문이다.

78

저 밖에

풀이 참 잘 자란다.

동부병원에 계실 때인 5월에 하신 말이다. 동부병원 호스
피스 병동은 3층에 있었는데 병실 창문 바깥쪽에 테라스가
있었다. 이 테라스에는 흙이 깔려 있었는데 관리하는 사람
이 없는지라 풀이 마음대로 자랐다. 풀은 하루가 다르게
자랐으며 야성미가 있었다. 비가 온 다음날이면 풀이 더욱
파릇파릇하니 생기가 있었다. 엄마의 병상은 창문 바로 옆
이었으므로 엄마는 늘 창밖의 이 풀들을 바라보셨다.

　　호스피스 병실은 아무런 일상이 없고 오직 기계적인
시간만 되풀이되는 것처럼 오해되기 쉽지만 그렇지 않다.
그 속에도 나름의 일상이 있으며 매일매일 다른 삶이 펼쳐
진다. 극히 단조롭고 무미건조하며 폐쇄되어 있는 것처럼
느껴지는 이 공간도 자연과 완전히 격절(隔絶)되어 있지는
않다. 엄마는 창문으로 보이는 자연의 미세한 변화와 움직

임을 늘 주시하셨으며 거기에 의미를 부여하셨다. 비가 오는 것, 바람이 부는 것, 날씨가 흐린 것, 추운 것, 눈이 오는 것, 꽃이 피는 것, 새가 우는 것, 나무에 열매가 달린 것, 풀이 자라는 것, 하늘이 고운 것, 이 하나하나를 느끼고 음미하셨으며, 그리하여 감동을 표하시기도 하고 감회를 말씀하시기도 하고 추억에 잠기시기도 했다. 엄마를 통해 나는 앞으로 우리나라의 복지수준이 향상되어 호스피스 병실 속으로 자연이 좀더 쏟아져 들어오게 하는 고려가 이루어지면 좋겠다는 생각을 해보았다.

엄마는 창밖의 새록새록 자라는 풀을 보며 무료함을 달래는 한편 그로부터 일말의 위로를 받았을지 모른다. 자연은, 특히 야생의 식물은 사람의 마음을 편안하게 해주는 힘이 있으니까.

79

집에 가면 단수 안에 누런 이불 있다.

그거 느그 아버지 덮으라 해라.

요새 춥다.

2018년 12월 30일 서울성모병원 별관 6층 302호에 입원
해 계실 때 하신 말이다.

'단수'는 경상도 말인데 옷장을 뜻한다. 삼각지 집의
부모님 주무시는 방 왼쪽에 단수가 있는데 위쪽에는 옷이
걸려 있고 아래쪽에는 이불이 놓여 있다. 누런 이불은 평
소 추울 때 엄마가 덮으시던 이불이다. 아버지가 덮으시는
이불은 고동색이고 좀 얇다.

병원은 난방이 잘 되어 바깥이 추운지 어떤지 잘 알기
어렵다. 하지만 엄마는 아버지가 주무시는 방이 춥다는 걸
아시고 아버지에게 엄마가 덮으시던 두꺼운 이불을 꺼내
드리라고 하신 것이다. 병실에서 정신만 드시면 아버지 걱
정을 하셨던 걸 알 수 있다.

엄마가 돌아가신 후 형님과 나는 엄마의 유품을 정리했다. 침실 작은 옷장 안에는 엄마의 내의며 양말, 장갑 등이 가지런히 정돈되어 있었다. 단수 안에는 엄마가 입으시던 옷들이 쭉 걸려 있었다. 아끼느라 잘 입지 않으신 듯 새 옷처럼 보이는 옷들이 적지 않았다. 화장실 옆의 붙박이장에도 엄마가 쓰시던 모자며 옷들이 잘 정리된 채 걸려 있었다. 현관 신발장에는 엄마가 신으시던 신발 몇켤레가 덩그러니 놓여 있었다. 물건 중에는 내가 사드린, 그래서 눈에 익은 것들이 많았다. 3, 4년 전에 엄마가 겨울에 다리가 시리다고 해 무릎까지 오는 긴 양말을 어디서 구해드렸더니 좋아하신 적이 있는데 그 양말도 곱게 개여 그대로 있었다. 유품들을 정리하자니 뚝뚝 떨어지는 눈물을 금할 수 없었다.

형님은 엄마가 쓰시던 이불들도 다 꺼내 묶었다. 하지만 아버지는 누런 이불은 버리지 말라며 도로 꺼내셨다. 아버지는 지금도 기온이 영하로 내려가는 날 밤에는 엄마가 쓰시던 이 이불을 덮으신다.

엄마가 50년 남짓 쓰시던 작은 앉은뱅이 경대는 큰 조카며느리인 자연에게 주기로 했다. 이 경대는 아주 특별한 것이다. 유명한 나전칠기 인간문화재이신 김봉룡 옹의 만년 작품으로 디자인은 아버지가 직접 하신 것이다. 거울 아래의 오른쪽 공간에는 들에서 소 한마리와 말 한마리가 서로 바라보고 있는 모습이 자개로 새겨져 있고 윗빼다지 (윗서랍)에는 덩굴에 달린 박 네개가 차례로 새겨져 있다. 아버지는 을축생 소띠이고 엄마는 경오생 말띠라서 소와 말이 들에서 유유히 함께 노니는 모습을 새긴 것이다. 박 은 박씨 성의 자식이 넷이라는 뜻에서 새긴 것이다. 삼각 지 집에는 아버지가 행서로 쓰신 '牛馬天地走'〔소와 말이 천지를 달린다〕라는 다섯척(尺) 길이의 현판이 마루에 걸 려 있는데 이 현판 글씨와 경대에 새겨진 소와 말은 한짝 이다. 이 현판은 원래 수유리 집의 현판 밖에 걸려 있던 것 이다.

엄마는 생전에 이 경대를 나중에 내 처에게 주라고 하 셨지만 나는 국립박물관이나 국립고궁박물관 같은 데 기 증해 영구히 보관하면 어떨까 하는 생각을 하기도 했었다. 하지만 일찍 돌아가신 큰형님을 생각할 때 그 외아들인 용 제의 처에게 일단 물려주는 것이 좋겠다 싶어 아버지에게 내 생각을 말씀드렸더니 아버지도 동의하셨다.

수유리 사실 때 엄마는 안방 창문 아래 이 경대를 두 고서 그 앞에서 화장을 하시곤 했다. 그 모습이 지금도 환 히 떠오른다. 자연이가 잘 간직해 쓰다가 훗날 국립중앙박 물관이나 국립고궁박물관에 할머니 이름으로 기증했으면 하는 바람이다.

엄마의 유품 가운데 나는 단 두가지를 가져왔다. 하나

는 엄마가 쓰시던 10센티미터가량의 손때 묻은 연필이고, 다른 하나는 엄마가 염송하시던 손때 묵은 불경이다.

연필의 한면에는 금색으로 "문화연필 스쿨 버스 70 HB"라는 글귀가 박혀 있는데 '스쿨'과 '버스', '버스'와 '70' 사이에 버스가 각각 그려져 있다. 다른 한면에는 흰색으로 "(…)AN IS HALF DONE"이라는 글귀가 박혀 있는데 몽당연필인 까닭에 영어 글귀의 앞부분은 없어져 보이지 않는다. 연필은 잘 깎여 심이 0.5센티미터쯤 되는데 지금도 글씨가 잘 쓰인다. 연필의 앞부분 8센티미터는 분홍색이고 뒷부분 2센티미터는 검은색인데 그 뒷부분에 'HB'라고 적혀 있다. 이 연필은 원래 경대의 빼다지 속에 있던 것으로 1984년 출시된 것이다. 나는 엄마가 쓰시던 이 연필을 내 서재 책상의 나무 필통에 잘 보관하고 있다.

불경은 화계사의 『불자독송집』으로 1995년 간행된 것이다. 표지는 푸른색인데 앞의 두면이 공면이고 이 공면 뒤에 '수월관음(水月觀音)'과 '선재동자(善財童子)'의 그림이 각각 독립된 면에 컬러로 인쇄되어 있다. 고려시대의 「수월관음도」가 아닌가 한다. '선재동자'는 '수월관음'의 원래 그림 속에 조그맣게 그려진 것인데 확대한 것이다.

그런데 두번째 공면에 검은색 볼펜으로 "운 3143-2"라 적으시고 그 아래에 "2787 화계사"라고 적으신 엄마의 친필이 보이고 그 아래에 연필로 "902-2663 / 990-1885"

라고 적혀 있다. '운'은 운가사를 뜻하는 것으로 생각된다. 엄마는 1990년대 초까지 운가사라는 절에 다니셨는데, 주지스님이 시주를 너무 요구하는 데 염증을 느껴 화계사로 절을 바꾸셨다. 운가사는 원래 4·19기념탑 지나 오른쪽으로 접어들어 산으로 올라가다보면 중턱에 있는 작은 암자다. 지금은 4·19기념탑 건너편의 길가 부근에 새로 절을 지어 옮긴 것으로 알고 있다. 그래서 산중의 이 암자는 지금은 찾는 사람이 별로 없다. 엄마는 1992년 6월 큰형님이 돌아가셨을 때 이 암자에서 49재를 지냈다. 마지막 재를 지낼 때 나는 엄마를 따라가 주지스님을 뵌 적이 있다.

얼마의 필체는 독특해서 보면 금방 알 수 있다. 『불자 독송집』의 이 글씨는 엄마가 방금 쓰신 것처럼 생생하여 가만히 보고 있노라면 볼펜과 연필로 글씨를 적던 엄마의 당시 모습이 떠오르는 듯하다.

80

못 먹겠다.
고마 물란다.

좀더 드이소.
그래야 힘을 내지예.

북부병원 계실 때 하신 말이다. 당시 엄마는 몸 상태가 나빠져 음식을 잘 드시려 하지 않으셨다. 엄마는 하루 이틀 음식을 못 드시면 체력이 급격히 떨어져 금방 반혼수상태로 빠지시는 것 같았다. 미량이라도 음식을 드시는 게 수액이나 영양제를 맞는 것보다 훨씬 나았다. 그래서 나는 어떻게든 엄마에게 뭔가를 먹여보려고 노력했다. 드시지 못하면 얼마 안 가서 돌아가신다는 것을 알았기 때문이다.

당시 하루하루마다 천국과 지옥을 오가는 기분이었다. 엄마가 뭐라도 조금 받아드시면 천국에 와 있는 느낌이고, 엄마가 설레설레 고개를 흔들며 거부의사를 밝히거나 입을 꽉 다물고 벌리지 않으시면 지옥에 있는 느낌이었다. 안 벌리는 입을 억지로 벌리게 해 입에 음식을 넣어 드리는 것이 능사는 아니었다. 그럴 때마다 엄마는 얼마나 힘이 드시는지 진땀을 흘리셨기 때문이다. 그래서 한참 쉬었다가 다시 시도해보곤 했지만 대개 소용이 없었다. 이런 날은 집에 돌아와서도 계속 마음이 좋지 않았으며 어찌하면 좋나 생각하며 이 궁리 저 궁리 하느라 잠을 설치기 일쑤였다. 하지만 엄마가 뭘 좀 받아드시는 날은 기분이 그리 좋을 수가 없었다. 오늘 하루는 성공했다, 앞으로 어찌 될지 모르지만 오늘만큼은 됐다. 이런 마음에 시쳇말로 '기분 만땅'이었다.

위의 엄마 말은 이런 상황에서 나온 것이다.

81

뭘 그리 한삐까리 가지오노?

북부병원에 계실 때 하신 말이다. '한삐까리'는 '가득' '많이'라는 뜻이다. 표준어 '한무더기'에 해당하는 말이다.

당시 나는 엄마에게 먹일 음식과 완화의료도우미가 요구하는 물품을 구해다 날라야 했으므로 양손에 든 천가방이 불룩했다. 특히 속기저귀, 겉기저귀, 깔개매트, 물티슈, 키친타월, 티슈, 이런 것을 갖고 오는 날은 가방이 더욱 불룩했다.

이날 엄마는 병실에 들어서는 나를 보자마자 이리 말씀하셨다. 물론 환하게 미소를 띠신 채.

생각해보니 엄마는 수유리 사실 때도 내게 종종 이 말을 하셨다. 토요일 점심 무렵 수유리 집의 벨을 누르면 엄마는 반갑게 문을 열어주시며 "아들내미 왔소!" 하시고는 웃으시며 이 말을 하셨다.

이리 보면 병원에 계실 때 엄마가 하신 마지막 말들은

거개가 예전에 언젠가 하셨거나 혹은 예전에 늘 하셨던 말이 아닌가 한다. 호스피스 병실의 삶은 결코 예전과 단절된 삶이 아니라 예전과 연속되어 있는 삶으로서 엄마 삶의 소중한 일부였던 것이다.

82

다리 운동 하입시더.
하나아
두울
세엣
네엣
다섯
여섯
일곱
여덟
아홉
여얼.
아이구 잘하시네.

고마해라.
니 힘들다.

북부병원에서 하신 말이다. 엄마에게 틈틈이 운동을 시켜 드리는 일은 동부병원에 계실 때부터 했다. 엄마가 호스피스 병실에 계신 것은 10개월쯤 되는데 환자에게 팔 운동이나 다리 운동을 시켜드리는 보호자는 잘 보지 못했다. 환자의 다리나 몸을 마사지하거나 주물러드리는 분들은 더러 있었지만 팔이나 다리를 살살 움직이며 운동을 시키는 사람은 없었다.

내가 엄마에게 무리가 가지 않는 범위 내에서 운동을 시켜드려야겠다는 생각을 처음 하게 된 것은 엄마의 팔과 다리가 하루가 다르게 가늘어지고 근육이 녹아 흐물흐물 해지는 것을 본 뒤부터다.

본격적인 운동에 앞서 해야 할 일이 있었다. 먼저 왼쪽 발과 발가락을 여기저기 주무르고 누르며 지압을 해드린다. 용천은 엄지손가락으로 여러차례 좀 세게 누른다. 발가락 및 발가락 사이도 꾹꾹 누르고 발등도 여기저기 비벼드린다. 엄마는 가만히 계시는 걸로 보아 기분이 괜찮으신 듯했다. 그런 다음 정강이 안쪽과 바깥쪽을 차례로 마사지한다. 오른쪽 발, 발가락, 정강이도 똑같이 한다.

이상의 준비가 끝나면 엄마의 왼쪽 발목을 잡고 무릎을 천천히 굽혀 종아리가 허벅지에 닿도록 한다. 엄마의 반응을 보아가며 천천히 해야 했다. 혹여 불편해하거나 아파하시면 그만두어야 마땅하나 엄마는 그런 적이 한번도

225

없으셨다. 나는 엄마가 들으시게 하나, 두울, 세엣, 이런 식으로 소리를 내며 다리를 굽혔다. 왼쪽을 열번 하고 난 다음 오른쪽을 열번 했다. 그러고 나서 다시 왼쪽을 열번, 오른쪽을 열번 한다. 이렇게 교대로 세번 총 서른번을 했다. 엄마는 도중에 몇번이나 "팔 아프다. 고마해라"라고 말씀하셨다.

다리 운동이 끝나면 팔 운동을 시켜드렸다. 팔 운동은 세 동작을 했다. 제일 먼저 하는 것은 한쪽 팔을 위로 당겨 접는 동작이다. 좌우 교대로 열번쯤 해드렸다. 두번째는 두 팔을 좌우로 쭉 펴는 동작이다. 엄마는 팔에 주삿바늘이 꽂혀 있어 이 동작은 대강 해야 했다. 게다가 아프시면서 오랫동안 몸을 움직이지 않아 몸이 굳은 탓에 130도 정도밖에 펴지지 않았다. 마지막은 한쪽 손을 들어 뒤로 넘기는 동작이다. 이 동작을 처음 했을 때 엄마는 "아이고 시원하다"라고 하셨다. 몇달 동안 어깨를 뒤로 젖힌 적이 없으시니 얼마나 어깨가 찌뿌둥하셨겠는가. 엄마의 이 말을 듣고 나는 왜 진작 운동시킬 생각을 못했을까 하고 자책했다. 어려운 상황에서도 멍하니 포기하고 있지 말고 뭔가 작은 도움이라도 되는 일을 찾아서 해야 하는데 그러지 못했던 것이다.

이 운동을 다 시켜드리면 30분이 경과하고 내 몸에는 땀이 조금 맺혔다. 엄마는 일주일에 두어번은 이 운동을 하셨다. 물론 몸 상태가 그럭저럭 괜찮을 경우에 한해서다. 몸이 여위니 혈관도 점차 쪼그라드는 듯했다. 가만히 누워만 계셔서 기혈 순환이 안 되니 더 그런 듯싶었다. 혈관을 살리려면 근육 소실을 막아야 한다. 나는 이 운동이 엄마에게 뭔가 도움이 되지 않았나 생각한다.

　엄마는 돌아가시기 보름 전까지도 이 운동을 하셨다.

손이 차네예.

괜찮다.

동부병원에 계실 때 엄마 손을 잡으니 너무 찼다. 그래서
엄마 손이 너무 차다고 말했더니 엄마는 괜찮다고 하셨다.
내가 걱정하는 줄 아시고 걱정하지 말라고 하신 말이다.
'손이 차지만 나는 괜찮다'라는 뜻이다.

석숭이는 도망갔나?

형님보고 하신 말이다. 형님은 엄마가 국립의료원에 계실 때 두달 내내 한시도 엄마 곁을 떠나지 않고 헌신적으로 엄마를 돌봤다. 형님은 엄마를 위해 부산에서 하시던 사업을 잠시 접고 올라왔다. 엄마가 여의도성모병원에서 동부병원으로 전원하시고 나서 나흘 뒤에 형님은 일 때문에 다시 부산으로 내려갔다.

위의 말은 형님이 내려간 다음날 하신 것이다. 나는 엄마의 이 말이 어찌나 우습던지 속으로 몹시 웃었다. 지금도 엄마의 이 말을 생각하면 웃음이 난다.

어서 갔다 오이소.

7월, 북부병원에 계실 때 오후 2시경 집으로 돌아가시는 아버지에게 하신 말이다. 얼른 집에 갔다가 또 오시라는 말이다.

아버지는 오전 9시 이전에 집을 나서 15분쯤 걸어 삼 각지역에서 4호선 지하철을 타신 후 이촌역에서 경의중앙 선으로 갈아타 양원역에서 내려 10여분 걸어 411호 병실 의 엄마에게 가신다. 이촌역에서 경의중앙선으로 환승하 시는 데는 10분쯤 걸리는 듯했다. 이촌역에서 양원역까지 는 31분 걸린다. 그러니 집에서 병실까지 가는 데 소요되 는 시간은 한시간 남짓 된다. 아버지는 별일 없으시면 오 전 10시경에 병실에 도착하셨다.

3년 전만 해도 아버지는 걸음이 빠르신 편이었는데 2년 전부터 갑자기 걸음이 아주 느려지고 눈에 띄게 쇠락 함이 심해지셨다. 아버지는 아흔셋의 나이를 분기점으로 몸이 힘든 것을 느끼게 되더라고 말씀하셨다. 그러면서 나더러 아흔셋이 되어보지 않고서는 나의 이 말이 무슨 말인지 잘 모를 거라고 하셨다. 나는 젊을 때부터 늘 몸이 힘들었으므로 아버지의 이 말이 불가사의하게 여겨졌다.

3년 전이면 아버지가 수유리 집에서 삼각지로 이사하신 때다. 수유리는 자연환경이 좋은 편인데 도심의 삼각지는 그렇지 못하다. 나는 주거환경이 달라져 아버지가 급속히 노쇠하시는가 싶어 마음이 편치 않았다. 아무튼 아버지는 최근 걸음이 몹시 느려지셔서 같은 거리를 가도 나보다 시간이 곱절은 더 걸린다. 거기다가 무릎 관절이 안 좋으셔서 계단을 오르내리시는 데 어려움이 있다.

그래서 나는 아버지가 삼각지 집에서 북부병원을 오가실 때 어디서 엘리베이터를 타고 어디서 에스컬레이터를 타셔야 하는지 알아보기 쉽게 표로 만들어드렸다. 문제는 4호선 이촌역 승강장과 경의중앙선 승강장을 오고 가실 때 계단을 이용해야만 하는 곳이 한군데 있다는 거였다. 아버지는 이 구간을 이동할 때 몹시 힘들어하셨다.

2019년 7월은 폭염으로 한낮에 나다니기가 아주 힘들었다. 아버지는 대개 2시경 병원에서 집으로 돌아오셨는데 그 시간대의 뙤약볕은 정말 견디기 어려울 정도로 뜨거웠다. 아버지는 지팡이를 짚고 다니셨는데, 작열하는 햇볕 아래 느릿느릿 걷다보니 어지러워 쓰러질 것만 같은 적이 여러번이었다고 그 무렵 내게 말씀하셨다. 하지만 아버지는 거의 한번도 거르지 않고 이틀에 한번꼴로 어머니를 찾으셨다. 나는 당시 아버지에게 일주일에 한번이나 두번쯤만 엄마에게 가시는 게 좋겠다, 잘못하면 아버지에게 큰 탈이 생길 것 같다고 몇번이나 말씀드렸지만 아무 소용이 없었다.

지금 생각하니 아버지가 한사코 엄마에게 가시고자 한 것은 자식인 나로서도 도저히 알기 어려운 두분의 깊은 존재관련 때문인 듯하다. 어머니는 어머니대로 늘 아버지를 기다리는 마음이고, 아버지는 아버지대로 내가 설사 길에서 쓰러져 일어나지 못하는 일이 생길지라도 아내에게 가지 않으면 안 된다는 일념이 가슴속에 자리하고 있었던 듯싶다. 위의 엄마 말을 독해(讀解)하면서 그런 생각을 하게 되었다.

물 좀 주까예?

안 물란다.

북부병원에 계실 때 엄마는 음식은커녕 물조차 통 마시지
않을 때도 있었다. 나는 애가 타 티스푼에 물을 따라 엄마
입에 넣어드리기도 했는데 내 정성을 봐서인지 억지로 서
너번 정도 받아 마시곤 하셨다. 나는 조금 기다렸다가 엄
마 눈치를 봐가며 다시 물을 좀 드리려고 시도하곤 했는데
위의 엄마 말은 그 상황에서 나온 것이다.

물 한숟가락 더 드이소.

됐다.
고마 물란다.

이 말도 동일한 상황에서 하신 것이다. 티스푼으로 물을
서너번 입에 넣어드린 후 한숟가락 더 드리려고 여쭈었으
나 더이상 안 먹겠다고 하셨다.

이제 고마
옷 갈아입고
집으로 가자.
안 갈래?

북부병원에 계실 때 하신 말이다. "안 갈래?"라고 하실 때
엄마는 고개를 돌려 내 눈을 빤히 쳐다보셨다.

집에 가자
어서 가자
이 손 잡고
어서 가자.

북부병원에 계실 때인 7월 17일 아버지에게 하신 말이다.
아버지는 엄마의 발병 이후 돌아가실 때까지의 일을 매일
일기로 기록하셨다. 엄마의 이 말씀은 아버지의 일기에서
찾아낸 것이다. 일기를 그대로 옮기면 다음과 같다.

　11시경 처가 양다리를 모아 세우고 양팔로 침대를 잡
더니 나를 보며 비상한 눈초리로 "집에 가자. 어서 가
자. 이 손 잡고 어서 가자"라고 하며 팔에 힘을 주었
다. 나는 당황하여 "여기가 병원인데 병이 나아야 가
지. 조금만 더 참으시오"라고 달랬으나 막무가내로 계
속하다가 힘이 빠졌는지 멍한 눈초리로 나를 보며 원

망하는 것 같았다. 나는 눈물이 날 지경이었다. 이런 일은 처음이었다.

엄마는 이 무렵 몸의 상태가 몹시 안 좋아 그다음날 수혈을 받기까지 하셨다. 앞에서 언급한 바 있지만 엄마가 PICC를 스스로 뽑아버린 것은 이날로부터 사흘 후의 일이다. 어쩌면 엄마는 스스로 생을 마감하기 위해 이 관을 제거해버린 것일지도 모르겠다는 생각이 들기도 한다. 만일 그렇다면 이 무렵 엄마가 이상하게도 그리 자주 아버지와 나에게 '어서 고마 집에 가자'라고 간절히 하소연하신 것은 집에 가서 임종을 맞고 싶다는 의사표현을 하신 게 아닌가 싶다. 나는 당시 엄마의 이런 뜻을 짐작조차 못했었다.

90

아따 깨반하다.

동부병원 304호 병실에 계실 때 엄마는 가느다란 소리로 "이가 아프다"라고 하셨다. 나는 혹시나 해서 엄마 입을 벌려 이 상태를 살펴보았다. 잇몸 사이 여기저기에 음식물이 잔뜩 끼어 있었으며 특히 우측 위쪽의 잇몸은 벌겋게 부어 있었다. 제대로 양치질을 안 한 탓이다. 동부병원은 호스피스 병실에 소속된 완화의료도우미가 환자의 양치를 해주게 되어 있다. 하지만 하는 시늉만 할 뿐 제대로 하지 않는 듯했다. 즉 칫솔질도 않고 물로 입을 한두번 헹구게만 하거나 혹 칫솔질을 하더라도 앞니만 한두번 문지르고 입을 헹구게 하는 식이었다. 심지어 어떤 도우미는 엄마가 스스로 칫솔질을 잘한다며 엄마 앞에 빈 그릇과 칫솔을 갖다주며 직접 하라고까지 했다.

엄마는 상태가 좋은 날은 혼자 칫솔질을 하실 때도 있었지만, 그런 경우도 아프시기 전과 같이 제대로 칫솔질을 하는 것이 아니었으며 흉내만 낼 뿐이었다. 그뿐만 아니라 칫솔을 입에 문 채 주무시는 날도 있었다. 엄마는 당시 점심식사 직후에 세로켈 25밀리그램, 저녁식사 직후에 세로켈 50밀리그램을 복용하셨는데 이 약은 수면 작용이 강하다. 이 때문에 칫솔질 중에 넋을 잃으시거나 입을 헹구지 않고 치약을 다 삼켜버리곤 하셨다. 그러니 더더욱 도우미들은 엄마의 양치질을 건성으로 하게 되었다. 그러다보니 엄마의 치아와 잇몸에 심각한 문제가 발생하기에 이르렀고 급기야 내게 "이가 아프다"라고 말씀하신 것이다. 엄마에게 이 말을 들은 날 밤 나는 잠을 잘 이룰 수 없었다.

하지만 내가 그날 엄마가 나직이 말씀하신 "이가 아프다"라는 말을 놓치지 않고 들은 것은 천만다행이었다. 나는 우선 의사에게 엄마가 이가 아프다고 호소한다는 사실을 알리고 도우미들에게 아무쪼록 엄마의 양치질을 잘 좀 해달라는 부탁을 드렸다. 그리고 이튿날 삼켜도 인체에 별로 유해하지 않은 치약을 가져왔다. 이날 이후로 내가 병실에 가는 날 저녁 양치질은 반드시 내가 직접 해드렸다.

엄마는 몸 상태가 괜찮으신 날은 양치질에 잘 협조해주셨다. 손으로 엄마 입을 벌린 채로 위쪽 앞니부터 살살 칫솔질을 한 뒤 좌측과 우측을 해드렸는데 측면 부위는 입을 벌리기 어려워 칫솔질이 어려웠다. 더군다나 앞니와 달라 엄마가 입을 다물어버리면 칫솔질이 아예 불가능했다.

그래서 나는 "엄마, 아 하세요" "엄마, 아, 아"라는 말을 여러번 하며 엄마가 입을 벌리게 유도했다. 엄마가 입을 벌리면 한 손으로 엄마 입술을 잡아 올리고 다른 손으로 칫솔질을 하면 되었다. 엄마의 양치질에서 이 부위가 가장 중요했다.

이 부위를 양치질할 때면 엄마도 종종 "아, 아" 하면서 불편해하셨다. 그러면 나는 "엄마! 양치질 잘하시네. 이제 다 됐어요. 조금만 참으세요. 아따, 우리 엄마 참 잘 참으시네" 하며 엄마를 달랬다. 이 말이 정말 효과가 있어 엄마는 참고 가만히 계셨다. 특히 오른쪽 잇몸은 많이 부어 있어 칫솔질을 조심스레 해야 했다. 엄마는 몸뿐 아니라 이도 똑같이 노쇠하여 치간이 아주 넓어져 있는 탓에 그 사이에 음식물이 많이 끼어 있었다. 그러니 대강 양치질해서는 찌꺼기가 온전히 제거되기 어려웠다. 앞쪽이 다 끝나면 뒤쪽을 닦았다. 뒤쪽은 오른쪽부터 시작해서 왼쪽까지 닦았다. 찌꺼기를 살살 털어내는 기분으로 치간에 칫솔을 대어 위에서 아래로 쓸어내렸다. 그러면 음식물 찌꺼기가 내 얼굴과 옷에 튀었다.

엄마는 아랫니가 그리 많지 않으셨다. 아래쪽 앞니는 틀니인데 엄마가 당시 불편하다고 하셔서 틀니를 사용하지 않고 계셨다. 그래서 아래쪽은 비교적 양치질하기가 간단했다.

문제는 입을 헹구는 일이다. "엄마! 이제 입을 헹굽시다" 하고 입에 컵을 갖다 대면 엄마는 어떤 때는 잘 호응해 물을 들이켠 후 몇번쯤 우물우물하시다가 물을 그릇에 뱉어냈다. 하지만 어떤 때는 뱉어내지 않고 계속 머금고 계셨다. 내가 "엄마! 물을 뱉어야지요. 어서 뱉으세요"라고 말하면 그제야 꾸물꾸물하다 뱉어내셨다. 양치질을 다 한 뒤 내가 "이 잘 닦았습니다. 기분 좋지예?" 하고 물으면 엄마는 이를 보여주며 환히 웃으셨다.

몸 상태가 별로 안 좋으신 날은 양치질을 하자고 해도 입을 잘 벌려주지 않으셨다. 이런 경우는 손으로 입술을 들어 올려 앞쪽의 이만 닦을 수밖에 없었다. 엄마는 돌아가시기 열흘쯤 전부터 반혼수상태와 혼수상태에 빠지셨는데 그 직전까지 양치질을 해드렸다.

엄마에게 저녁을 먹이고, 세로켈 가루약을 먹이고(엄마는 이 가루약을 잘 드시지 않으려고 해 먹이느라 애를 먹었다. 나는 꾀를 내어 엄마가 좋아하는 배를 고아낸 진액에다 가루약을 섞어 스푼으로 떠먹였다), 양치질을 해드리면 그날 저녁 일과는 일단 끝난다. 병실에는 세면대와 화장실이 딸려 있는데, 나는 이런저런 음식 그릇이며 칫솔이며 양치용 그릇 따위를 세면대로 가져와 한참 동안 씻었다. 그러면 엄마는 늘 병상에 비스듬히 기대어 앉아 내가 하는 일을 가만히 보고 계셨다. 그리고 다 씻은 것을 갖고 병상으로 오면 엄마는 어김없이 "저기 수건 있네. 손 닦아라"라고 말씀하셨다. 그러고는 싱긋이 웃으시며 "이제 다 했나? 수고 많았다"라고 하셨다.

바로 그때마다 나는 엄마를 향해 '엄마 오늘 잘하셨어요' '우리 엄마 최고예요'라는 뜻으로 웃으며 엄지척을 했다. 그러면 엄마도 환히 웃으시며 나를 따라 엄지척을 하셨다. 엄마가 아파도 인생은 흐르고 행복한 시간이었다.

위의 엄마 말은 양치질하신 뒤의 말이다. '깨반하다'는 '개운하다'라는 뜻이다. 양치질을 하고 나서 너무 기분이 좋아 이리 말씀하신 것이다.

91

그거 하지 마라.
보기 싫다.

동부병원 계실 때 엄마가 멍하니 계시거나 하면 나는 엄마
의 정신을 자극하기 위해 입을 찢어져라 최대한 크게 벌리
고 눈을 위로 치뜬 채 얼굴을 좌우로 흔들었다. 그러면 엄
마는 즉각 웃으셨다. 부자연스럽거나 비일상적인 몸짓 또
는 태도는 웃음을 유발한다. 나는 이 점을 노리고 이 짓을
한 것이다. 엄마는 '쟤가 평소 안 하던 참 이상한 짓을 한
다'라고 생각하셨을지 모른다.

엄마가 나의 이 퍼포먼스에 반응을 보이는 것이 기뻐
서 나는 엄마를 뵐 때마다 이 짓을 했다. 며칠 지나자 내가
이 퍼포먼스를 하면 엄마도 따라 입을 크게 벌리며 똑같이
하셨다. 그리고 서로 웃으며 즐거워했다.

그런데 웬일인지 한 보름쯤 지난 어느날 내가 이 퍼포
먼스를 하자 엄마는 정색을 하시고는 위와 같이 말씀하셨

다. 엄마는 이 짓이 나에게 어울리지 않는다고 생각하신 걸까? 엄마를 즐겁게 하기 위해 일부러 바보 같은 짓을 한다고 민망히 여기신 걸까? 지금도 엄마의 뜻을 알 수 없다.

눈 자라.

나도 눈 자께.

동부병원 계실 때 하신 말이다. '눈 자라'는 '누워 자라'는
뜻이다.

　엄마는 이 무렵 이 말을 잘 하셨다. 아마 엄마 눈에 내
가 피곤해 보이고 잠이 부족해 보여서였을 것이다. '네가
자면 나도 잘 테니 같이 자자'라는 뜻이다.

골치 아프다.

엄마는 이 말을 병원에 계시면서 아주 많이 하셨다. 여기서처럼 이 말 하나만 툭 내뱉으시는 경우도 있지만 이 말 앞뒤로 두어마디 말을 추가하시는 경우도 있었다. 후자의 경우 '골치 아픈' 이유를 알 수 있었다. 하지만 여기서처럼 이 한 문장만 말씀하시면 왜 이 말을 하시는지 알기 어려웠다.

엄마는 이 한 문장으로 상당히 다양한 의미를 표현하신 듯하다. 즉 어떤 때는 '내가 어서 죽지 않고 이러고 있다'라는 의미를, 어떤 때는 '내가 병원에 이리 누워 있어 네 고생만 시키고 있다'라는 의미를, 어떤 때는 '내가 아파 네 공부도 못하게 한다'라는 의미를, 어떤 때는 '이 병실에 젊으나 늙으나 모두 아픈 사람만 있다'라는 의미를, 어떤 때는 '사는 게 참 힘들다'라는 의미를, 어떤 때는 '왜 안 죽나'라는 의미를, 어떤 때는 '집에 가야 하는데 못 가고 있다'라는 의미를 담고 있는 듯했다.

　요컨대 이 문장은 엄마가 처해 있는, 그리고 인간 일반이 처해 있는 삶의 상황을 압축적으로 요약하지 않나 생각된다. 생각하고 또 생각한 뒤 내가 깨달은 사실이지만 인간의 상황은, 그리고 삶의 상황은, 다른 말이 필요 없고 '골치 아프다'라는 이 말 하나로 다 설명되는 듯하다.

94

저녁 안 문나?

예.

아이고 우야겠노.

동부병원에서 하신 말이다. 식사를 다 하신 후 이리 말씀
하셨다. 아버지는 오전에 다녀가시고 나는 오후에 왔는데,
엄마는 아버지가 두고 가신 키위주스를 저녁에 맛있게 드
셨다. 엄마는 아프시기 전부터 키위를 좋아하셨다. 아침마
다 키위 하나에 작은 구멍을 내어 그 속에 티스푼을 넣어
살살 파서 드셨다. 그러면 나중에는 얇은 껍데기만 남았
다. 아버지는 엄마가 키위를 좋아하시는 줄 알아 아침마다
집에서 키위를 믹서기로 갈아 주스를 만들어 오셨다. 하지
만 훗날 엄마는 상태가 나빠지자 좋아하시던 이 키위도 드
시지 않았다.

이날 엄마는 내가 아직 저녁을 안 먹었다는 걸 아시자
깜짝 놀라시며 이리 말씀하셨다. '아이고 우야겠노'는 '어
쩌면 좋나' 하고 탄식하는 말이다.

95

감사합니다아.

엄마는 어느 병원에 계시든지 의사나 간호사나 간병인들에게 수시로 '감사합니다'라는 말을 하셨다. 그리고 엄마는 비록 혼몽한 중에도 의사와 간호사와 간병인을 정확히 구별하셨다. 그리하여 의사에게는 아주 깍듯이 대하셨다.

여의도성모병원에 계실 때는 수녀님에게도 '감사합니다'라는 말을 곧잘 하셨다. 수녀님은 자주 엄마에게 오셔서 엄마를 지켜봐주셨다.

엄마의 이런 태도 때문에 북부병원을 빼고는 어떤 병원에서든 엄마는 좋은 인상을 남기셨다. 호스피스 병실의 환자들은 대개 오랜 병에 지친 사람들이기에 표정이 별로 없고 미소를 잃어버린 사람들이 대부분이다. 하지만 엄마는 비록 몸이 힘들어도 의사나 간호사가 찾아오면 미소 짓는 것을 잊지 않으셨으며 감사하다는 말을 곧잘 하셨기에 의료진으로부터 평이 좋았다.

엄마의 이런 태도는 평생 예의를 갖추는 일이 몸에 밴 때문이 아닌가 한다. 여의도성모병원에 두번째 입원하셨을 때다. 추석 다음날 실버타운의 원장님과 직원 한분이 병원으로 엄마 문안을 오셨다. 엄마는 이분들이 돌아가신 뒤 "인사 온 사람들을 그냥 보내는 법이 어디 있나. 물이라도 먹여 보내야지"라면서 간병인을 몹시 나무라셨다고 한다. 그날 저녁 간병인이 엄마에게 혼났다며 내게 그 사실을 말해주어 그런 일이 있었음을 알게 되었다.

사는 기 참 힘들다.

동부병원에 계실 때 하신 말이다. 하루하루 견디기가 몹시
힘들기도 하고 구차하다고 여겨지기도 해서 하신 말 같다.
엄마는 벼랑 끝에 서서 이 말을 하셨지만, 이 말은 인간의
삶 일반에 대해서도 울림이 있다. 벼랑 끝의 인간이 한 말
이라서 오히려 삶 일반에 더 울림을 주는 건지도 모른다.

웃긴다꼬.

웃기.

아프시면서 엄마는 이 말을 자주 하셨다. 웃기는 이유를 한두마디 거론하신 후 이 말을 하시기도 했지만 거두절미하고 불쑥 이 말을 내뱉으시는 경우도 있었다. 그런 경우 엄마는 이유가 있어 이 말을 하셨을 테지만 듣는 사람은 왜 웃긴다고 그러시는지 이유를 통 알기 어려웠다.

나는 오랜 생각 끝에 엄마의 이 말이 자신이 처한 난처한 상황(좀 어려운 말로 하면 '실존')에 대한 아이러니적 발화라는 결론에 이르게 되었다. 엄마는 자신의 상황을 호스피스 병실의 다른 환자들에게로 확대하기도 하고 투사(投射)하기도 하신 것 같다. 이런 경우 엄마의 상황 인식은 비록 병원 내부에서 이루어진 것이기는 하나 삶 일반에 대한 인식이라 할 만하다.

엄마는 죽지도 못하고 제대로 사는 것도 아니고 링거

줄을 주렁주렁 팔에 매단 채 병상에 누워 있는 자신이(그
리고 같은 처지에 놓인 눈앞의 사람들) '우스웠던' 것이다.

98

꼬라지가
저기 뭐꼬.

북부병원에 계실 때 맞은편 병상의 두 환자를 가리켜 하신 말이다. 당시 엄마는 이 말을 자주 하셨다. 한번은 완화의료도우미 한분이(이분은 엄마에 대해 특히 우호적이었다) "어머니가 '꼬라지'라는 말을 자주 하시는데 이 말이 욕입니까?"라고 물었다. 나는 "이 말은 경상도에서는 꼭 욕은 아니고 '꼴' '모양'이라는 뜻으로 쓰이는 말입니다"라고 대답했다.

　엄마는 자신의 눈에 비친 맞은편 환자들의 모습을 딱하고 서글피 여겨 이렇게 말씀하신 것이다. 이는 곧 엄마 자신의 모습에 대한 자조이기도 하다. 다른 환자들은 곧 엄마의 거울이므로. 엄마는 정신이 있고 고개를 치켜들 작은 기력만 있으면 고개를 들어 맞은편 환자들의 상태와 모습을 관찰하셨다. 그러다가 고개가 아프면 머리를 침상에 내려두고 조금 쉬었다 다시 고개를 치켜들어 맞은편을 바라보곤 하셨다. 여의도성모병원에 두번째 입원했을 때는 이런 행동 때문에 목에 통증이 생겨 파스를 여러날 붙이기도 했다. 하지만 엄마는 파스를 붙인 채로 계속 맞은편의 환자가 어떤지를 관찰하셨다. 여러 병원을 전전했지만 엄마 같은 환자는 보지 못했다.

엄마의 마지막 시간들을 생각하면 제일 먼저 떠오르는 단어가 '보다'이다. 엄마는 돌아가시기 열흘 전까지 계속 무언가를 보셨다. 늘 나를 보셨고 병실의 환자들을 보셨고 간호사와 간병인이 오가는 것을 보셨고 환자의 가족들이 출입하는 것을 보셨고 복도에 오가는 사람들을 보셨고 창밖의 풍경을 보셨다. 나는 엄마를 통해 '본다'는 것이 곧 '살아 있다'는 것과 동의어임을 깨닫게 되었다. 인간은 살아 있는 한 보기를 멈추지 말아야 하며 보기를 포기하지 말아야 한다. 엄마는 살아 계시는 동안 계속 이 세계를 보고 계셨다.

그러므로 '본다'는, 주체의 마지막 주체성을 드러낸다. 호스피스 병실의 환자들은 더이상 보지 않을 때, 더이상 볼 수 없을 때 그가 행사할 수 있는 마지막 주체성이 소진된다.

엄마의 경우 '보다'를 통해 행사되는 주체성은 '말하다'를 통해 행사되는 주체성과 안과 밖을 이루는 듯했다.

보니 말하는 것이고, 말하니 보게 되는 것이다. 그러므로 '보다'와 '말하다'라는 두 동사는 엄마가 자신의 마지막 주체성을 실현한 과정을 집약하고 있다. 이 점에서 엄마의 '마지막 말'들은 엄마의 '마지막 봄'들로 고쳐 불러도 좋을 것이다.

'보다'와 '말하다'라는, 엄마가 끝까지 손에서 놓지 않으려 하셨던 주체성의 두 계기는 '염려하다'라는 또다른 주체성의 계기와 결합됨으로써 인간적 온기와 품위를 담보하면서 인간성의 어떤 고양된 높이를 보여줬다. '염려하다'라는 동사에는 '사랑' '배려' '헌신' '희생' '안쓰러움' '슬픔' '연민'과 같은 명사들이 그 내용물로 포함되어 있다. 엄마는 '보다'와 '말하다'를 놓지 않으셨기에 '염려하다'가 가능하셨던 것이며, '염려하다'를 끝까지 놓지 않으셨기에 '보다'와 '말하다'가 가능하셨을 것이라고 나는 생각한다.

아야!

북부병원에서 내가 엄마의 발톱을 깎던 중 잘못해 좀 깊게 깎자 엄마가 아파서 낸 소리다. 내가 조심하지 않아 이런 일이 생겨 몹시 죄송했다. 발톱을 호호 불어드리며 "엄마! 괜찮습니까?"라고 묻자 엄마는 아무 말씀도 않으셨으며 더이상 "아야" 소리도 내지 않으셨다.

나는 이때 엄마의 발톱과 손톱을 처음 깎아드렸다. 엄마 발은 아주 아담했다. 나는 발이 작은 편인데 이게 엄마 발을 닮은 때문이라는 사실을 이때 처음 알았다.

엄마는 발은 작으셔도, 더이상 걷지 못하게 되기까지 지팡이를 사용하신 적이 없다. 삼각지로 이사 오면서 나는 엄마와 아버지에게 가볍고 견고해 연세 높으신 분에게 적당한 지팡이를 사드렸는데, 아버지는 사용하셨지만 엄마는 한번도 사용하지 않으셨으며 지팡이 없이 걸어 다니셨다. 나는 아버지에게 "지팡이 사용하면 낙상도 잘 안 하고 좋은데 왜 엄마는 지팡이 사용 안 하십니까?"라고 여쭈었더니 "그래, 느그 엄마 보고 지팡이 쓰라고 해도 잘 안 쓰데. 쓰기 싫은 모양이더라"라고 하셨다. 내 짐작으로는 지팡이를 짚으면 '꼬부랑 할머니'처럼 여겨질까봐 지팡이를 안 짚으신 게 아닌가 한다. 아무튼 2018년 10월 와병 생활을 시작하시기 전까지(그때 엄마는 여든아홉이었다) 지팡이를 사용하지 않고 제 두 발로 걸으셨다는 것은 대단한 일이 아닐 수 없다.

지팡이 짚지 않으신 일과 함께 떠오르는 또 하나의 특이한 일은 엄마가 장바구니 캐리어를 한사코 사용하지 않으셨다는 사실이다. 수유리 사실 때 나이가 많아지시자 시장에 가 물건을 사서 장바구니에 들고 오는 일을 엄마는 버거워하셨다. 아버지와 나는 여러번 엄마에게 작은 장바구니 캐리어를 사서 이용하는 게 팔과 어깨도 덜 아프고 허리와 무릎 관절을 위해서도 좋다는 말을 했다. 엄마 나이의 다른 분들은 다 이걸 사용한다는 말도 하면서. 엄마는 그때마다 필요 없다고 하셨다. 엄마 생각에는 장바구니 캐리어를 끌고 다니는 것이 민망한 일로 여겨지셨던 모양이다.

엄마는 이 작은 발로 89년을 걸어 다니신 것이다. 처녀 시절 멱 감으러 검암천에도 가시고 내가 다니던 학교에도 오시고 시장에도 가시고 미장원에도 가시고 내 집에도 오시고 절에도 가시고 아버지와 함께 날마다 북한산 산기슭을 걷기도 하셨던 것이다.

병실에 계실 때 만지거나 주물러드리곤 했던 엄마의 작고 예쁜 발을 생각하다가 이런저런 일들이 문득 떠올라 적는다.

반소매 입고

안 춥나?

동부병원에 계실 때 하신 말이다. 엄마는 늘 내가 춥고 배
고프고 잠이 부족할까봐 염려하셨다. 이날 내가 반팔 셔츠
를 입고 온 것을 보고 이리 말씀하셨다. 이 세상에 내게 이
리 말할 사람은 이제 존재하지 않는다.

저기 손 떠는 사람이
느그 아버지가?

아입니더.

북부병원에 계실 때 건너편 병상의 환자를 보고 하신 말이
다. 이분은 인지장애가 심해 쉬지 않고 소리를 질렀는데
점차 소리도 못 지르고 팔을 심하게 떠는 증세가 나타났
다. 소리 지르는 것을 막으려고 약을 세게 쓴 탓으로 생각
된다. 할로페리돌은 경련을 일으키는 부작용이 있고 고령
의 환자에게 쓸 경우 사망률이 1.6배쯤 높아진다는 보고가
있다. 이분은 처음에는 의사소통이 되어 완화의료도우미
를 통해 내게 엄마의 아들이 몇이냐고 물어오기도 했었다.
내가 넷이라고 답했더니 다시 도우미를 통해 자기는 딸만
일곱이라는 말을 전하셨다. 그랬는데 일주일이 지나고 열
흘이 지나고 한달이 지나면서 식물인간처럼 되어가셨다.

호스피스 완화의료는 사람을 살리면서 자연스럽게 죽어가게 할 수도 있지만 약물을 써서 부자연스럽게 죽음을 앞당길 수도 있는 것이다.

만일 전자를 원하는 가족이라면 늘 깨어 있고 살피지 않으면 안 된다. 환자의 상태를 늘 살피고 점검해야 하고 의료진이 무슨 약을 쓰고 있는지, 투여량이 적절한지, 약의 부작용은 없는지를 잘 살펴야 한다. 이는 굉장히 신경이 쓰이고 피곤한 일이다. 하지만 환자가 할 수 없으니 보호자가 하지 않으면 안 된다. 관찰 결과 혹 문제가 발견되면 간호사나 의사에게 말해야 한다. 안 좋은 의사는 보호자의 의견이나 관찰 결과를 대개 묵살하거나 무시하지만 훌륭한 의사는 보호자의 말을 경청하며 이를 치료에 반영한다. 모든 의료가 그렇다고 생각하지만 호스피스 완화의료의 경우 더더욱 환자 보호자와 주치의 사이의 거버넌스(governance, 협치)가 필요하다고 생각한다.

나는 안락사를 지지하는 입장이다. 고통을 덜 받고 인간으로서의 존엄을 지키면서 스스로 죽음을 선택할 수 있는 권리는 인간의 기본권에 해당한다. 태어나는 것은 자신의 선택이 아니지만 죽는 것은 자신이 선택할 수 있는 자연법적 권리이기 때문이다. 하지만 호스피스 완화의료 병동은 안락사하는 곳이 아니다. 비록 호스피스 병실의 환자들은 모두 연명치료 거부에 동의한 사람들이기는 하나 연

명치료 거부가 곧 사는 것의 거부를 의미하지는 않으며,
빨리 죽어도 좋다는 데 동의한 것은 더군다나 아니다. 호
스피스 완화의료의 본래 취지는 죽음을 앞둔 환자의 고통
과 불편을 완화하면서 자연스럽게 죽어가게 도와주는 것
이다. 다시 말해 살리면서 자연스럽게 죽어가게 하는 것이
다. 아프지 않은 사람들도 실은 매일 스스로를 살리면서
죽어가고 있다고 말할 수 있다. 이 점에서 호스피스 완화
의료는 삶의 본래적 과정과 단절되어 있지 않다. 그러므로
만일 호스피스 완화의료가 '살리면서 자연스럽게 죽어가
는 것'을 돕는 것이 아니라 '좀더 빨리 죽는 것'을 돕는 쪽
에 선다면 이는 월권일 뿐만 아니라 윤리적으로 옳지 않은
일이라 할 것이다. 엄격한 윤리적 잣대를 들이댄다면 그것
은 살인과 비살인의 경계에 있는 행위일지도 모른다. 비자
각성과 관습성이 이런 행위를 정당화하는 이유가 될 수는
없다. 이런 점에서 호스피스 완화의료는 인도주의를 실천
하는 최전선에 있다고 할 만하며, 그만큼 의료진의 각별한
윤리의식이 요구된다.

엄마는 당시 건너편 병상에서 심하게 손을 떨고 계시
는 인지장애 환자를 아버지로 착각하신 듯하다. 아버지에
대한 걱정과 건너편 환자에 대한 걱정이 어느 순간 엉겨붙
어버린 탓일 터이다.

문디 같은 놈들.

북부병원에 계실 때 하신 말이다.

지금도 경상도에서 이 말을 많이 쓰는지 모르겠으나 내가 어릴 때는 이 말을 많이 듣고 자랐다. 이 말은 상대를 비난하거나 나무라거나 욕할 때 쓰는 말이다. 표준어로는 '나쁜 놈들' '고약한 놈들' 정도에 해당할 것이다. 얼핏 보기에는 아주 심한 욕 같으나 경상도 방언의 맥락에서는 꼭 그리 심한 욕이나 비속어는 아니다. 입에 담지 못할 심한 욕이 따로 많으니까. 경상도 말에 '문디'가 들어가는 말로는 이밖에도 '야, 이 문디야' '문디 가스나야' '문디 자슥' 등이 있다. 이것들은 꼭 욕이라기보다 오랫동안 사귀어 허물없는 사이에 쓰는 말로서 '이 바보야' '이 자식아' 정도의 뜻을 친근하게 표현한 것이다. 엄마는 지금의 젊은 경상도 사람들보다 훨씬 더 이런 투의 말에 익숙한 세대라 보아야 할 것이다.

엄마는 당시 완화의료도우미들을 가리켜 이리 말씀하신 듯하다. 서울시에서 운영하는 시립병원 가운데 동부병원과 북부병원 두곳이 완화의료도우미 제도를 시행하고 있다. 이 제도는 건강보험 적용으로 간병비용에 대한 부담을 덜고 환자 돌봄의 전문성을 높인다는 취지로 도입된 간병 서비스이다. 완화의료 전문교육을 이수한 요양보호사가 간호사의 감독하에 환자에게 24시간 간병 서비스를 제공한다. 개인적으로 간병인을 둘 경우 하루 9만원에서 10만원 정도 비용이 들고 한달에 두번쯤 휴가를 제공해야 한다. 그러면 한달에 약 3백만원 정도의 비용이 든다. 경제적으로 여유가 없으면 감당하기 어렵다. 완화의료도우미 제도에선 하루 4천원, 한달 12만원이 추가 비용으로 부담될 뿐이니 큰 부담이 되지 않아 좋다. 게다가 개인적으로 구한 간병인들 중에는 전문성이 떨어지는 분들이 없지 않다. 이런 경우 돈은 돈대로 들고 마음고생은 마음고생대로 하게 된다. 완화의료도우미는 전문성이 있어 일단 안심을 할 만하다.

완화의료도우미 제도는 4인 병실당 도우미 네명이 하루 3교대로 근무하게 되어 있다. 하루에 세 사람이 8시간씩 돌아가며 근무하고 나머지 한 사람은 하루 휴식하는 시스템이다. 그러다가 두달이 지나면 다른 병실로 옮겨 가근무한다. 출퇴근 시간이 정확히 지켜지고 있어 도우미들의 이 일에 대한 만족도는 괜찮아 보였다.

　도우미 중에는 직분에 충실한 사람도 없지 않았다. 하지만 내가 겪어본 바로는 그 절반 정도는 고식적(姑息的)으로 일하거나 환자를 돌보는 데 별로 성의가 없었다. 병실 내에서 사적인 용무로 길게 전화 통화를 하는 사람이 있는가 하면 환자들의 기미를 살피지는 않고 자기 자리에 앉아 거의 대부분의 시간을 휴대폰만 들여다보고 있는 사람도 있었다. 도우미 한명이 네명의 환자를 돌봐야 하므로 수시로 환자를 주시하지 않으면 안 된다. 호스피스 병실의 환자들 중에는 언어적 표현이 불가능한 분도 있으니 몸의 움직임이나 상태를 잘 지켜볼 필요가 있다. 엄마처럼 제한된 범위 내에서나마 언어적 의사표현이 가능한 환자의 경우 돌볼 일이 더 많을 수 있다.

　도우미에게는 엄마처럼 어중간한 환자가 제일 난처하고 성가신 존재일 수 있다. 호스피스 병실에는 반혼수상태나 혼수상태에 있는 환자들이 적지 않다. 도우미에게는 이런 환자들이 편할 터이다. 욕창을 방지하기 위해 두시간에 한번꼴로 돌려 눕히는 일 외에는 별로 돌봐야 할 일이 없기 때문이다. 아직 정신이 말짱하고 식사도 양치질도 혼자서 잘하는 환자 역시 도우미에게 그리 힘든 존재는 아니다. 엄마는 이 두 부류의 어디에도 끼지 못하는 환자였다. 식사도 양치질도 혼자 스스로 하기 어려웠으며 상태가 안 좋으실 때는 종종 팔을 들지조차 못하셨다. 그런데도 수시로 정신이 돌아와 비록 대개 짤막한 말들이긴 하나 의미 있는 놀라운 말들을 하시기도 했다. 게다가 '아줌마! 아줌마!'라고 부르며 도우미에게 수시로 도움을 청하기까지 했다.

대부분의 도우미들은 엄마의 식사 보조나 양치 보조를 제대로 하지 않았다. 엄마는 씹는 데 힘이 들어 식사 시간이 한시간이나 걸린다. 이 긴 시간 동안 엄마를 돌볼 도우미는 거의 없다. 대부분의 도우미는 10분 남짓 대강 음식을 떠먹이고는 식판을 치워버린다. 엄마는 먹는 둥 마는 둥 엉겁결에 식사를 마치게 된다. 양치질도 마찬가지다. 칫솔에 치약을 묻혀 앞니를 두어번 문지르면 끝이다. 양치질 대신 구강청정제를 사용하기도 하는 듯했다. 그러니 엄마는 동부병원에 온 뒤 얼마 되지 않아 잇몸에 문제가 생겼다.

한 병실에 있는 네명의 환자 모두에게 식사 보조가 필요하니 엄마에게 많은 시간을 할애할 수 없어서 그렇다고 할 수도 없었다. 엄마가 계신 동부병원의 병실에서 식사 보조가 필요한 사람은 엄마 한 사람뿐이었다. 다른 두분은 식사를 하지 못했고, 엄마 병상 옆의 환자 분은 대개 혼자서 식사와 양치를 해결했다. 북부병원에서도 똑같은 상황이었다. 그러니 도우미가 할 수 없는 상황이라서 하지 못한 것으로 보기는 어렵다. 좋게 말해도 성의 부족이고, 나쁘게 말하면 일종의 직무유기다.

하지만 모든 도우미가 다 그런 것은 아니었다. 마음으로부터의 깊은 감사를 드리게 되는 훌륭한 분들도 계셨다. 동부병원에서도 그런 분을 만났고 북부병원에서도 그런 분을 만날 수 있었다. 이런 분들은 자신의 어머니를 돌보는 것처럼 혹은 그 이상으로 성심을 다해 엄마의 식사 보조와 양치 보조를 해주었다. 나는 이분들의 헌신적인 태도와 열의에 깊은 감동을 받았다.

시립병원의 완화의료도우미 제도는 호스피스 의료의 진일보한 면모를 보여준다고 할 만하다. 그렇기는 하나 앞으로 많은 개선이 필요한 것 같다. 보호자는 도우미의 눈치를 봐야 했으며 불편한 점이 있어도 적극적으로 말하기 어려웠다. 휴대폰만 들여다보는 도우미에게 "근무 중에 그러면 안 되지 않나요"라고 말하고 싶었지만 엄마에게 혹 불이익이 갈까봐 말할 수가 없었다. 나만 그런 것이 아니었고 형님도 아버지도 도우미들에게 불만이 많으셨다. 형님이 한두번 어필을 한 적이 없지는 않지만 강하게 하기는 어려웠으며 다들 병원을 떠날 때까지 꾹 참고 있어야만 했다.

이런 점을 생각하면 완화의료도우미에 대한 평가제도의 도입이 필요하지 않은가 한다. 평가는 재교육과 연결되어야 할 것이다. 호스피스 의료의 취지와 근무 중의 수칙에 대해서는 많이 교육하면 할수록 좋다고 생각한다.

엄마는 인지저하증 때문에 말은 잘 못해도 눈치가 있어 도우미들에 대해 빠삭하게 알고 계신 듯했다. 그래서 필요할 때 제대로 도움을 주지 않고 건성건성 대충대충 시간을 보낸다고 여겼음이 분명하다. 그래서 위의 말을 하셨을 것이다.

저거

되기 못땠다.

동부병원에 계실 때 어떤 완화의료도우미를 보고 하신 말이다. '되기'는 '되게'의 사투리다. '못땠다'는 '고약하다' '성질이 좋지 않다'라는 뜻이다.

보통 사람도 이런 말을 한다. 단 상대가 안 듣는 데서 하든가 상대에게 안 들리게 작은 목소리로 한다. 하지만 엄마는 그런 건 아랑곳하지 않고 말씀하셨다. 인지저하증 때문이다.

엄마의 말이 꼭 틀린 것은 아니었다. 엄마는 과장이나 군더더기 없이 자신이 보고 느낀 것을 있는 그대로 말씀하셨다. 그렇기는 하나 도우미가 환히 듣도록 이 말을 하셔서 퍽 난처했다. 엄마에게 손사래를 치며 그런 말 하시면 안 된다는 시늉을 했더니 엄마는 놀라 휘둥그레진 눈으로 나를 쳐다보셨다. 지금 생각하니 이 역시 좋은 시간이었다.

야야!

야야!

서울성모병원에 계실 때 하신 말이다. '야야'는 '얘야'의 경
상도 사투리다. 엄마는 당시 병상에 누워 곁에 있는 나를
이렇게 급히 부르셨다. "엄마, 왜요?" 하고 물었더니 엄마
는 지금 간병인을 제발 내보내라고 하셨다. 마침 간병인이
잠깐 나가고 없어 엄마는 급히 내게 이리 말씀하신 것이다.

　"간병인님 엄마에게 잘 하시던데 왜요?" 하고 여쭈었
더니 엄마는 "아니다. 나를 꼬집는다"라고 하셨다. 나는 어
안이 벙벙했다.

　엄마는 집에서 가정형 호스피스를 받으실 때도 이 간
병인을 내보내라는 말을 자주 하셨다. 인지저하증 환자는
주변 사람을 의심하거나 도둑으로 간주하거나 없는 사실
을 있었던 사실로 착각해 말하는 경우가 왕왕 있다. 우리
는 엄마도 그런 경우가 아닌가 의심했다. 게다가 그 간병

인은 간병인으로서는 젊은 편이라고 할 50대 초반의 아주 세련된 분이었고 말도 잘하고 글씨도 잘 썼다. 서울성모병원의 방문 간호사도 이 간병인의 유능함을 칭찬할 정도였다. 그래서 우리는 엄마가 다행히 좋은 간병인을 만났다고 좋아했다. 엄마는 당시 이따금 발작을 일으키고 망상에 시달렸으며 대소변을 가리지 못하곤 하셨다. 간병인은 늘 엄마와 한방에서 자기에 밤중에 일어나는 상황을 우리가 정확히 알기는 어려웠다. 다만 간병인은 늘 엄마를 걱정하며, 힘들지만 자기가 간병을 잘하고 있으니 안심하라고 우리 가족을 위로해주었다. 그래서 우리는 이 간병인을 더욱 신뢰하게 되었고 엄마가 자꾸 이 간병인을 내보라고 하시는 것은 망상 때문일 거라고 여겼다. 우리는 간병인을 '여사님'이라고 깍듯이 존대하며 그분이 요구하는 것들을 대개 다 들어주었다.

그런데 이 간병인이 좀 이상하다는 생각을 처음 하게 된 것은 작년 11월 아버지가 집에서 다음과 같은 일을 목도하고 나서부터다. 아침 6시경 아버지가 화장실에 갔더니 엄마가 아랫도리를 다 벗은 채 차가운 화장실 맨바닥에 앉아 있더라는 것이다. 간병인은 가만히 서서 그런 엄마를 보고 있었다고 한다. 아버지가 깜짝 놀라 "이런 추운 날씨에 환자를 이렇게 놔두면 어떡하오? 얼마나 이러고 있은 거요?"라고 물었더니 한 30분쯤 됐다고 하더라는 것이다.

그 연유를 물으니 엄마가 말을 잘 듣지 않고 화장실 바닥에 똥을 싸 앞으로 그러면 안 된다는 것을 훈련시키기 위해 그런다고 대답하더라는 것이다. 어이가 없어 아버지가 당장 엄마를 안아 침상으로 옮겼는데 엄마는 얼음장 같은 몸을 벌벌 떠셨다고 한다.

당시는 엄마가 처음 외상 상태에 돌입한 때라 우리 가족은 어떻게 해야 할지를 잘 몰라 우왕좌왕하고 있었다. 그런 중에 집 인근의 요양보호사 소개소를 통해 이 간병인을 소개받은 것이다. 이 간병인은 우리 가족이 평생 처음 만난 간병인이었다. 우리는 이런 일을 겪고도 간병인을 바꿀 생각은 하지 못했으며 그저 간병인에게 앞으로는 그렇게 하시지 않으면 좋겠다고 좋게 말했을 뿐이다. 간병인을 구하는 것이 쉽지 않다고 생각했고, 또 그래도 이 간병인만한 분이 있겠느냐고 생각했기 때문이다. 그럼에도 나는 이 사건을 계기로 이 간병인에 대한 의혹을 품게 되었다. 엄마가 그 추운 화장실 바닥에 맨몸으로 앉아 30분간 벌을 서면서 이 간병인을 얼마나 원망했겠는가. 고령의 환자를 냉혹하게 바라보고만 있던 간병인의 심리와 마음의 상태는 대체 어떤 것인가. 이런 물음이 뇌리를 떠나지 않았다.

그러니 엄마가 병실에서 이 간병인을 제발 내보내라고 했을 때 나는 예전의 그 사건을 다시 떠올리지 않을 수 없었다. 엄마의 당부가 너무 애절하고 간절했기 때문이다.

엄마는 간병인이 곁에 있을 때는 좀처럼 그런 말을 하지 않으셨다. 간병인이 잠시 나갔을 때를 틈타 엄마가 "야야! 야야!"라고 급히 나를 부르며 이리 말씀하신 게 참으로 이상했다. 2주 후 형님이 당분간 엄마 곁을 지키며 간병을 하겠다고 하셔서 마침내 그 간병인을 내보냈다.

그후 엄마가 돌아가실 때까지 우리는 여러명의 간병인들에게 도움을 받았다. 하지만 엄마로부터 간병인이 자신을 꼬집는다거나 간병인을 내보내라거나 하는 말을 다시 들은 적은 없다. 그래서 시간이 지나면서 우리 가족은 엄마의 말이 옳다고 확신하게 되었다. 그 간병인은 엄마를 자신의 통제하에 두고자 했던 것 같다.

간병인과 보호자의 관계는 계약관계에서 보면 간병인이 을이고 보호자가 갑이다. 하지만 간병의 관계나 심리적 관계에서 보면 이 관계는 역전된다. 더군다나 환자는 대개 무력해 간병인과 맞서기 어렵다. 시간이 지나면서 환자는 점점 간병인의 눈치를 보게 된다. 간병인과 환자의 관계에서 간병인이 갑이고 환자는 을이 될 가능성이 충분한 것이다. 그러므로 간병인은 늘 관찰되지 않으면 안 된다. 좋은 간병인도 있지만 그렇지 못한 간병인도 있기 때문이다.

어리석게도 나는 당시 이 점을 냉철하게 인식하지 못했다. 그냥 인간 대 인간의 관계에서 요구를 잘 들어주고 인격적으로 잘 대해주면 상대방도 최선을 다할 줄로만 알

앉다. 한참이 지나 이것이 순진한 책상물림의 생각이었음을 깨닫게 되었다. 그사이 엄마가 얼마나 마음이 힘들고 육체적으로 힘드셨을까 생각하면 송구스럽기 그지없다.

나는 10년 경력의 어떤 간병인에게 이런 말을 들은 적이 있다. 자기가 처음에는 일을 열심히 하고 말은 별로 안 했는데 평이 그리 좋지 않았다. 경험 많은 다른 간병인들이 자기더러 그렇게 하지 말고 일은 최대한 적게 하고 말을 많이 하고 환자나 보호자에게 칭찬을 많이 하라고 충고하더라. 그렇게 했더니 정말 평이 좋아지고 일이 수월해져 좋더라는 것이다. 모든 간병인이 다 그렇겠는가마는 한번쯤 새겨들을 직한 말 같다.

간병인은 대개 간병인 업체나 간병인 협회를 통해 구하게 된다. 간병인 업체나 간병인 협회는 크고 작은 게 아주 많다. 하지만 어느 쪽이든 간병인을 제대로 교육하거나 모니터링하는 것 같지는 않다. 대체로 소개만 해주는 역할에 그치고 있다. 일종의 중개업자라고 보면 과히 틀리지 않는다. 간병인은 대부분 간병사 자격증을 갖고 있다. 간병사 자격증을 따려면 필기시험 다섯 과목을 봐야 하는데, 간병사의 기초, 호스피스, 산모 및 신생아 간병, 기본 간병, 노인 간병이 그것이다. 한 과목마다 20문항씩 총 100문항인데, 과락 없이 60점 이상의 점수가 나오면 합격된다. 응시자는 오프라인, 온라인 시험 중 하나를 선택하면 된다. 필기시험에 합격한 후 2차로 직무교육 동영상 강의를 수강하면 자격증이 발급된다.

여기서 보듯 말이 시험이지 아주 허술하며 요식행위에 가깝다. 그러니 좀더 요건을 강화할 필요가 있다. 특히 호스피스 케어는 호스피스 의료의 취지에 대한 교육 및 기본적 인성교육과 함께 환자를 간병하는 방법에 대한 실습이 꼭 필요하다. 20문제를 푸는 것으로는 어림도 없다.

지금처럼 한 간병인이 어떤 환자든 간병해도 되는 방식도 문제가 있다. 간병받아야 할 환자를 유별로 범주화해 그에 맞춰 특화된 간병인을 교육, 배양하는 시스템으로 전환하지 않으면 안 된다. 즉 간병인별로 전공을 갖도록 하는 것이 바람직하다. 그리하여 일의 난이도에 따라 간병인의 보수를 정하는 것이 합리적이다. 간병인 협회는 단순히 중개업자에 그치지 말고 간병인의 활동을 모니터링해 평가와 등급 부여를 수시로 하고 등급에 따라 보수에 차등을 둘 필요가 있다. 간병인의 역할은 아주 중대하다. 그러니 지금처럼 주먹구구식으로 간병인 제도를 운영할 것이 아니라 의료 시스템 속으로 적극적으로 끌어들여 의료행위를 보조하는 중요한 한 축으로 인정해 제도를 보완하고 개선하려는 노력이 필요하다. 1년간 간병인들을 지켜보면서 한 생각이다.

손이 왜 이리 차나?

작년 12월 말 서울성모병원 호스피스 병동에 계실 때 하신
말이다. 병실에 들어가 엄마 손을 잡자 엄마는 정신이 없
으신 중에도 걱정하는 낯빛으로 이리 말씀하시며 내 손을
잡아 담요 속에 넣으셨다.

　돌이켜보면 서울성모병원 입원하기 전 삼각지 집에
계실 때도 내가 가면 마루의 흔들의자에 앉아 내 손을 꼭
잡고 손이 차다며 덮고 계신 담요 속에 손을 넣어주곤 하
신 게 한두번이 아니었다.

왜 안 죽는지 모르겠다.

올해 1월 1일 서울성모병원에서 하신 말이다. 엄마는 어젯밤 심한 통증이 와 진통제를 맞고 주무셨다.

제야의 종소리를 들으며 나는 일기에 이렇게 썼다.

다시 오지 못할 시간이 가고 있다. 긴 어둠의 터널 속을 지나고 있는 느낌이다. 살아 있는 한 살아갈 수밖에 없다. 2018년이여 안녕! 어머니, 부디 평안한 밤이시기를…

눈을 뜨자마자 간병인에게 전화를 했더니 오전 7시 반경 어젯밤보다 더 심한 통증이 와 엄마는 2,30분 동안 엉엉 우시며 위의 말을 하셨다고 한다. 엄마는 참을 수 없는 극심한 통증 때문에 얼른 죽기를 바란 것이다.

내가 전화로 엄마에게 "엄마, 해가 바뀌었어요. 새해

가 왔어요"라고 했더니 엄마는 "집에 가야지"라고 대꾸하
셨다. 작년까지만 해도 평생 해오던 대로 새해 첫날 엄마
에게 "건강하시고 복 많이 받으세요"라고 말씀드렸지만 올
해는 이 말이 입 밖으로 나오지 않았다. 정리(情理)에 맞지
않는 듯 느껴져서다. 그래서 "엄마, 해가 바뀌었어요. 새해
가 왔어요"라고만 하고 말았다. 이날 엄마는 작은 주사기
로 진통제를 세대나 맞으셨다.

학생들 가르친다고 힘들제?

아입니더. 힘 안 듭니더.

동부병원에 계실 때 하신 말이다. 엄마는 내가 학교와 병원을 오가는 것이 얼마나 힘들겠나 싶어 이리 말씀하신 듯했다. 그래서 이리 대답한 것이다.

왜 안 왔나?
바빴나?

동부병원 계실 때 내가 감기 몸살 기운이 있어 이틀을 가지 못했더니 엄마가 하신 말이다. 이는 힐난이 아니라 나를 걱정해서 하신 말이다. 엄마는 평생 나를 힐난한 적이 없으셨다. 그래서 엄마의 이런 어투가 뜻하는 바를 이심전심으로 알 수 있다.

밥 문나?

예.

'문나'는 '먹었나'라는 말이다. 엄마는 나를 보면 매번 이 말을 빠뜨리지 않으셨다. 돌아가시기 얼마 전까지도 이 말을 하셨으니 나는 엄마가 병원에 계시는 동안 수백번은 족히 이 말을 들었을 터이다.

고마해라.

팔 아프다.

북부병원에 계실 때 엄마에게 다리 운동을 시켜드리자 하신 말이다. 몇번 하지도 않았는데 이런 말을 하셔서 엄마의 마음이란 대체 어떤 것인가 하고 생각하게 되었다. 온세상 사람이 엄마의 마음을 나누어 가진다면 세상이 얼마나 평화로워지겠는가.

우리 엄마 세대의 어머니들은 일제강점기를 겪고 전쟁을 겪고 전쟁 후의 어려운 시기를 겪으며 자식들을 먹이고 키우기 위해 온갖 노력을 하면서 말할 수 없는 온갖 고초를 겪었으며 그러다가 어느덧 늙은 몸이 되셨다. 하지만 육신이 늙고 병들어도 어떻게든 자식들에게 폐를 끼치지 않으려고 안간힘을 쓰다 돌아가셨거나 목하 안간힘을 쓰며 돌아가시고 계신 듯하다.

우리 엄마의 마지막 모습에서 나는 이 세대 어머니들

의 모습을 읽는다. 그러므로 나의 이 글이 엄마에게 바치는 헌사라면 이 헌사는 엄마 세대의 어머니들 모두에게 바치는 헌사이기도 할 것이다.

피곤한데 베개 내 잠시 자고 가라.

서울성모병원 호스피스 병동에 입원해 계시던 작년 12월
말에 하신 말이다. 수유리 사실 때도 토요일에 들르면 늘
나보고 잠시 침대에 누워 눈을 붙이고 가라고 그러셨다.
그 생각이 나 눈시울이 뜨거워졌다.

니가 쫓아다녀서
내가 편안히 있다.

8월 4일 북부병원에 계실 때 하신 말이다. 다음날 여의도 성모병원으로 전원하게 되어 있었다. 나는 이날 엄마 귀에 대고 내일 병원을 옮긴다는 사실을 말씀드렸다. 그러자 엄마는 이리 말씀하셨다.

외래로 가 호스피스 담당 의사를 만나 상담하거나, 그곳 호스피스 병동을 미리 둘러보거나, 전원과 관련한 이런저런 사항을 면밀히 파악하는 것은 늘 내가 맡아 했다. 나는 지하철이나 버스를 이용해 병원을 찾아갔는데 그때마다 가방에 엄마 관련 서류철을 넣어 다녔다. 문제는 내게 난청이 있어 의사나 간호사와 대화할 때 애로가 많다는 거였다. 잘 안 들리는 귀로 어떻게든 들으려고 혼신의 힘을 다하다보면 금방 온몸이 땀으로 흠뻑 젖게 되고, 병원에서 나올 즈음이면 거의 탈진 상태에 가깝게 된다.

엄마는 이때까지 여덟달을 병상에 누워 계셨고 나는 엄마에게 병원을 알아보러 다니는 내색을 일절 한 적이 없건만 엄마는 대체 내가 이런 일로 쫓아다니는 줄 어찌 알고 이런 말을 하신 걸까? 엄마에게 무슨 오신통(五神通) 같은 거라도 있으신 걸까? 수수께끼 같은 일이 아닐 수 없다.

113

오지 마라.

힘들다.

엄마는 내게 병원에 오지 말라는 말을 자주 하셨다. 하지만 내가 병실에 들어서면 그리 좋아하실 수가 없었다. 나는 여러 간병인들로부터 자식이 오면 엄마의 눈빛이 달라진다는 말을 여러차례 들었다. 처연히 혹은 시무룩이 계시다가도 병실에 들어서는 나와 눈이 마주치면 홀연 웃는 눈이 되며 "왔나!" 하고 좋아하셨다.

　인지저하증 환자는 대개 욕구와 욕망을 따를 뿐 인간으로서의 이성적 판단을 잘 못한다는 것이 우리 사회에 알려져 있는 일반적 통념이다. 그런데 만일 엄마가 자신의 욕망에 충실했다면 나보고 오라고 하지 오지 말라고 하지는 않으셨을 것이다. 엄마는 자식이 힘들다고 생각해 자식에 대한 염려에서 자신의 욕망을 억제해가며 "오지 마라"라고 말씀하신 것이다. 오는 것을 그리도 기뻐하면서 오지 말라고 말하기는 얼마나 힘든 일인가. 이것이야말로 동물과 구별되는 인간 본연의 어떤 마음이 아닐까? 그러므로 이것은 지극히 높은 이성적 판단이 아닐까? 아니 이성보다 더 높은 어떤 의식의 작용이 아닐까? 아니 의식보다 더욱 높거나 더욱 깊은 자리에 있는 어떤 마음의 소산이 아닐까? 나는 '사랑'이라는 말 외에 그것을 표현할 더 나은 말을 알지 못한다.

엄마의 이런 모습을 보면서 나는 인지저하증에 대한 의료계와 사회의 일반적 통념에 문제가 많으며 지나치게 인지저하증 환자를 사물화 내지 비인간화하는 경향이 있는 게 아닌가 생각하게 되었다.

114

저기는 늘
사람들이 오고 간다.

북부병원에 계실 때 복도를 오가는 사람들을 보며 하신 말
이다.

북부병원에 계실 때 엄마의 병상은 복도 쪽에 있었다.
병실 문이 늘 열려 있어 엄마는 모로 누워 복도를 오가는
사람들을 쳐다보곤 하셨다. 대부분 환자의 가족들이었다.
엄마는 늘 누워 계시니 복도에 오가는 사람들이 부러웠을
지도 모른다.

엄마는 수유리에 사실 때도 만년에 안방 창문 바깥으
로 내려다보이는 쭉 뻗은 골목길에 다니는 사람들을 자주
바라보시곤 했다고 한다. 아버지는 글을 쓰시든가 글씨를
쓰시든가 하면서 늘 자기 일을 하시니 엄마는 상대할 사람
이 없어 무료하고 외로우셨을 것이다. 그래서 골목길을 오
가는 사람들을 바라보곤 하셨던 듯하다. 말하자면 오가는

사람들을 쳐다보는 일은 엄마에게는 심심함을 달래는 방법이었던 것이다.

　이날 경의중앙선을 타고 집으로 돌아올 때 위의 엄마 말이 자꾸 귓전에 맴돌았다. 엄마의 쓸쓸함이 느껴져서다.

115

고마 물란다.

올라올 거 같다.

그럼 고마 드이소.

북부병원에 계실 때 하신 말이다. '물란다'는 '먹을란다'라
는 말이다.

　북부병원에 계실 때 엄마는 약 기운에 취해 음식을 잘
드시지 못하셨다. 의사는 엄마를 좀더 얌전한 환자로 만들
기 위해 세로켈의 양을 증량했다. 이 약의 증량 이후 엄마
는 정신을 차리지 못했으며 아무리 흔들어 깨워도 잠을 깨
지 않는 일이 잦았다. 거의 비몽사몽의 상태로 하루하루를
보내신 것이다. 엄마는 약 때문에 비위가 상해 음식을 섭
취하려고 하지 않으셨다. 약으로 인해 완전히 의욕을 잃어
버리신 듯했다.

　이 무렵 나는 머리를 도리도리 흔들며 먹기를 거부하

는 엄마와 전쟁을 벌인 느낌이다. 나는 그간 호스피스 병실에서 보아온 것들이 있어 엄마가 지금처럼 음식을 드시지 않으면 곧 어떤 상태로 돌입하게 되는지 잘 알고 있었다. 그래서 어떻게든 조금이라도 먹여보려고 필사적인 노력을 기울였다. 하지만 내가 의사가 오해하고 있듯 꼭 엄마에게 강제로 음식을 먹이는 것은 아니었다. 엄마를 달래고 회유하여 다만 얼마라도 먹게 하는 것이 나의 목표였다. 그렇게라도 하면 일단 희망이 있고 회복의 기틀을 마련할 수 있기 때문이었다. 곡기를 완전히 끊는 것과 미미하나마 어떻게든 조금씩 이어가는 것에는 엄마와 같은 상태에 있는 환자에게 하늘과 땅만큼이나 큰 차이가 있다. 건강한 사람이 며칠 굶는 것과는 완전히 차원이 다르다.

나의 이런 노력에 감응해서인지는 모르겠으나 엄마는 없는 마지막 힘을 내어 입을 억지로 벌려 내가 드리는 것을 조금씩 받아드셨다. 하지만 많이 드시지는 않았다. 나는 양은 비록 적지만 이렇게만 계속 드시면 엄마가 당장 위험한 상태에 빠지지는 않을 것으로 생각했다.

위의 엄마 말은 엄마가 음식을 조금 드시고 나서 입을 꼭 다물고 더이상 먹지 않으시려고 하자 내가 "아따! 우리 엄마 잘 드시네. 자! 요거 하나만 딱 더 무웁시다"라고 권할 때 하신 말이다.

116

쟈는
쪼꼬만 기
되기 못쨌다.

북부병원에 계실 때 하신 말이다. '쟈'는 '쟤', '기'는 '것이'
의 경상도 사투리다.

　북부병원의 엄마 병상 바로 맞은편에 40대 후반쯤 되
어 보이는 환자가 계셨다. 이분은 말도 못하고 식사도 못
했으며 주사만 맞고 있었다. 마지막 날이 얼마 남지 않은
환자였다. 달리 돌볼 가족이 없는지 부산에 산다는 여동생
하나만 늘 곁을 지키다가 저녁이 되면 돌아가곤 했다. 이
분은 종종 완화의료도우미와 병실에서 이야기하기를 좋아
했는데 한번 했다 하면 한시간을 넘곤 했다. 목소리도 크
고 우렁찼다.

　아버지는 비록 귀가 많이 어두우시지만 이분이 우렁
차게 하는 말은 듣기에 몹시 불편하셨던 듯하다. 게다가

아버지는 몹시 원칙적인 분이시기에 환자를 돌보아야 할 도우미와 오랜 시간 잡담을 나누는 일이 옳지 않다고 여기셨던 듯하다. 그래서 하루는 참다못해 그분을 꾸짖으셨던 모양이다.

나는 아버지에게 이 사실을 전해 듣고 그다음날 가서 일부러 그분을 더 싹싹하게 대했다. 병실에서 늘 보는 처지라 민망한 생각이 들어서다.

그랬는데 엄마가 갑자기 그분을 손으로 가리키며 위의 말을 하시는 게 아닌가. '산통 깬다'라는 말은 이런 때 쓰는 말일 것이다. 나는 어찌나 민망한지 손가락으로 '쉿' 하는 시늉을 하며 엄마를 제지했다. 하지만 엄마는 '니가 몰라서 그렇지 내 말이 맞다꼬'라고 말씀하실 기세셨다. 나는 어찌할 수 없음을 알고 허허 웃고 말았다. 엄마가 평소와는 달리 하도 또렷한 목소리로 말씀하셔서 그분도 당연히 들었으리라 생각한다. 하지만 그분은 고맙게도 아무 내색을 하지 않으셨다.

아마 엄마는 어제 낮에 아버지가 이분을 나무라는 것을 보시고 그 인상이 머리에 강하게 남아 이리 말씀하신 게 아닐까 싶다. 아니면 평소 이분을 쭉 관찰해오셔서 이분에 대한 엄마 나름의 평가가 있던 터에 어제 아버지 일이 계기가 되어 이리 명확하게 정리해 '선언'하시게 된 것일지도 모른다. 보통 사람 같으면 상대에게 들리지 않게

몰래 말했을 텐데 엄마는 인지저하증을 앓고 계신지라 미
안하게도 상대가 듣도록 크게 말씀하신 것이다.

박산이네!

옛날 마이 무따.

북부병원에 계실 때 하신 말이다.

당시 엄마는 상태가 안 좋아져 병원 음식은 통 입에 대지 않으셨으나 내가 마련해간 음식은 조금 드셨다. 이 무렵 나는 엄마 입에 맞는 음식이 뭐가 있을지 궁리도 하고 시장에 들러 찾아보기도 했다. 어느날 이촌시장의 한 가게에 떡국을 말려 뻥튀기해놓은 것이 눈에 띄었다. 늘 물건을 사러 이 가게 근처를 다녔으나 그때는 눈에 보이지 않던 것이 이날 눈에 들어왔다. 그때는 필요를 못 느꼈기 때문에 있어도 눈에 보이지 않았으나 지금은 엄마가 먹을 수 있는 게 뭐가 있을까 이리저리 살피고 다닌 까닭에 눈에 들어온 것이다.

떡국 튀밥은 흰 비닐에 담겨 있는데 높이가 네댓살 아이 키만 했다. 그 양이 너무 많아 나는 주인에게 반만 팔

수 없느냐고 물었다. 주인은 그렇게는 안 된다고 했다. 어쩔 수 없이 나는 반은 지금 가져가고 반은 나중에 가져가기로 했다. 이걸 들고서 경의중앙선 지하철을 타고 병원으로 갔다. 병실에 들어서자 엄마가 이걸 보시더니 좋아라 웃으시며 위의 말을 하셨다. 내가 요량한 대로였다.

경상도에서는 쌀, 밀, 콩, 보리쌀, 옥수수, 떡국, 누룽지 따위를 뻥튀기한 것을 '박산'이라고 부른다. 옛날에는 고물장수가 동네마다 리어카를 끌고 다니며 헌옷이나 헌책, 신문, 종이박스, 유리병, 양철 따위를 사갔다. 1980년대까지만 해도 수유리 옛집이 있던 동네에도 매주 고물장수가 왔다. 엄마는 신문이나 종이박스 따위의 폐품을 잘 묶어두었다가 고물장수가 오면 주고 소쿠리에 강냉이 박산을 받아 오곤 하셨다. 고물장수는 좀 값이 나가는 물건은 돈으로 값을 치르지만 값이 얼마 되지 않는 폐품은 강냉이 박산으로 값을 치렀다.

하지만 고물장수에게서 받는 박산은 그 양이 얼마 되지 않았다. 엄마는 쌀이나 콩 따위를 그릇에 담아 동네 어귀의 뻥튀기 장사에게 가 박산을 피워 오곤 하셨다. 먼저 온 사람들이 있으면 그 사람들의 그릇 뒤에 우리 그릇을 놓고 기다려야 했다. 콩은 뻥튀기를 해도 양이 크게 늘지 않지만 쌀 같은 것은 너덧배나 양이 늘었다. 가령 쌀 두 되를 뻥튀기하면 한말이 나왔다. 그러니 가져갈 때와 달리 큰 비닐에 담아 와야 했다. 이렇게 뻥튀기해 오는 것을 '박산 피워 온다'라고 했다.

당시는 지금처럼 전기밥솥이 없었으므로 그냥 솥에다 밥을 해야 했다. 솥에 밥을 하면 밥이 잘 눌어붙어 누룽지가 많이 생긴다. 누룽지로 숭늉을 만들어 먹기도 하지만 엄마는 이따금 누룽지 말린 것을 모아서 박산을 피워 오기도 하셨다. 누룽지 박산은 쌀 박산과 달라 더 고소하고 씹히는 느낌도 더 있었다.

당시는 또한 지금처럼 가게에서 떡국떡을 사와 떡국을 끓인 것이 아니라 집에서 쌀을 몇되가량 깨끗이 씻어 불린 다음 동네 시장의 떡방앗간에 가지고 가 가래떡을 뽑아서 그것을 가지고 와 집에서 썰어 떡국을 끓였다. 엄마는 떡국을 해 먹고 남은 떡국떡을 잘 말려 박산을 피워 오셨다. 떡국 박산은 쌀 박산이나 강냉이와 달리 빨리 배가 불러 좋았다.

당시 수유리 집의 안방 문 구석에 쌀 박산이나 콩 박산, 누룽지 박산이나 떡국 박산 같은 것이 큰 비닐 봉투에 담겨 있어 배가 출출하면 가서 먹곤 했다.

안방의 이 구석 자리는 이런저런 박산만 돌아가며 놓여 있는 곳이 아니었다. 겨울이면 청국장을 띄우는 곳이기도 했다. 엄마는 콩을 푹 삶아 보자기에 잘 싸서 헌 이불 같은 데 칭칭 둘러 안방 이 자리에서 청국장을 띄우셨다.

이삼일 두면 청국장이 완성되는데 냄새가 온 방에 진동했다. 엄마는 작은 절구통에 청국장을 적당량 넣고는 간간이 소금을 뿌려가며 절구질을 하셨다. 힘든 일이라 내가 대신 절구질을 한 적도 많다. 잘 띄워진 청국장은 가느다란 흰 실이 퍽 많이 나오는데, 절구질을 할 때 절굿공이에 끈적끈적 들러붙어 절구질하기가 쉽지 않다. 콩이 적당하게 찧이면 그것을 퍼내 그릇에 담은 뒤 다시 적당한 양의 청국장을 절구통에 넣어 찧는다. 이렇게 하기를 서너번쯤 해야 일이 끝난다. 절구질을 다 마치면 엄마는 웃으시며 "박군, 수고했소"라고 말씀하셨다. 엄마는 김치와 두부를 썰어 넣어 청국장을 끓이셨는데 우리 집만의 독특한 풍미가 있었다.

　박산 만들기나 가래떡 만들기에서 보듯 40년 전만 하더라도 동네 곳곳에는 작은 기예(技藝)를 지닌 장사들이 상당수 존재했다. 들기름이나 참기름을 짠다든가 고추를 빻는다든가 잔치떡을 만드는 장사들 역시 그에 해당된다. 소자본의 이런 자영상인들은 동네 주민과 일종의 협업관계에 있었다. 상인은 주민이 제공한 원재료나 약간의 공정을 거친 재료를 받아 물건을 제작했다. 가래떡 만들기에서 보듯 주민은 물건 제작의 공정에 일부 참여하기도 했으며 상인은 재료를 공급받아 물건을 제작한 뒤 그 수고비를 받았다. 그러므로 이런 상인들은 생산자를 겸한 상인이었다

할 것이다. 오늘날에는 생산자를 겸한 작은 기예를 소유한 이런 상인들이 완전히 사라져버렸거나 사라져가는 중이다. 그에 따라 소비자가 부분적으로나마 생산 공정에 참여하는 길 역시 완전히 사라졌거나 사라져가고 있다.

한편 청국장 띄우는 일 같은 것은 가정에서 자립적으로 생산이 이루어진 경우라 할 것이다. 김장 김치 담그는 일, 콩으로 메주를 쑤어 된장을 담그거나 간장을 만드는 일도 같은 경우다. 엄마는 솜씨 좋은 가정 내 생산자로서 이들 일을 모두 직접 하셨다.

엄마는 장갑이나 조끼를 뜨개질하기도 하셨다. 강원도 인제에 살 적에는 미군 병사가 신는 길고 두꺼운 양털 양말을 몇개 구해 오셔서 그 실을 다 풀어 실다발을 만든 다음 뜨개질로 겨울 내의를 떠 내게 입히기도 하셨다. 뜨개질 같은 이런 수예도 가정 내의 작은 자립적 기예라 할 것이다.

요즘에는 집에서 양말이나 옷을 기워 입는 일이 드문 것 같다. 옷을 수선할 일이 있으면 옷수선집에 맡기는 것이 일반적이다. 하지만 엄마는 평생 양말이나 해진 옷을 깁거나 바지의 기장을 줄이거나 하는 일을 직접 하셨다. 이런 일은 꼭 생산과 관련된 것은 아니라 할지라도 역시 가정 내의 작은 자립적 기예에 속한다 할 만하다. 이런 자립적 기예는 삶의 검소한 태도와 연결된다. 검소함은 자원

낭비를 줄이고 사람의 품성을 소박하게 만든다.

작년 11월 집에 입주한 간병인은 엄마가 입고 계시는 오래된 바지의 허릿단이 많이 늘어져 있는 것을 보고 웃으며 내게 엄마가 입으실 새 바지를 하나 사오라고 했다. 엄마는 나이 드시면서 허리 치수가 늘자 바지의 엉덩이 박음을 약간 뜯어 새로 박음질하셔서 입고 계셨던 것이다. 50대 초반의 이 간병인은 엄마가 이런 바지를 입고 계신 게 좀 우스웠던 모양이다. 하지만 내게는 평생 이어져온 엄마의 검소함과 그것을 뒷받침해온 엄마의 작은 자립적 기예에 대해 다시 생각해보는 기회가 되었다.

동네 소비자들과 작은 기예를 소유한 장사들 간의 공동체적 상부상조라든가 가정 내의 작은 자립적 기예들은 엄마 세대가 사라지면서 거의 대부분 함께 사라져가고 있다. 특히 도시에서는 더 그런 것 같다. 그에 따라 검소함의 기풍이라든가 손때 묻은 것들을 귀하게 여기는 마음은 이미 소멸되어버렸거나 급속히 소멸해가고 있다. 그 대신 전면화된 차갑고 사무적인 상품교환관계가 인간과 세계를 지배하고 있다. 가정 내에, 그리고 마을의 공동체 내에 존재해온 작은 자립적 기예들의 소멸은 사물에 대한 존재론적 친근감, 다른 인간과의 따뜻한 상부상조, 스스로의 노동이 투입된 생산물에 대해 '나'가 갖게 되는 각별한 마음, 또 이 생산물을 함께 누리거나 증여받은 이가 느끼게 되는

(혹은 언젠가는 느끼게 될) 깊은 유대감과 감사의 마음 같은 것이 더이상 가능하지 않게 만들었다.

엄마, 그리고 엄마 세대의 어머니들이 보여주는 사랑의 태도는 이 작은 기예 및 그와 연관된 노동에 의해 뒷받침되어온 자립적이며 생태주의적인 삶의 영위 내지 방식—비록 그것은 많은 수고와 신고(辛苦)를 동반한 것이지만—과 깊은 관련이 있다고 생각된다. 이제 엄마가 사라지고 엄마 세대의 어머니들이 사라짐으로써 이런 사랑의 태도 역시 지상에서 목도하기 어렵게 되지 않을까.

엄마가 내가 가지고 온 박산을 보고 그리 반가워하신 것은, 그리고 당장 그 몇개를 손에 움켜잡고 먹기 시작하신 것은(엄마는 당시 음식을 입에 잘 대지 않으셨다), 그리고 옆에 있던 다른 환자의 보호자들과 완화의료도우미에게도 한번 먹어보라고 권한 것은, 엄마가 박산에서 친숙했던 저 옛날의 삶과 기억을 떠올리셨기 때문일 것이다.

피곤한데 또 왔나?

욕만 보인다.

동부병원에 계실 때 하신 말이다. 엄마는 '또 왔나?'라는
말을 곧잘 하셨다. 이 말에는 '오지 말지 그랬나'라는 뜻과
'와서 고맙다'라는 뜻이 함께 들어 있다. 비록 짤막한 말이
지만, 자식을 수고롭게 해 미안하다는 마음과 자식에게 고
마워하는 마음, 이 두 마음이 함께 담겨 있는 것이다.

좋은 때도 많았다.

서울성모병원에 계실 때 하신 말이다. 엄마는 이 무렵 자신의 삶이 이제 얼마 남지 않았다고 여겨 지난 삶을 되돌아보시곤 했다. 이 이후로는 이런 말을 더이상 하지 않으셨다. 인지저하증이 더 심해지면서 자신의 삶에 대한 종합적 조감(鳥瞰)이 어려워졌기 때문이 아닐까 한다.

엄마는 당시 병실에 계시면서 내가 지금까지 살면서 좋은 때가 언제였나, 언제 내가 기뻤고 언제 내가 즐거웠나, 내가 행복했을 때가 언젠가를 골똘히 생각해보시고 이런 말을 하셨을 것이다. 아마도 지금의 처지가 너무도 가련하고 초라하고 딱하게 여겨져 과거의 삶을 돌이켜보게 되지 않았을까 싶다. 엄마는 와상 생활에 들어간 작년 10월경부터 부쩍 자신의 삶을 되돌아보시는 것 같았다. 그리고 주변의 가족들에게 평생 표하지 않은 감사를 아주 구체적인 언어로 표하는 일이 잦으셨다. 아마 엄마는 자신의 맑은 정신이 남아 있을 때 마지막 인사를 한다는 심정으로 이리 하신 게 아닐까 싶다. 아버지에게는 '내가 당신에게 짜증을 많이 내고 했지만 그때마다 잘 받아주어 감사했다, 당신에게 평생 한량없는 사랑을 받아 행복했다, 감사하다'라는 말씀을 몇번이나 하셨다고 한다. 아버지는 엄마에게 평생 한번도 들은 적이 없는 이런 말을 들어 퍽 당황스러우셨던 모양이다. 엄마는 이 무렵 내게는 "니 덕에 호강을 많이 했고 행복했다"라고 말씀하셨다. 정확히 10월 13일의 일로 기억된다. "내가 현충원으로 가니 안심이 된다. 느그들이 있는 데와 가까워 다행이다"라고 말씀하신 것도 바로 이날이다.

생각해보면 초로(草露)와 같은 인생에 좋은 때가 과연 얼마나 될까? 엄마는 당시 극심한 통증과 발작에 시달리고 있었다. 그런 중에도 엄마는 자신의 삶에 좋은 때도 많았다는 최종 결론을 내리셨다. 나는 엄마의 이 말에서 엄마 삶의 그 많은 굴곡들을 떠올림과 동시에 엄마와 함께한 그 많은 시간들을 생각하게 된다.

120

자식이 참 잘합니다.

얘가 제일 잘한다.

북부병원에 계실 때 완화의료도우미의 말에 엄마가 한 대꾸다.

북부병원에 계실 때는 아버지와 내가 하루걸러 교대로 엄마에게 찾아가 엄마의 수발을 들었다. 형님은 외국에 나가 계셨고 동생은 몹시 아파 올 형편이 못 되었다. 무더운 여름 아버지는 양산을 받쳐 든 채 매번 엄마에게 드릴 것을 가방에 넣어 병원을 찾으셨다.

나는 당시 아버지로부터 뙤약볕 아래를 걸어가다 어지러워 쓰러질 뻔했다는 말씀을 여러번 들었다. 그래서 나는 아버지에게 엄마에게 가시는 횟수를 줄이시라는 당부를 누차 드렸지만 아버지는 "괜찮다. 집에 있으면 마음이 더 괴롭다"라며 그리하지 않으셨다.

아버지는 10시가 좀 못 되어 병원에 도착해 1, 2시 무렵 병원을 나오셨는데 병원을 나오실 때가 특히 문제였다. 그때가 제일 볕이 뜨거웠기 때문이다. 아버지는 마침내 방법을 강구하여 병원에서 나오시기 전에 머리를 물로 흠뻑 적셨다. 그러면 최소한 일사병은 막을 수 있을 것으로 보신 것이다. 아버지는 당시 아흔다섯이셨는데 한 손으로는 지팡이를 짚으시고 다른 한 손으로는 양산을 받쳐 드시고 등에는 가방을 멘 채 두달 동안 한번도 거르지 않고 엄마를 찾으셨다. 엄마는 이런 아버지에게는 뭐라고 하셨는지 모르겠다.

121

아들 갖고 노는 거 아이가?
이런 거 갖고 와 장난치지 마라.

'아들'은 '아이들'을 뜻한다. 북부병원 계실 때 엄마는 팔
에 있는 주사 줄을 자주 만지작거리셨다. 완화의료도우미
는 그때마다 그리 하지 못하게 제지했다. 혹 팔에 박힌 관
을 빼버릴까 걱정해서다. 엄마는 이런 행동 외에 덮고 계
신 담요를 개는 동작을 되풀이하곤 하셨다. 이럴 때 엄마
는 아주 진지하고 몰입해 계셨다. 그래서 나는 엄마가 옛
날 안방에서 빨래를 개거나 옷을 개던 모습을 떠올렸다.
아마 엄마는 이 동작이 습(習)이 되어 무의식중에 그러시
는 것 같았다. 나는 엄마의 평생 삶을 생각하며 가슴이 먹
먹해졌다.

　　하루는 도우미가 내게 "엄마의 관심을 좀 돌리게 엄마
손에 잡히는 작은 동물 인형을 사왔으면 좋겠다"라고 했
다. 며칠 후 나는 고양이같이 생긴 얼굴에 꼬리가 달린 인

형과 동그란 얼굴에 문어발 같은 짧은 발이 여덟개 달린 인형 두개를 사서 병실로 가져왔다. 두 인형 모두 하늘색이고 웃는 얼굴이 귀여워 엄마가 좋아하실 것 같았다. 나는 인형을 꺼내어 엄마 눈앞에 이리저리 흔들어 보였다. 그러자 엄마는 대뜸 위의 말을 하셨다.

엄마의 이 말에 나는 정문일침을 맞은 느낌이었다. 인지저하증이 있다고 엄마를 너무 낮잡아봤구나 싶어 송구스러운 마음과 자책감이 들었다. 한마디로 낭패감이 엄습했다.

나는 시무룩이 인형을 병상 옆의 수납장 가에 두었다. 이틀 후 내가 그 인형을 손에 들고 이리저리 살펴보고 있노라니 엄마는 그런 나를 가만히 보고 계셨다. 나는 엄마에게 인형 하나를 건네보았다. 엄마는 손으로 인형을 잡으시더니 빙그레 웃으시며 인형을 그윽이 들여다보셨다. 그 뒤로 이 인형은 엄마의 노리개가 되었다.

엄마의 손때가 묻은 이 두 인형은 지금 엄마를 모신 납골당의 작은 공간 속에 가족사진과 함께 놓여 있다.

122

아들!

서울대 교수!

동부병원에 계실 때 완화의료도우미에게 하신 말이다.

병실에 들어서자 엄마는 늘 그러셨듯 환히 웃으며 내
가 온 걸 반가워하셨다. 돌아가신 엄마를 생각하면 병실에
들어서는 나를 보고 환히 웃던 엄마의 얼굴이 제일 먼저
떠오른다. 당시 엄마는 내가 너무 반가운 나머지 도우미에
게 내가 누군지 알리려고 이렇게 말씀하셨을 것이다.

나는 젊을 때부터 교수 티를 안 내고 살아왔다. 교수
가 별건가마는 교수입네 하는 게 마음에 괜히 불편해서
였다. 10여년 전 지금 내가 사는 아파트의 한 주민은 내
가 '고시 폐인'인 줄 알았노라고 내게 말한 적이 있다. 나
는 수업이 있는 날 말고는 거의 학교를 가지 않고 집에서
공부를 하는 스타일인데 집에 있는 날은 종종 면도도 하지
않고 옷도 헙수룩하게 입고 다니기 일쑤다. 그러다보니 동

네 주민은 나를 인생에 실패한 늙은 고시생으로 여긴 것이다. 나는 이 말을 듣고 내가 섭세(涉世)를 그럭저럭 잘하고 있구나 싶어 허허 웃었다.

이렇게 살아온지라 나는 부모님에게도 아들이 교수라는 사실을 남들에게 되도록 말씀하지 마시라고 당부드리곤 했다. 서울대로 옮겨 와서는 더욱 단단히 당부를 드렸다. 부모님이 무슨 뜻으로 말하든 남들에게는 자랑으로 받아들여질 테니 아무쪼록 삼가는 게 옳다고 여겼기 때문이다. 이 때문에 엄마는 주변 사람들에게 말하고 싶은 것을 많이 참고 지내신 것으로 알고 있다.

인지저하증은 마음의 억제력을 약화시킨다. 그리하여 욕망이 제어되지 않는 경향이 있다. 엄마는 인지저하증이 오면서 이전과 달리 말하고 싶은 것을 꾹 참지 못하셨다. 그래서 위의 말을 하신 것이다.

나는 엄마의 이런 말이 좀 낯설기는 했으나 그렇다고 싫은 기색을 하지는 않았다. 오히려 엄마가 그동안 얼마나 참아왔을까 생각하니 퍽 민망한 마음이 들었다. 엄마는 자식을 자랑하고 싶으셨던 것이다. 초라하게 병상에 누워 도우미의 신세를 지고 그 통제를 받는 상황에서 엄마는 특히 도우미에게 자식 자랑을 하고 싶었던 게 아닐까. 말하자면 엄마는 아들 자랑을 함으로써 참담하고 힘든 상황에서도 자존을 지키고자 한 게 아니었나 싶다.

123

입에 있다.

북부병원에 계실 때 하신 말이다. 당시 엄마는 뭘 잘 드시지 않았으며 설사 드신다 하더라도 씹고 삼키시는 데 굉장히 시간이 많이 걸렸다. 엄마는 아프시기 전에도 평생 위가 약하셔서 시간을 들여 음식을 꼭꼭 씹어 드시는 버릇이 있었다. 인지저하증과 상관없이 엄마의 이 식습관은 바뀌지 않았다. 게다가 엄마는 당시 더이상 틀니 착용을 하지 않으셨다. 국립의료원에 있을 때만 해도 엄마는 틀니를 사용했는데 그뒤로 틀니가 불편하신지 착용하려고 하지 않으셨다. 엄마의 틀니는 아래쪽 치아의 앞니 부분이었다. 그러니 틀니를 착용하지 않으면 음식을 제대로 씹으실 수 없었다. 엄마는 남아 있는 좌우측의 이 몇개와 잇몸으로 음식을 씹고 계셨다. 그러다보니 자연 음식을 드시는데 시간이 많이 걸릴 수밖에 없었다.

그뿐만 아니라 엄마는 당시 음식을 드실 때 입에 음식

을 아주 조금 넣으셨다. 이날 엄마는 도토리묵 작게 썬 것을 예닐곱개 받아드시고는 더이상 먹지 않으려 하셨다. 그래서 두부 잘게 썬 것을 드리기 시작했다. 음식 종류가 바뀌면 또 몇개쯤 드시기 때문이다. 위의 말은 이 두부를 드실 때 하신 말이다. 두부를 먹고 계시던 엄마 입에 두부 한 조각을 더 갖다 댔더니 엄마는 입을 벌려 보이시며 이리 말씀하셨다. 나보고 조급하게 하지 말고 속도 조절을 잘하라는 뜻 같았다. 나는 속으로 '엄마 정말 대단하시다'라고 생각했다. 끝까지 자기 페이스를 잃지 않고 계셨기 때문이다.

이리 본다면 '먹는 행위'도 인간의 주체성이 마지막까지 관철되는 영역의 하나가 아닌가 한다. 엄마는 힘들고 비상한 상황 속에서도 '먹기'의 자기 방식을 끝까지 견지함으로써 자신의 주체성을 건사하셨던 것이다.

124

쪼께 덜 삶겠다.
껍질이 있다.

역시 북부병원에 계실 때 하신 말이다. '쪼께'는 '조금'이라
는 말이고 '삶겼다'는 '삶겼다'라는 말이다.

　북부병원에 계실 때 엄마는 대체로 다음과 같은 순서
로 음식을 드셨다. 첫번째 도토리묵, 두번째 두부, 세번째
호랑이콩, 네번째 카스텔라, 다섯번째 슈크림빵, 여섯번째
치즈, 일곱번째 초코칩 쿠키, 여덟번째 초콜릿, 아홉번째
요플레, 열번째 식혜. 종류가 많으니 음식의 총량이 꽤 되
겠구나 생각할 수 있으나 종류만 많지 실제 드신 양은 얼
마 되지 않는다.

　도토리묵과 두부는 드실 정도의 분량만 미리 적당
히 잘라서 뜨거운 물에 담가 따뜻하게 만든 다음 칼로 잘
게 썰어 몇조각을 입에 넣어드렸다. 호랑이콩은 일곱개에
서 열개쯤을 역시 뜨거운 물에 담가 따뜻하게 만든 다음

하나씩 입에 넣어드렸다. 콩까지 드시고 나면 엄마는 더이상 뭘 먹지 않으려 하실 때가 많았다. 그래도 엄마 눈치를 보아가며 타이밍을 맞춰 카스텔라나 슈크림빵 한두조각을 권하면 드시곤 하셨다. 치즈는 슬라이스 치즈 반이나 하나를 드셨다. 초코칩 쿠키는 한조각쯤 드실 때도 있지만 안 드실 때가 많았다. 초콜릿은 한조각 정도 드셨다. 요플레는 처음에는 잘 드셨는데 나중에는 입에도 대려고 하지 않으셨다. 식혜는 대구의 처형이 만들어 보낸 것으로 순전히 맥아만으로 만들었고 설탕이 하나도 첨가되지 않았다. 엄마는 맨 끝에 이를 한두숟갈 드셨다.

호랑이콩은 원래 내가 좋아하는 음식이다. 나는 푹 삶은 것을 좋아하는데 그 부드러운 식감이 좋아서다. 그래서 나는 엄마도 이건 드시지 않을까 싶어 시장에서 한되 가까이 사와 소금과 생강을 조금 넣고 30분쯤 푹 삶았다. 이 정도 삶으면 씹지 않더라도 입에서 살살 녹는다. 다 삶은 것을 몇개 먹어보니 괜찮았다. 나는 통에 약간 덜어 담아 가지고 가서 엄마에게 드려보았다. 엄마는 새 음식인데다 입에도 맞으시는지 맛있어하셨다. 하지만 몇개쯤 드시더니 위의 말을 하셨다.

나는 콩을 도로 집으로 갖고 와 20분쯤 더 삶았다. 먹어보니 이제 껍질이 씹히지 않았다. 이걸 다시 병원에 갖고 가 엄마에게 드렸더니 엄마는 이번에는 아무 말씀 없이

잘 드셨다. 이후 엄마는 매 끼마다 호랑이콩 열개 안팎을
드셨다.

　　이 일을 통해 나는 또 한번 엄마가 인지저하가 있으셔
도 귀신같다고 생각하게 되었다.

이런 기 어디서 난노.

북부병원에 계실 때인 7월 10일 아버지에게 하신 말이다. '이런 기'는 '이런 것이'라는 뜻이고, '난노'는 '났나'의 방언 이다. '이런 좋은 게 대체 어디서 생겼나'라며 반색하는 말 이다.

아버지는 엄마에게 호랑이콩을 대여섯개 먹였는데 잘 받아드셨다고 한다. 그러고 나서 아버지는 더운 물을 정수 기에서 받아 와 냉장고에 있던 도토리묵을 그 속에 넣어 따뜻하게 한 뒤 참기름간장에 찍어 엄마에게 먹였는데 엄 마는 위와 같이 말씀하시며 매우 좋아하셨다고 한다.

가서 공부해라.
나는 괜찮다.

국립의료원에 계실 때 하신 말이다. 엄마는 병원에 계시는 중에도 늘 내 공부에 신경을 쓰셨으며 내가 열심히 공부해 훌륭한 학자가 되기를 바라셨다. 엄마는 옛날부터 내가 공부하느라 늘 시간이 부족하다는 사실을 누구보다 잘 알고 계셨다. 공부하는 나를 방해할까봐 특별한 일이 없는 한 내 집에 전화도 잘 걸지 않으셨다. 아버지가 내게 전화를 걸면 엄마는 공부하는 애 방해한다며 아버지를 나무라 아버지는 몰래 내게 전화를 걸곤 하셨으며 그때마다 '느그 엄마한테 내가 전화했다는 말 일절 하지 마라' 하고 당부하곤 하셨다.

이리 보면 내 공부의 8할은 엄마 덕이라고 해야 하지 않을까 싶다. 나는 그래서 저 옛날 한석봉이 그 어머니 덕에 훌륭한 서예가가 된 사실을 자꾸 생각하게 된다. 내가 비록 훌륭한 학자는 아닐지라도 엄마의 헌신과 배려, 엄마의 기대와 성원이 없었다면 과연 이 정도라도 될 수 있었겠는가? 나는 엄마가 아프시기 전에도 이 점을 모르고 있었던 것은 아니나 엄마가 호스피스 병실에 계시면서 더욱 뚜렷하게 이 사실을 깨닫게 되었다.

엄마는 돌아가시기 직전까지도 내 공부를 걱정하셨다. 전연 괜찮지 않은데도 괜찮다고 하시면서 가서 공부에 힘쓰라고 말씀하시는 엄마의 마음을 대체 나는 어찌 갚을 것인가.

127

새콤하이 맛있다.
니도 무봐라.

동부병원에 계실 때 하신 말이다. '새콤하이'는 '새콤한 게'
라는 말이다.

　　엄마는 망고스틴을 퍽 좋아하셨다. 이 열대 과일은 내
가 어릴 때는 본 적이 없는데 십수년 전부터 동네 과일가
게에서 팔았다. 대개 5월 무렵부터 8, 9월까지 나오는 듯
하다. 자주색의 껍질을 까면 속에 마늘 모양의 흰 과육이
여섯개 들어 있는데 맛이 달콤새콤하며 뒷맛이 청량하다.
10여년 전 이 과일을 처음 보았을 때 '아 이거 엄마에게 갖
다드려야겠다'라는 생각이 불현듯 들어 열댓개를 사서 수
유리로 가져갔다. 엄마는 처음 보는 과일이라며 몹시 신기
해하셨다. 내가 껍질을 까서 엄마에게 드렸더니 엄마는 아
주 맛있어하셨다. 엄마는 원래 입이 짧으신 편이라 뭐든지
많이 드시지는 않는데 이건 꽤 많이 드셨다. 그래서 나는

이 과일이 엄마 입에 맞는다는 것을 알게 되었다. 그후 거의 매주 이 과일을 몇개씩 사가 부모님과 함께 먹었다. 해가 바뀌어 5월이 되어 망고스틴이 나오기 시작할 때면 나는 때를 놓치지 않고 꼭 이 과일을 엄마에게 사다드렸다. 그때마다 엄마는 좋아하시며 네 덕에 별걸 다 먹어본다고 말씀하셨다.

엄마가 동부병원에 계시던 5월, 올해도 어김없이 동네 과일가게 판매대에는 망고스틴이 진열되어 있었다. 나는 다섯개쯤 사서 병원에 가져가 엄마에게 까드렸다. 위의 말씀은 엄마가 두어개 드시고 하신 말이다. 예나 지금이나 엄마는 이 과일이 맛있으신 모양이다. 엄마는 내가 드린 망고스틴 과육 한알을 당신이 드시지 않고 나보고 먹으라고 내 입에 넣어주셨다. 나는 고개를 숙여 엄마가 입에 넣어주시는 것을 받아먹었다. 엄마가 생의 마지막 해까지 망고스틴을 맛있게 드셔서 다행스럽게 생각한다.

128

머리가 많이 셌다.

동부병원에 계실 때 하신 말이다. 당시 엄마는 내 머리를 쓰다듬으시며 이리 말씀하셨다. 자식이 흰머리가 많아져 반백이 된 것을 안타까이 여겨서 하신 말이다.

　엄마는 머리가 세셨지만 호호백발은 아니었으며 검은 머리가 드문드문 섞여 있었다. 그리고 머리숱이 있는 편이어서 보기에 괜찮았다. 특이한 것은 머리는 세셨지만 눈썹은 세지 않아 흰 터럭이 하나도 없었다. 나는 엄마가 북부병원에 계실 때 엄마의 얼굴을 기억 속에 각인하고자 이목구비를 자세히 만지고 살핀 적이 있다. 눈은 정답고 초롱초롱했으며 코는 오뚝했으나 높지도 낮지도 않았다. 엄마 귀는 처음 만져봤는데 특이한 느낌이 들었다. 귓바퀴는 컸고 귓불은 길었으며 귓밥은 두터웠다. 귓등은 부드러우면서도 매끈했다. 귓불이 긴 때문인지 엄마 귀를 자꾸 만지니 부처님 귀 같다는 생각이 들기도 했다. 내 귀를 만져보니 엄마와 달리 귓불이 그리 길지 않았다.

나는 입관식 때 엄마 얼굴을 마지막으로 다시 자세히 봐두고 엄마 뺨에 내 뺨을 갖다 대었다. 그리고 엄마 귀를 다시 만져보았다. 차갑기는 했지만 병실에서 만져봤을 때의 느낌과 아무 차이가 없었다. 귓바퀴는 크고 귓불은 길었다. 나는 그때 또다시 엄마 귀가 부처님 귀를 닮았다는 생각을 했다.

129

향기가 참 좋다.

국립의료원에 계실 때 하신 말인데 형님이 듣고 내게 전했다.

국립의료원에 계실 때는 형님이 간병을 도맡아했다. 엄마는 그 무렵 형님에게 "자고 일어나 머리가 부스스하면 찬물을 양손에 묻혀 머리를 만져주면 머리 모양이 좋아진다"라고 일러주셨다고 한다. 그래서 엄마도 그리해 드리고 형님도 그리했다고 한다.

형님은 아침에 엄마 얼굴을 물수건으로 닦아드린 다음 피지오겔 로션을 먼저 바른 뒤 마몽드 로즈워터 토너를 발라드렸다는데 엄마가 아주 좋아하셨다고 한다.

엄마는 아프시기 몇년 전부터 피부 보습용으로 피지오겔 로션을 사용하셨다. 내 처가 이걸 사용하는 걸 보고 엄마에게 사드려도 괜찮지 않을까 싶어 언젠가 사드렸는데 이후 엄마는 이 로션을 애용하셨다. 마몽드 로즈워터 토너 역시 엄마가 이전부터 써오시던 화장품이다. 피부 보습 및 진정 효과가 있는 화장품인데 장미수로 만들어 은은한 장미향이 난다. 엄마가 "향기가 참 좋다"라고 하신 것은 바로 이 장미향을 가리켜 하신 말이다.

니가 고생이 많다.

동부병원에 계실 때 하신 말이다.

　엄마 저녁밥을 떠먹이고 약을 먹이고 양치질을 해드리고 설거지를 하고 나자 엄마가 내게 넌지시 하신 말이다.

학교 갔다 왔나?

예.

동부병원에 계실 때 하신 말이다.

엄마는 내가 집 아니면 학교에 있다는 것을 잘 아시므로 이렇게 물으신 것이다. 엄마는 어떤 때는 "집에서 오나"라고 묻기도 하셨다.

생각해보면 초등학교, 중학교, 고등학교 다닐 적에 학교에서 돌아오면 엄마에게 늘 제일성(第一聲)으로 한 말이 "학교 잘 다녀왔습니다!"였다. 나는 성균관대 교수로 있던 7년 동안 수유리 부모님 집에서 살았는데 그때도 학교 갔다 오면 늘 엄마에게 "학교 잘 다녀왔습니다!"라고 말씀드렸다. 간혹 엄마가 먼저 내게 "학교 잘 갔다 왔나"라고 물으시기도 했다. 이리 보면 엄마의 "학교 갔다 왔나"라는 말은 내게는 거의 평생 귀에 익은 말이라 할 것이다.

눈이 뻐끔하다.

아입니더.

'뻐끔하다'는 피곤해 눈이 쑥 들어가거나 횅한 모양을 이르는 말이다.

　엄마는 아프시기 전에도 이 말을 내게 곧잘 하셨다. 물론 무턱대고 하신 것은 아니고 꼭 내가 그런 상태에 있을 때 그리 말씀하셨다. 엄마는 늘 내 상태를 살피셨던 것이다. 옛말에 '지자막여부(知子莫如父)'라는 말이 있다. 아버지만큼 아들을 잘 아는 사람은 없다는 뜻이다. '지자막여부'도 혹 맞는 말일지 모르지만 엄마를 보면 '지자막여부'보다 '지자막여모(知子莫如母)'가 더 맞는 말 같다.

　엄마가 내게 이 말을 하실 때는 대개 내가 글을 한창 쓰고 있을 때였다. 논문이든 책이든 간에. 엄마는 이 사실을 대체 어떻게 아시는지 '눈이 뻐끔하다'라는 말 다음에

'요새 글 쓰제?'라는 말을 덧붙이시기도 했다. 나는 그럴 때마다 엄마의 예리한 안목에 놀라곤 했다.

133

만날 병원에 있다.

욕만 보이고.

웃긴다꼬 웃기.

동부병원에 계실 때 하신 말이다.

　엄마는 자신이 오래 병원 신세를 지면서 가족에게 폐를 끼치는 상황을 성찰하시고는 이런 말을 하셨으며, 이런 상황을 몹시 아이러니한 것으로 받아들이신 듯하다. 죽어야 할 사람이 죽지 않고 병원에 있으면서 사람들만 욕보이고 있다고 보아 이를 아이러니한 상황으로 인식하신 것이다.

　'아이러니'는 반성적 인식이 있을 때에만 느낄 수 있는 인간 특유의 정신적 현상이다. 아이러니는 이처럼 고도의 지적 능력이니, 인지저하증이 있는 사람은 아이러니를 느끼지 못할 것이라는 통념을 갖기 쉽다. 하지만 내가 관찰한 바로는 엄마는 돌아가시기 얼마 전까지도 아이러니를 느끼셨으며 그것을 언어로 표현하셨다. 그렇다고 엄마가 늘 정신이 온전하신 것은 아니었다. 혼미한 상태에 계실 때가 많았다. 그럼에도 이런 자기성찰을 불쑥불쑥 하셨다는 것은 놀라운 일이 아닐 수 없으며, 인지저하증 환자에 대한 우리의 통념을 수정할 필요가 있음을 느끼게 한다.

진짜

마이 에비따.

북부병원에 계실 때 하신 말이다. '에비따'는 몸이 말랐다는 뜻이다.

나는 퍽 마른 편이지만 엄마가 아프시면서 없는 살이 더 빠졌다. 그래서인지 북부병원의 완화의료도우미 중에는 내게 뭘 좀더 많이 먹으라고 충고하는 분까지 있었으며 심지어 먹을 것을 건네기도 했다.

엄마는 이전의 나와 지금의 나를 비교해 이런 말을 하신 것이다. '진짜'라는 한 단어에 엄마의 놀라시는 마음과 탄식하시는 마음이 담겨 있다.

이 경우 '비교'는 과거의 기억과 현재를 마주세울 수 있을 때에만 가능하다. 당시 혼미한 상태에 있던 엄마가 이런 비교를 할 수 있다는 사실이 놀랍기만 했다.

할렐루야!

여의도성모병원에 첫번째 입원했을 때 하신 말이다. 당시 김윤미 마리요셉 수녀님이 엄마를 정성스럽게 돌봐주셨다. 엄마는 천주교 신자는 아니지만 병실에 걸려 있는 작은 성모마리아 상이라든가 호스피스 병동 입구의 성모마리아 입상에 몹시 친근감을 보이셨다.

그래선지 누가 그리하라고 한 것도 아니건만 수녀님이 오시자 엄마는 두 손을 모으며 "할렐루야!"라고 말씀하셨다. 옆에서 이 모습을 지켜본 나는 참 신기하다는 생각이 들었다.

왜 그런지 모르지만 엄마는 여의도성모병원의 호스피스 병실을 대단히 편안하게 여기셨다. 국립의료원 계실 때는 갈수록 상태가 나빠지셨는데 이리로 옮기자마자 상태가 좋아지셨다. 그뿐만 아니라 엄마는 이곳에 계실 때 가장 화평하셨다. 이는 이 병동의 전반적인 분위기, 가령 병실의 밝은 느낌이라든가 의사와 간호사의 친절하고도 따뜻한 태도라든가 수녀님의 온화한 눈길이라든가 이런 것이 총체적으로 빚어낸 결과가 아닌가 한다. 아마도 엄마는 이런 미묘한 차이를 몸으로 예민하게 다 느끼셨던 듯하다. 엄마는 말기암과 알츠하이머성 인지저하증이라는 이중의 병마에 시달리고 계셨지만 자기를 둘러싼 세계의 공기와 분위기를 아프지 않은 사람보다 훨씬 더 깊고 예민하게 느꼈을지 모른다. 그렇지 않다면 엄마의 '할렐루야'라는 느닷없는 말을 어찌 정당하게 해석해낼 수 있겠는가.

136

어디로 가노?
어디로 가노?
니도 가나?

예.

마카 가나?

예.

놀랬다.

8월 5일 북부병원에서 여의도성모병원으로 전원하기 위해 탄 앰뷸런스 안에서 하신 말이다.

　당시 형님이 외국에서 막 돌아와 둘이서 짐을 꾸리고 엄마를 앰뷸런스에 태웠다. 나는 병원 원무과에 들러 병원

비를 정산하느라 앰뷸런스에 늦게 탔다. 형님은 운전석 옆에 앉고 나는 엄마 옆에 앉았다. 차는 바로 출발했다. 엄마는 나를 보자마자 위와 같이 말씀하셨다.

엄마는 자신이 대체 어디로 가는지 몰라 몹시 놀라신 것 같았다. 그리고 내가 제일 늦게 타는 바람에 보이지 않자 나는 안 가는 줄 알고 놀라신 듯했다. 엄마는 내가 함께 간다는 것을 아시게 되자 비로소 조금 안도하시는 눈치였다.

'마카'는 '모두' '전부'라는 뜻이다. 이 경상도 말은 어린 시절 듣고는 못 들었으니 들은 지 수십년이 더 됐다. 하지만 나는 엄마가 이 단어를 말하자마자 이 오래된, 그동안 완전히 잊어버린 이 단어의 뜻을 '금방' 알 수 있었다. 희한한 일이었다. 엄마의 말을 통해 잊어버린 시간과 기억 속으로, 그 시절 속으로 단박에 들어갈 수 있었던 것이다.

나는 몹시 놀란 엄마를 안심시키기 위해 "엄마 괜찮아요. 안심하세요. 더 좋은 병원으로 갑니다"라는 말을 몇번이나 했다. 그럼에도 엄마는 불안하신지 자꾸 고개를 들어 차 뒤쪽의 풍경을 살피셨다. 어디로 가는지 알려고 그러시는 것 같았다. 나는 한 손으로는 엄마 손을 꼭 잡고 다른 손으로는 엄마 머리를 눌러 엄마가 고개를 들지 못하게 했다. 나중에 고개가 아프실까 염려되어서다. 차는 자주 덜커덩거렸다.

나는 2017년 처음으로 엄마를 응급실에 모시고 간 이래 엄마와 앰뷸런스를 열두어번 탔다. 좀 나았던 경우도 있고 그렇지 않은 경우도 있었지만 대체로 앰뷸런스로 이동할 때 제일 불편했던 것은 도로 사정에 따라 차가 덜컹거리고 그때마다 환자의 목이 좌우로 흔들린다는 점이었다. 그래서 나는 늘 병원에 도착할 때까지 두 손으로 엄마의 머리를 꽉 잡고 있어야 했다. 달리는 좁은 공간 속에서 이런 자세를 취하는 것은 퍽 불안정할 뿐만 아니라 편치 못한 일이었다. 그 후유증으로 허리가 며칠씩 아픈 적도 있었다. 게다가 앰뷸런스 기사가 살살 운전하지 않고 좀 험하게 운전할 경우 문제는 더 심각해진다. 기사는 잘 모르겠지만 이 경우 환자와 보호자는 완전 비상 상황에 놓인다. 그러니 앰뷸런스의 환자 침대에 목 받침대나 머리가 흔들리지 않게 하는 기구를 설치하면 어떨까 싶다.

시간이 좀 지나자 엄마는 안정을 찾으셨으며 내게 미소를 지으셨다. 그리고 눈을 감으셨다. 나는 엄마 이마를 살살 문질러드렸다. 내가 옆에 지키고 있으니 안심하시라는 뜻이다.

엄마가 "마카 가나"라고 물으신 것은 '네 형과 네가 다 가느냐'라는 뜻이다. 엄마는 나는 안 가고 형하고만 가는 것으로 착각하셨던 것 같다.

여의도성모병원의 호스피스 병실에 들어서자 엄마는

환히 웃으셨다. 이 공간이 엄마에게는 참으로 익숙하고 편안하신 듯했다. 수녀님에게 엄마가 앰뷸런스를 타고 오며 하셨던 말을 전하자 수녀님은 "전원하기 일주일쯤 전부터 환자에게 어디로 갈 것이니 안심하라는 말을 거듭해서 해 줘야 한다"라고 말씀하셨다. 인지장애가 있으면 상황 인식이 안 되어 전원시 굉장한 불안을 느끼게 되기 때문이라고 했다. 이 말을 듣고 나는 엄마가 그리 불안해하신 이유를 알았으며 엄마에게 무척 송구스러웠다. '무식이 죄'라는 말은 이럴 때 쓰는 말일 것이다.

느그 형 있으니

이제 오지 마라.

문제 있으면 연락할끼다.

그때 오면 된다.

8월 5일 여의도성모병원으로 오신 직후에 하신 말이다. 엄마는 '너는 그동안 수고했으니 이제 네 형에게 맡기고 그만 집에서 좀 쉬고 공부나 해라'라는 뜻으로 이 말을 하신 것 같다.

"문제 있으면 연락할끼다. 그때 오면 된다"라는 말은 엄마가 위중하게 되어 세상을 하직하는 상황을 염두에 두고 하신 말일 것이다. 엄마의 사랑이 가득 담긴 말이다.

또 왔나?

예.

어제 오지 말라고 했는데 내가 또 왔기에 하신 말이다. 인지저하증 환자는 단기 기억력이 떨어져 조금 전 일이나 어제 일을 잘 기억하지 못한다고 하는데 엄마는 꼭 그렇지도 않았다. 엄마는 아주 특별한 사안에 대해서만큼은 단기 기억이 유지되시는 것 같았다.

인자 오요.

어디 갔다 인제 오노.

'인자'나 '인제'는 '이제'라는 뜻이다. 8월 중순경 여의도성
모병원에 계실 때 아버지에게 하신 말이다. 엄마는 내게는
이런 유의 말을 한번도 하신 적이 없는데 아버지에게는 이
따금 하셨다. 남편을 향한 마음과 자식을 향한 마음의 차
이일 것이다.

　　이 말 속에는 늘 아버지가 어서 오기를 바라는 엄마의
마음이 깃들어 있다고 여겨진다. 아버지도 이 조금은 이상
한 엄마의 말에 깃든 마음을 이심전심으로 아시기에 피곤
을 무릅쓰고 아홉달 가까이 이틀에 한번꼴로 엄마의 병실
을 찾지 않으셨을까.

좀 적게 잡수소.

배가 너무 나왔다.

9월 1일 아버지에게 하신 말이다. 아버지는 아흔다섯의 고령이시지만 허리가 곧고 몸이 장대하신데 다만 배가 좀 나온 편이어서 엄마는 아프시기 전에도 늘 이를 걱정하셨다. 하지만 호스피스 병실에 계시면서부터는 아버지의 배에 대해 언급하신 적이 없었다. 엄마는 지난 아홉달 동안 죽음의 경계를 여러번 넘나드셨다. 많은 우여곡절 끝에 이 날을 맞으신 것이다. 하지만 엄마가 이런 말을 하시는 걸로 보아 엄마의 몸 상태가 요즘 많이 좋아지셨으며 적어도 오늘만큼은 모처럼 마음의 여유를 되찾으신 게 아닌가 싶었다.

오셨네!

아버지의 간병일기에서 찾아낸 말이다. 일기를 그대로 옮기면 다음과 같다.

9월 4일. 우중에 9시 40분께 도착하니 자고 있었고 간병인은 자리에 없었다. 조심히 가방을 놓고 상의와 모자를 벗어 거니 처가 눈을 뜨고 "오셨네!"라 하고 웃었다.

엄마의 이 짧은 한마디에는 아버지를 한량없이 반가워하는 마음이 담겨 있다고 여겨진다.

밤이가?

수유리 북한산 중턱의 운가사에서 주워 온 밤알 너덧개를
엄마에게 보여드렸더니 하신 말이다.

　수유리 옛집 뒤의 북한산 기슭에는 밤나무가 아주 많
았다. 그래서 옛날에 '밤골'로 불렸다. 아버지는 여든 이전
까지는 아침마다 가르멜수녀원 담길을 돌아 북한산 중턱
까지 올라가 간단한 체조를 하시고 돌아와 아침식사를 하
셨다. 추석 무렵이 되면 밤골의 밤이 익어 땅에 툭툭 떨어
진다. 낮에는 사람들이 많이 다녀 주워들 가는 바람에 밤
을 줍기 어렵지만 아침에는 인적이 그리 많지 않은지라 아
버지는 운동하고 돌아오실 때마다 밤알을 예닐곱개쯤 주
워 오셨다. 이 밤은 파는 밤과 달리 아주 작았다. 하지만
삶아 먹으면 고소한 게 풍미가 있었다. 당시 수유리 집에
는 아버지, 엄마, 나, 이렇게 셋이 살았다. 엄마가 이 밤을
삶아 오시면 셋이서 식탁에 앉아 맛있게 먹곤 했다. 밤이

워낙 작은지라 먼저 입으로 살짝 깨물어 조그만 구멍을 낸다음 티스푼으로 파먹었는데 다들 먹는 데 정신이 팔려 잠시 말을 잊을 정도였다. 아버지는 하루도 거르지 않고 매일 아침마다 산에 가셨으니 추석 무렵부터 시작해 한달 가까이 매일 밤을 먹을 수 있었다. 그리 한 지가 2, 30년은 족히 된 듯하다. 하지만 근년에는 동네 유입 인구가 부쩍 늘고 인심 또한 각박해져 밤을 주워 오기가 힘들어졌다. 예전에는 사람들이 재미로 적당히 몇개 주워 갔는데 요즘에는 기를 쓰고 싹쓸이해 가버리기 때문에 남아 있는 밤톨이 좀처럼 없었다. 게다가 아버지는 여든이 넘으시면서부터 아침 운동이 힘들어져 오후 4, 5시경 엄마와 둘이서 집 뒤의 북한산 기슭을 산책하셨으므로 밤과는 인연이 멀어지게 되었다.

부모님은 2017년 1월 삼각지로 주거를 옮기셨으므로 이제 밤골의 밤을 먹던 일은 옛 추억이 되고 말았다. 나는 이해 가을 북한산 기슭의 밤골을 뒤진 끝에 가까스로 밤알 다섯개를 주울 수 있었다. 자세히 살펴보니 둘은 이미 썩었고 셋은 온전했다. 나는 좋아라 이 밤을 엄마에게 갖다 드렸다. 엄마는 밤골의 밤을 보시자 눈을 반짝이며 좋아하셨다. 수유리에서의 옛적 삶이 그리우셨던 것이다. 나는 이 밤을 삶아 엄마에게 드렸다.

이듬해 2018년 추석 직후에도 나는 밤골에 가 밤을

서너개 주워 와 엄마에게 삶아드렸다. 비록 어쩔 수 없어 수유리를 떠나왔지만 옛 삶을 이어가고 싶어서다.

운가사 부근에서 주운 밤은 밤골의 밤과는 다른 밤이 지만 알이 작은 것은 똑같았다. 게다가 엄마는 한때 운가 사 절을 다니시기도 했으므로 이 밤이 엄마와 인연이 없다 고도 할 수 없다. 나는 집에서 삶아 온 이 밤을 예전에 하 던 방식대로 해서 엄마 입에 넣어드렸다. 얼마 안 되는 양 이지만 엄마는 맛있어하셨다. 이것이 이생에서 엄마가 마 지막으로 드신 밤이다. 돌아가시기 한달여 전이다.

화계사네.

화계사는 엄마가 수유리 사실 때 다니시던 절이다. 그래서 나는 엄마가 혹 이 절이 보고 싶지는 않을까 싶어 일부러 화계사의 사진을 찍어 왔다. 옛날 사월 초파일날 아버지, 엄마, 나 셋이서 화계사에 가 절에서 주는 비빔밥을 먹었던 곳도 사진에 담아 왔다. 엄마는 처음에는 휴대폰 속 사진을 잘 알아보지 못하셨다. 나는 공책에 '화계사'라고 써서 엄마에게 보여드렸다. 엄마는 글씨를 물끄러미 보시더니 그제야 휴대폰의 사진이 화계사라는 것을 알아차리시고는 씽긋 웃으시며 위와 같이 말씀하셨다. 여의도성모병원에 계시던 9월에 있었던 일이다.

우메보시가?

아입니더.
올리브 열맵니더.
하나 묵어볼랍니꺼?

꼬시고 맛있네.

예, 맛있지예.

여의도성모병원에 계실 때인 9월에 하신 말이다. '우메보
시'(梅干)는 일본의 매실 장아찌를 말한다. 엄마는 아프시
기 전에도 입이 짧으셔서 좋아하시는 음식이 그리 많지 않
았지만 우메보시는 이따금 드셨다. 그래서 나는 후쿠시마
원전 사고가 나기 전에는 종종 수유리 집에 와카야마현에
서 생산되는 기슈 난코우메(紀州南高梅)를 구해다드렸다.

이 우메보시는 매실이 아주 크고 연하며 향미가 있어 밥맛이 없을 때나 여름철 입맛이 나지 않을 때 한개쯤 먹으면 군침이 돈다.

엄마는 내가 병실로 갖고 간 스페인산 올리브 절임을 보시자 문득 옛날에 드시곤 했던 기슈 난코우메를 떠올리셨던 것 같다. 엄마의 입에서 '우메보시'라는 단어가 즉각 나와 나는 깜짝 놀랐다. 그리고 엄마가 여전히 이런 단어를 잊지 않고 계셔서 너무 기뻤다. 엄마는 아직도 건재하신 것이다. 지금 생각해보니 돌아가시기 한달여 전이었다.

절여놓은 올리브 열매는 작은 것이 있는가 하면 큰 것도 있는데 당시 내가 가져간 병에 든 것은 큰 것이었다. 그 크기가 꼭 기슈 난코우메만 했다. 그러니 엄마가 한눈에 "우메보시가?"라고 물으신 것은 엄마가 처해 있는 상황을 생각하면 대단한 직관력이라 아니할 수 없다.

엄마 입에 올리브 열매를 하나 넣어드렸더니 엄마는 우물우물 씹어 드시고 씨는 뱉어내 내게 주셨다. 그리고 하나를 더 드신 후 "꼬시고 맛있네"라고 하셨다.

145

나는 괜찮다.

오지 마라.

문제가 생기면

간병인 아줌마가 연락할끼다.

그러니 안 와도 된다.

8월 5일 여의도성모병원으로 전원한 후 형님은 곧 부산으로 내려갔으며 수녀님의 소개로 간병인을 한분 구했다. 이분은 강화도 사람인데 썩 민첩하고 다부졌다. 매 식사 때마다 김에다 밥을 싸 엄마 입에 잘 넣어드렸으며 생선 반찬이 나오면 손으로 뼈를 잘 발라내어 살만 엄마 입에 넣어드렸다. 이 간병인 덕에 여의도성모병원에 계셨던 8월, 9월 두달 동안 엄마는 비교적 영양 상태가 좋았다. 엄마와 이 간병인은 소통도 잘되는 편이었다. 엄마는 이 간병인을 편하게 여겼으며 간병인은 간병인대로 엄마를 존중하는 마음이 있어 보였다.

엄마는 '이 간병인이 내 수발을 잘 들고 있으니 너는 이제 오지 말고 문제가 생겨 간병인이 오라고 하면 그때 오라'라고 내게 말씀하신 것이다. 여의도성모병원으로 전원한 직후 '형이 있으니 이제 너는 오지 말고 문제가 생겨 형이 연락하면 그때 오라'라고 하신 것과 같은 취지의 말이다. 형님의 자리에 간병인을 치환해 똑같은 논리구조로 말씀하신 것으로 볼 때 당시 엄마의 정신이 얼마나 명료하고 냉철했는지 알 수 있다. 돌아가시기 두달 반쯤 전 일이다.

146

저기도

하나 갖다주라.

나는 집에 보관하고 있던 반쯤 남은 떡국 박산을 여의도성
모병원의 호스피스 병실로 가져왔다. 엄마가 북부병원에
계실 때 드셨던 그 박산이다. 엄마는 그때처럼 박산을 손
에 쥐고 잘 드셨다. 마침 수녀님이 오셨길래 수녀님에게도
두어개 드렸다. 엄마는 나도 박산을 먹고 간병인도 먹고
수녀님도 먹자 몹시 흐뭇한 표정이셨다.

　　엄마 맞은편 병상에는 60대 초입의 여성이 계셨다.
이분은 강원도 분인데 나이가 엄마 딸뻘인지라 엄마를 '어
머니'라고 부르며 몹시 좋아했다. 폐암 말기이지만 정신이
또렷하고 휴대폰도 사용했으며 음식도 잘 드셨다. 며칠 전
이분 가족들이 집에서 메밀전을 부쳐 와 나도 몇개 얻어
먹은 적이 있다. 이분에게도 박산을 한움큼 갖다드렸더니
옛날 생각이 나시는지 맛있게 드셨다. 그러자 엄마는 내

게 대각선 방향의 병상에 누워 계신 환자를 손으로 가리키며 "저기도 하나 갖다주라"라고 말씀하셨다. 그래서 거기도 한움큼 갖다드렸다. 박산 덕분에 병실은 순식간에 활기가 돌았다. 비록 잠시이긴 하나 별것 아닌 박산이 오랜 병고에 시달리던 환자들의 소견물(消遣物)이 되어준 듯해 감사한 마음이 들었다.

147

우리 아들 보소!
우리 아들 보소!

여의도성모병원으로 전원한 후 나는 종종 엄마 앞에서 덩
실덩실 춤을 추었다. 말이 춤이지 다리를 움직이며 머리,
팔, 몸통을 불규칙하게 이리저리 흔드는 동작이었다. 북부
병원에서 입을 크게 벌려 이상한 얼굴 모양을 만들어 엄마
를 웃기곤 했는데 그게 그만 제동이 걸려 엄마를 즐겁게
하는 무슨 다른 방법이 없을까 궁리하던 차에 이렇게 하기
시작한 것이다. 엄마는 내가 이럴 때마다 굉장히 좋아하셨
다. 말없이 침울하게 계실 때, 혹은 멍하니 표정 없는 얼굴
로 계실 때, 혹은 처연한 모습으로 계실 때 내가 갑자기 이
동작을 하기 시작하면 엄마는 어김없이 입을 크게 벌리고
웃으셨다. 엄마 눈에는 내 동작이 아주 귀엽고 우스운 모
양이었다. 나는 나대로 무료함을 없애고 운동을 하는 효과
가 있으니 참으로 일거양득이었다.

이날은 엄마가 내가 춤추는 모습을 혼자 보기 아깝다고 생각하셨던지 다른 날과 달리 이렇게 큰 소리로 말씀하셨다.

148

하하

저 사람

내 따라한다.

저녁식사를 한 뒤 엄마 양치질을 해드리고 '엄마 잘했어
요. 우리 엄마 최고예요'라는 뜻으로 엄지척을 했더니 엄
마도 따라서 엄지척을 하셨다. 엄마 맞은편 병상의 강원도
환자분이 이 모습을 보고는 자기도 따라서 엄지척을 했다.
그러자 엄마가 하하 웃으며 이리 말씀하셨다. 그 환자분
은 두 손을 머리 위로 올려 엄마를 향해 큰 하트 모양을 만
들었다. '어머니 사랑해요'라는 뜻이다. 그러자 엄마도 똑
같이 두 손을 머리 위로 올려 크게 하트 모양을 만드셨다.
'나도 당신을 사랑한다'라는 뜻일 것이다. 엄마가 평생 처
음 하신 행동이다. 호스피스 병실에도 삶의 시간이 흐르고
종종 환자들 사이에 유대가 싹튼다.

　엄마는 9월 26일 두달 기한이 거의 차 은평구에 있는

은평성모병원으로 전원했다. 이분은 엄마가 전원하신 다음날 은평성모병원으로 전원할 예정이었다. 거기서 다시 보자고 서로 다짐까지 하셨다. 하지만 아무리 기다려도 오시지 않았다. 나중에 알았지만 이분은 엄마가 옮기신 그다음날 숨을 거두셨다고 한다.

149

아나!
니도 하나 무라.

9월 11일 추석을 앞두고 여의도성모병원 호스피스 병동
입구의 성모마리아 상 아래에는 각종 과일과 떡이 진설되
고, 수녀님, 의사, 간호사 들 및 휠체어를 탄 환자들과 보
호자들, 간병인들이 그 앞에 모여 예배하는 간단한 의식이
거행되었다. 엄마도 휠체어를 탄 채 이 의식에 참여하셨으
며, 아버지도 함께하셨다. 식이 끝난 뒤 환자들은 진설된
음식을 조금씩 받아 병실로 돌아갔다. 엄마는 일회용 접시
에 송편 몇개와 수박 한조각, 한과 몇개를 받아 돌아오셨다.
　나는 조금 늦게 와 이 의식을 참관하지 못했는데, 간
호사실 앞에 계시던 수녀님이 내가 오는 것을 보시고는
'아, 조금 늦으셨다. 방금 전 어머니께서 여기 계시다가 병
실로 돌아가셨다'라고 하셨다. 성모마리아 상 아래에는 진
설된 음식이 아직 많이 남아 있었다.

병실에 들어서자 엄마는 손으로 송편 하나를 집어 맛있게 드시고 계셨다. "엄마, 저 왔어요"라고 말한 뒤 곁에서 엄마 드시는 것을 지켜보고 있자 엄마는 "이거 다 맛있다"라고 말씀하시더니 손으로 송편 하나를 집어 내 입에 넣어주셨다. 위의 말은 그때 하신 것이다.

작년 추석 때는 삼각지 집에서 차례를 지냈다. 재작년 추석 때만 해도 엄마가 차례상 차리는 데 관여하셨지만 작년 추석 때에는 엄마가 예전 같지 않으셔서 식탁 옆의 엄마 전용 흔들의자에 앉은 채 자식들과 며느리들이 상 차리는 것을 가만히 지켜보고만 계셨다. 차례를 지낸 뒤 음복을 하고 덕담을 주고받은 다음 우리는 부모님을 모시고 실버타운 1층의 식당으로 가 각자 식판에 음식을 담아와 함께 식사를 했다. 우리 가족은 열너덧명이나 되는지라 한 테이블에 앉을 수 없어 몇군데 분산해 앉았다. 나와 형님은 엄마와 한자리에 앉았다. 생각해보니 이때가 엄마와 집 바깥에서 함께 식사한 마지막 자리였던 것 같다.

식사를 마치고 대전에 사는 장조카 용제가 작별인사를 하자 엄마는 눈에 눈물이 그렁그렁한 채 용제의 손을 한참 잡고서는 "다음 추석에는 내가 너를 볼 수 있겠나. 이번이 마지막 아이겠나"라고 말씀하셨다. 내가 옆에서 "어머이, 그런 말 마이소"라고 하기는 했지만 엄마의 이런 말을 처음 들은 나로서는 마음이 몹시 비감해졌다. 아니나 다를까 엄마는 추석 이후 급격히 몸이 나빠지셨다. 엄마는 이런 상황을 예감하셨던 게 아닌가 싶다.

용제는 다른 조카들과 달리 어릴 때 엄마가 업어 키웠다. 게다가 큰형이 일찍 돌아가시는 바람에 엄마는 용제에 대한 걱정이 자별했다. 용제 또한 할머니에 대한 정이 많았다. 엄마가 병원에 입원하신 뒤 용제는 대전에 살면서도 자주 처 자연과 함께 엄마를 찾았다.

부산에 살 때인 초등학교 시절 추석날이면 친구들과 폭음탄을 사서 동네 하늘에 뻥뻥 터뜨리곤 했다. 추석이면 엄마는 우리들에게 꼭 약간의 용돈을 주셨다. 이 돈으로 폭음탄도 사고 과자도 사 먹었다. 그래서 그 시절에는 추석이 너무 좋았고 기다려졌다. 추석이 되면 먹을 것도 많았다. 보름달이 휘영청 밝은 밤, 깨끗한 옷을 입고 친구들과 능풍장을 싸다니며 늦게까지 놀다 집으로 돌아가면 늘 엄마가 집에 계셨다. 그때는 몰랐는데 돌아보면 아무 걱정 없던 그때가 가장 행복한 시절이었다.

서울에 살 때도 추석이면 엄마와 밤에 보름달을 같이 보며 "달이 참 밝다"라고 말하며 함께 복을 빌곤 했다. 이제는 환한 보름달을 보며 생전의 엄마를 생각해야 하고 엄마와 함께 보름달을 보던 그때를 기억해야 한다.

150

욕봤다.

9월 13일 올해 추석날은 차례상을 안 차리고 엄마 병실에 다 모이기로 했다. 아버지를 비롯해 큰 형수, 형님, 동생 내외, 나의 처 등 일곱이나 되는 사람이 엄마를 둘러싼 채 웃고 이야기하니 엄마는 오랜만에 신이 나시는 모양이었다. 나는 엄마가 이날처럼 또렷한 목소리로 말을 많이 하시는 것을 근래 본 적이 없다. 물론 간헐적이고 단속적으로 말을 하신 것이기는 하지만.

위의 말은 내 처가 작별인사를 드리자 하신 것이다. 엄마는 예전부터 내 처의 노고를 치하할 때는 '수고했다'라는 말을 쓰지 않고 꼭 '욕봤다'라는 말을 쓰셨다. 하지만 나의 노고를 치하할 때는 주로 '수고했다'라는 말을 쓰셨다.

'욕봤다'는 경상도 방언인데 '고생 많았다'라는 뜻이다. 의미상 '수고했다'라는 말과 비슷하기는 하나 '수고했다'보다는 좀더 강한 의미가 내포되어 있지 않나 한다. 그뿐만 아니라 '수고했다'라는 말과 달리 '고생해서 참 불쌍하고 마음이 안됐다'라는 뉘앙스가 이 말에는 담겨 있다.

엄마는 엄한 시집살이를 하셨다. 당신의 이런 경험 때문이겠지만 엄마는 며느리들에게 시집살이를 시키지 않으셨다. 엄마가 나에게는 '욕봤다'라는 말을 쓰지 않으시면서 처에게 꼭 이 말을 쓴 것은 그러므로 다 맥락이 있고 이유가 있다 할 것이다. 게다가 처는 결혼 후 늘 병고에 시달렸다. 엄마는 이런 내 처를 늘 애긍히 여기셨으며 가련해하셨다.

이날 병실에서 처가 한 일은 아무것도 없었다. 엄마에게 해드릴 일이 아무것도 없었기 때문이다. 그럼에도 엄마는 처가 이제 그만 가보겠다며 작별인사를 하자 처를 쳐다보며 33년 동안 해온 이 말을 하셨다.

생각해보니 이 말이 엄마가 처에게 하신 마지막 말이었다.

151

니는 고마 집에 가 자라.
눈에 잠이 항그 들었다.

추석날 엄마가 동생에게 하신 말이다. '항그'는 '가득'이라
는 뜻의 방언이다.

　동생은 통신 관련 벤처기업을 경영하는데 근래 건강
이 몹시 안 좋아 몇달을 정양(靜養) 중이었다. 그래서 엄마
를 잘 찾아뵙지 못했다. 다행히 요즘 조금 나아져 추석날
가족들과 함께 자리한 것이다.

　동생 말에 의하면 이전에도 호스피스 병실로 찾아뵈
면 엄마는 꼭 이 말을 하셨다고 한다. 엄마는 내게는 이런
말을 한 적이 없다. 아마 엄마의 눈에는 동생이 늘 잠이 부
족해 보였던 모양이다. 동생은 지병 때문에 숙면을 못했으
니 엄마의 관찰은 예리하고 정확한 것이었다. 동생은 어려
서부터 좀 약한 편이었는데 나이 들어서는 일에 치여 건강
을 상했다. 이런 동생을 엄마는 늘 걱정하고 걱정하셨다.

지금으로부터 3, 40년 전 동생이 아직 결혼하기 전의 일이다. 동생은 회사 다니기에 편한 역곡에 집을 얻어 살고 있었는데 당시 엄마는 수유리 뒷산에서 아버지가 받아온 약숫물 10리터가 든 통을 등에 진 채 지하철을 타고 가 동생에게 갖다주곤 하셨다. 엄마 체력에 무리가 가는 일이었지만 엄마는 그만두지 않으시고 몇년을 그리하셨다.

위의 말이 엄마가 동생에게 하신 마지막 말이다.

152

내가 거기 이삼년 살아서 잘 안다.

그 사람 그리 안 봤는데 벌써 백살이가?

그냥 가지 말고 뭐라도 하나 사 갖고 가소.

한번 모이 놀라고 그러는 거니.

추석날 엄마가 아버지에게 하신 말이다. '모이'는 '모여'라
는 말이다.

삼각지 실버타운에 거주하시는 이옥희 여사가 백수
(白壽)를 맞이해 입주자들을 강당에 불러 잔치를 벌이려
한다는 말을 아버지가 엄마에게 하자 엄마가 이리 말씀하
셨다.

엄마와 이옥희 여사는 친하게 지내셨던 모양이다. "잘
안다"라는 말은 엄마가 그분을 잘 안다는 뜻이다. 엄마는
이옥희 여사가 그리 나이가 많은 줄 모르셨던 듯하다.

"그냥 가지 말고 뭐라도 하나 사 갖고 가소"라는 말은
잔치에 빈손으로 가지 말고 약소하게라도 선물을 하나 사

갖고 가시라는 말이다.

나는 이날 엄마의 이 또렷한 기억과 낭랑한 목소리에 한편으로 놀라고 한편으로 아주 기분이 좋았다. 그리고 엄마의 남에 대한 배려심에 또 한번 놀랐다. 생명이 꺼져가는 중에도 엄마의 배려심은 결코 작동을 멈추지 않았다. 길이 기억하고 배워야 할 점이 아닌가 한다. 나는 특히 "한번 모이 놀라고 그러는 거니"라는 마지막 말에서 엄마의 사고력과 판단력을 읽을 수 있었다. 이는 아버지가 미처 생각하시지 못했던 사실이었다. 엄마는 아버지에게 자신의 의견을 제시하고 충고하신 것이다.

아버지는 엄마와 72년을 함께하시면서 엄마에게 많은 충고와 조언을 들으셨을 터이다. 엄마의 이 말은 아마 아버지가 들으신 마지막 충고이자 조언이 아니었나 생각한다.

자주 씻어 괜찮다.

엄마가 여의도성모병원에 계시던 어느날 나는 엄마가 신고 있던 양말을 벗기고 발의 상태를 자세히 살폈다. 발을 잘 관찰하는 것은 대단히 중요한 일이다. 몸 상태가 발을 통해 잘 나타나기 때문이다. 기혈 순환이 안 좋거나 약의 부작용이 있거나 하면 발이 붓는 경우가 많았다. 발의 피부 색깔도 잘 살펴보아야 했다. 이런 건 의사나 간호사가 세세히 보지 못할 때가 있었다.

나는 엄마 발을 만져보고 주무르고 한 다음 코로 냄새를 한번 맡아보았다. 그러고는 코를 찌푸리며 냄새가 많이 난다는 시늉을 해 보였다. 그러자 엄마는 위와 같이 말씀하셨다. 자주 씻어서 냄새가 나지 않는다는 뜻이다. 엄마는 내가 장난으로 그러는 줄 빤히 아시고 이리 말씀하신 것이다. 이 말씀을 듣고 내가 히히 웃자 엄마도 빙그레 웃으셨다. 엄마가 돌아가시기 한달쯤 전 일이다.

안 걸어서 그렇지
괜찮다.

엄마는 와상 상태에 돌입한 작년 10월 전까지만 해도 아버지를 따라 저녁 8시에 현관 밖의 복도를 왔다 갔다 하시며 10여분 걸으셨다. 원래는 아버지처럼 30분을 걸으셨는데 점점 힘이 없어져 시간이 준 것이다. 그 전에는 복도를 걷지 않고 옥상에 올라가 햇볕을 받으며 아버지와 함께 걸으셨다.

부모님이 계시는 실버타운의 거주자들 중 옥상에서 걷기 운동을 하시는 분은 부모님 외에는 없었다. 엄마는 실버타운에 처음 입주한 재작년에는 월, 수, 금 3일, 하루에 한시간씩 실버타운에서 제공하는 스트레칭 강습에 아버지와 함께 참여하셨다. 그리고 실버타운에 입주하기 전 수유리에 사실 적에는 늘 오후 4시쯤 아버지와 함께 집 뒤에 있는 북한산 기슭의 작은 운동장에 가셔서 몇바퀴를 돌며 운동을 하셨다.

엄마는 몸이 약하셨지만 아버지를 따라 평생 이렇게 걷는 운동을 해오신 덕인지 와상 생활에도 불구하고 돌아가시기 직전까지 비교적 잘 버티신 듯하다. 하지만 엄마의 허벅지와 장딴지는 갈수록 가늘어져 여의도성모병원에 계실 때인 8, 9월 무렵에는 이른바 '피골상접'에 가깝게 되었다. 그래서 만질 때마다 마음이 몹시 아프고 참담했다.

이날도 나는 엄마 다리 운동을 시켜드린 후 엄마의 허벅지와 장딴지를 좀 주물러드렸다. 그때 엄마는 나의 얼굴 표정을 읽으시고 위의 말을 하셨다. 돌아가시기 한달쯤 전의 일이다.

155

안 아프고 죽어야 될낀데…

9월 여의도성모병원에 계실 때 엄마는 상태가 비교적 괜찮은 편이었다. 매일 기복이 있기는 했으나 식사도 그럭저럭 하시고 영양제나 진통제를 맞지 않아도 되었다. 의사도 엄마가 말기암 환자인데도 통증이 그다지 문제가 되지 않고 있는 것을 아주 다행스럽게 여겼다.

엄마는 작년 10월 처음 아파 누우셨을 때 통증이 심해 마약성 진통제를 복용하셨다. 그후 서울성모병원 호스피스 병동에 입원해서도 통증 때문에 모르핀 등의 마약성 진통제를 맞았다. 하지만 그후 통증이 그리 문제가 되지 않아 진통제를 맞지 않을 때가 많았다. 진통제를 맞지 않으니 정신이 좀더 맑아지시는 것 같았다. 진통제를 맞으면 감각이 마비되기 때문에 진통 효과는 있으나 마치 얼이 나간 사람처럼 되어버리는 문제가 있었다. 그리고 엄마처럼 인지저하증을 앓는 환자의 경우 진통제가 증세를 더욱 악화시키는 문제가 있었다. 엄마의 경우 다행히 진통제를 많이 맞지 않아 최소한의 주체성을 끝까지 견지할 수 있었을지 모른다. 엄마의 복으로 생각한다.

엄마는 위의 말을 돌아가시기 한달쯤 전에 하셨다. '극심한 통증 없이 죽어야 할 텐데'라는 뜻이다. 통증이 얼마나 괴로운지 아시기에 하신 말이다. 엄마는 이 소원대로 크게 아프시지 않고 숨을 거두셨다. 돌아가시기 열흘 전 무렵부터 반혼수상태에 빠지셨으며 나흘 전부터 혼수상태에 빠지셨는데 통증이 문제가 되지 않아 진통제를 맞지 않으셨다. 다만 이 열흘 사이에 전에 없던 욕창이 발생해 처음에는 이따금 신음소리를 내셨으나 시간이 지나면서 그마저도 내지 않으셨다. 통각이 사라졌기 때문이 아닌가 한다.

156

방법적 지평!

엄마가 아프시기 전인 2017년, 내가 젊을 때 쓴 소설 관련 논문들을 엮어 출판하기로 출판사와 이야기가 되어 그동안 작업이 진행되어왔다. 2019년 9월 25일, 드디어 책이 간행되었다. 책명은 『한국고전소설 연구의 방법적 지평』 이다. 27일 나는 책을 한권 갖고 엄마에게로 갔다. 나는 젊을 때 이래 내가 쓴 새 책이 나오면 꼭 부모님에게 갖다드렸다. 엄마는 나의 새 책을 받으면 늘 대단히 기뻐하셨다. 작년 9월 『능호관 이인상 서화평석』을 갖다드렸을 때도 책을 펼쳐 그림들을 넘겨보시며 "우리 아들 대단하다. 우째 이런 책을 썼노. 내가 아는 게 있으면 이 책을 다 볼 텐데 그랄 수 없어 안타깝다"라고 하셨다. 그러면서 책 표지를 몇번이고 쓰다듬으셨다. 그리고 12월 19일 이 책으로 무슨 상을 받고 돌아와 엄마에게 수상식장에서 받은 꽃다발을 갖다드렸더니 엄마는 병상에 누워 내 머리를 계속 쓰다듬으시며 "우리 아들! 날아갈 것 같다. 엄마 참 기분 좋다. 금년에 좋은 상도 받고. 금년에 또 좋은 거 나올끼다"라고 하셨다. 엄마는 당시 매우 위중하셨으며 다음날 서울성모병원 호스피스 병동에 입원하셨다. 엄마는 혼미한 상태에서도 내가 상을 받은 것을 알고 이리 기뻐하신 것이다.

나는 공책에 "엄마, 이번에 책이 새로 나왔어요. 엄마 보여드리려고 가져왔어요"라고 써서 엄마에게 보여드렸다. 엄마는 물끄러미 내가 쓴 글씨를 보시고는 고개를 조금 끄덕거리셨다. 나는 책을 들어 엄마에게 보여드렸다. 엄마는 한참을 보시더니 "방법적 지평!"이라고 또렷한 어음(語音)으로 말씀하셨다. 나는 엄마의 이 말에 깜짝 놀랐다.

이 책은 표지 디자인이 좀 독특해 일체의 다른 문양 없이 '방법적 지평'이라는 다섯 글자가 표지 전면(全面)을 꽉 채우고 있다. '방'이라는 큼지막한 글자가 왼쪽 상단에 박혀 있고 같은 크기의 '법'이라는 글자가 그 오른쪽 조금 아래에 박혀 있다. 표지 중간에는 '방'보다 조금 작은 크기의 '적'이라는 글자 하나만 박혀 있으며 하단 왼쪽에 '지'라는 큰 글자가 박혀 있고 그 오른쪽에 '지'보다 조금 작은 크기의 '평'이라는 글자가 조금 아래 박혀 있다. 그리고 '법'이라는 글자의 제6획인 세로로 내리긋는 획은 위로 쭉 뻗어 이상하며 '지'라는 글자의 제2획도 좀 이상한 느낌이 나게 디자인되어 있다. 게다가 글자의 매 획은 세개의 검은 줄로 구성되어 있어 오래 보고 있노라면 눈이 좀 어질 어질해진다.

　출판사에서 보내온 이 책을 처음 봤을 때 나는 '사람들 중엔 혹 이 책 제목을 '법평방적지'라고 읽는 이도 있겠군'이라고 뇌까리며 혼자 웃었다. 표지의 디자인이 독특해 그것만으로 책명을 금방 인식하는 것이 쉽지 않다는 생각이 들어서다.

　하지만 엄마는 이 책 표지를 한참 보시더니 '방법적 지평'이라고 정확히 읽어내셨다. 그래서 나는 깜짝 놀라지 않을 수 없었다.

　이로부터 이십칠일 후 엄마는 돌아가셨다. 이 책이 내가 엄마에게 보여드린 마지막 책이 되었다. 하지만 나로서는 엄마가 세상을 뜨시기 직전에 이 책을 보여드린 것이, 그래서 엄마가 이전처럼 기뻐하는 시간을 잠시라도 가지셨던 것이 너무도 기쁘다.

157

놔두고 가라.

내일 읽을끼다.

전에 책도 다 읽었다.

엄마에게 『한국고전소설 연구의 방법적 지평』을 보여드린
후 나는 함께 가지고 온 캠벨 포도 한송이를 씻어 껍질을
까고 씨를 빼낸 뒤 한알씩 엄마 입에 넣어드렸다. 요즘 캠
벨 포도가 한창 맛이 있었다. 저녁식사 전이었는데 엄마는
거의 반송이나 드셨다. 추석 때부터 부산에서 형님이 올라
와 엄마 곁을 지키고 있는지라 나는 두어시간쯤 병실에 머
물다 집으로 돌아왔다. 돌아올 때 나는 책을 굳이 여기 둘
필요가 없겠다 싶어 가방에 도로 넣었다. 엄마는 내 행동
을 다 보고 계셨던 모양이다. 다급하고 큰 목소리로 대뜸
위와 같이 말씀하셨다. 아프신데도 불구하고 내 책에 대한
엄마의 애착이 이리 클 줄은 몰랐다.

　　형님은 창가의 간단한 비품을 두는 곳에다 엄마 눈에

잘 보이게 이 책을 세워놓았다. 엄마가 언제든 눈을 돌려 볼 수 있게 하기 위해서였다. 형님 말에 의하면 형님이 이 책을 읽고 있으면 엄마가 물끄러미 그 모습을 바라보곤 하셨다고 한다.

158

기억력이 참 좋다.

9월 말 여의도성모병원에 계실 때 엄마 곁에 앉아 엄마에게 이런저런 이야기를 해드렸더니 이 말을 하셨다. 똑같은 말을 2007년에도 들은 적이 있다. 당시 나는 어린 시절 인제에서 살던 때의 기억을 『거기, 내 마음의 산골마을』이라는 조그만 책으로 정리해 낸 바 있다. 부모님이 눈에 띄게 노쇠해지고 있어 왠지 살아 계실 때 그 시절의 일을 기록해 보여드리고 싶은 마음이 들어서였다. 입추 무렵 이 책이 나와 엄마에게 보여드리자 엄마는 위의 말과 똑같은 말을 하셨다. 이 책에 나는 다음과 같은 헌사를 썼었다.

밤하늘의 별처럼 내 마음속에 또렷이 남아 있는 산골마을의 그 모든 존재들에게, 혹은 살아 있고 혹은 사라져가고 있고 혹은 사라져버린, 지금도 내가 빚지고 있는 그때 그 산골마을의 모든 존재들에게 이 책에는 곳곳에 엄마의 자취가 있다. 엄마를 추념하기 위해 한두 글을 여기에 옮기기로 한다. 다음은 「도둑」이라는 글이다.

아버지가 집을 비우신 어느 가을밤이었다. 동네 아주머니들 두어분이 우리 집에 와 안방에서 어머니와 두런두런 말씀을 나누고 계셨다. 마침 그믐밤이라 바깥은 칠흑처럼 어두웠고, 멀리서는 짐승 우는 소리가 이따금 기분 나쁘게 들려왔다. 나는 엄마에게 안기며 "엄마, 무서워요!"라고 말했다. 엄마는 웃는 얼굴로 괜찮다며 나를 다독거려주셨지만 나는 여전히 내 온몸을 사로잡는 그 무서운 느낌에서 벗어날 수가 없었다. 짐승 우는 소리야 밤마다 듣는 것이었지만 이상하게도 오늘 밤따라 그 소리가 퍽 싫었다. 몸에 소름이 끼치는 느낌이었고, 뭔가 알지 못할 두려움에 사로잡혔다. 다음날 아침 일어나자, 장독에 있던 된장과 고추장이 절반쯤 없어지고 세숫대야도 없어졌다고 어머니가 말씀하시는 것이었다.

다음은 「가을볕」이라는 제목의 글이다.

봄볕도 좋지만 가을볕만은 못했다. 가을볕은 늙은 호박처럼 부드러웠다. 머리를 쓰다듬어주는 어머니의 손길 같고 병에서 막 일어나 웃는 어머니의 보조개 같았다. 가을볕은 덥지도 춥지도 않고 더하지도 덜하지도 않고 강하지도 약하지도 않았다. 가을볕 아래서는 상추도 고추도 옥수수도 강낭콩도 모두 흡족한 모습이었다. 가을볕을 쬐며 울타리 아래에 서 있으면 세상이 늘 이랬으면 싶었다.

인제에 살 때 엄마는 얼굴이 해쓱하셨다. 하지만 웃으실 때는 양볼에 보조개가 생겼다.

나는 엄마의 입관식 때 엄마가 아프시기 전에 늘 보셨던 불경과 함께 이 책을 엄마의 가슴 위에 얹어드렸다. 「도둑」이라는 글과 「가을볕」이라는 글이 있는 면은 특별히 접어놓았다.

희병이 집 가까운 데로 가나?

여의도성모병원에 계신 지 벌써 두달이 다 되어 엄마는 다른 병원으로 옮기셔야 했다. 나는 한달 전 은평구에 있는 은평성모병원에 예약을 해둬 9월 26일 그리로 전원하게 되었다.

형님과 나는 서둘러 짐을 꾸려 전원 채비를 했다. 엄마에게는 이미 며칠 전부터 다른 병원으로 갈 것이라고 몇차례 말씀드렸다.

위의 말은 전원 채비를 하던 형님에게 한 말이다. 엄마는 비록 삼각지 집으로는 못 갈지라도 내 집 가까이에 있는 병원으로 갔으면 하셨던 듯하다. 아마 그러면 내가 덜 힘들 것이라고 생각하셔서일 것이다.

대추 참 크다.

은평성모병원은 원래 청량리에 있던 성바오로병원이 옮겨
온 것이다. 북한산 부근에 새로 크게 병원을 지어 2019년
문을 열었다. 나는 작년 12월 28일 성바오로병원에 가 호
스피스 의료 담당 의사를 만난 적이 있다. 이날 입원 예약
을 하고 호스피스 병동을 한번 둘러봤는데 오래된 병원이
라 시설이 퍽 낙후된 느낌이 들었다. 그래서 고민하다 결
국 엄마를 국립의료원으로 모시게 된 것이다.

　성바오로병원에서 뵌 그 의사는 은평성모병원으로 옮
겨 와 계셨다. 나는 이것도 인연이라면 인연이라는 생각이
들었다. 그렇긴 하나 새로 문을 연 병원이라서 그런지 은
평성모병원의 간호사들은 여의도성모병원의 간호사들만
큼 숙련도가 있어 보이지 않았다. 비록 의료진이 친절하기
는 했으나 서로 손발이 척척 맞고 의사는 의사대로 간호
사는 간호사대로 환자를 잘 보살피는 것이 여의도성모병

원만은 못했다. 요컨대 호스피스 의료의 시스템이 아직 잘 정착되어 있지 못한 듯했다. 또한 은평성모병원은 공간이 아주 넓었지만 이상하게도 4인실의 1인당 공간은 여의도성모병원의 그것보다 좁아 좀 불편했다. 형님은 이 병원으로 옮긴 뒤 계속 이런 점에 대해 불평하셨다. 은평성모병원은 있을 수 있는 기한이 한달이다. 한달 뒤 우리는 여의도성모병원으로 돌아가게 되어 있었다. 여의도성모병원의 의사와 수녀님이 지금의 우리나라 제도상 어쩔 수 없으니 자매병원 격인 은평성모병원에 한달간 있다가 다시 여의도성모병원으로 오라고 하셨기 때문이다. 그래서 나는 설사 좀 불편한 것이 있다 하더라도 잠시 견디면 그만이라고 생각해 형님이 말씀하실 때마다 그냥 웃고 넘겼다.

이 무렵 전통시장에 토종 대추가 나왔길래 나는 반되쯤 사서 그중 몇개를 잘 씻어 병원으로 갖고 왔다. 옛날 수유리 집에 대추나무가 한그루 있었는데 가을이면 대추가 주렁주렁 달렸다. 대추를 터는 일은 대개 내가 도맡아했다. 토종 대추라 알이 그리 크지는 않지만 아주 달고 폭삭폭삭한 게 식감이 좋았다. 한 열흘 생대추를 먹을 만큼 먹은 후, 나머지는 햇볕에 내다 말렸다.

이런 기억 때문에 나는 부모님이 삼각지로 거주를 옮기신 후에도 가을이면 토종 대추를 조금 구해 엄마에게 갖다드렸다. 그때마다 엄마는 대추가 참 달다며 맛있게 드셨다.

엄마가 비록 병원에 계시지만 매년 해온 일을 거를 이유가 없을뿐더러 엄마가 평소 새로 나온 대추를 시식하는 걸 좋아하셨으므로 나는 이날 대추를 조금 갖고 왔다. 아니나 다를까 엄마는 내가 대추를 보여드리자 웃으시며 위의 말을 하셨다. 토종 대추라서 요즘 나오는 큰 대추와는 비교가 되지 않지만 그래도 알이 좀 굵은 것만 골라 가지고 온 때문인지 엄마는 "참 크다"라며 놀라시는 눈치였다.

나는 대추씨를 발라낸 뒤 살만 엄마 입에 넣어드렸다. 하지만 씹으시기가 불편한지 두어개만 드시고 마셨다. 돌아가시기 삼주쯤 전의 일이다.

아들!

은평성모병원으로 전원한 처음에는 엄마 상태가 좋은 편
이었다. 그래서 엄마는 휠체어를 타고 1층으로 내려가 로
비에 세워져 있는 치유자 예수그리스도 상의 손을 잡기도
하셨다. 당시 형님과 아버지가 계셨다. 그리고 잠시 병원
밖으로 나가 오가는 사람들과 차들을 구경하시기도 했다.
엄마는 큰 도로에 오가는 차들을 보시고는 "차가 참 많이
다닌다"라고 말씀하셨다.

　하지만 이주쯤 지나 문제가 발생했다. 10월 9일 새벽
에 혈뇨가 흘러나와 병상의 시트를 다 적셨다. 처음 있는
일이었다. 엄마는 그동안 요도에 오줌줄과 수액줄을 삽입
한 채 지내셨다. 오줌줄은 오줌을 받아내는 줄이고, 수액
줄은 수액을 주입하는 줄이다. 오줌줄의 끝에는 팩이 있어
수시로 살펴 오줌이 차면 비워야 했다. 방광에 수액을 주
입하는 이유는 암 때문에 방광의 조직이 괴사해 떨어져 나

오고 출혈도 있기에 이를 씻어내 즉각 몸 밖으로 배출하기 위해서다. 이것이 즉각 몸 밖으로 배출되지 않으면 아주 위험해진다. 피는 시간이 지나면 응고되어 덩어리로 변하기에 수액으로 희석시켜 바로 배출되도록 하지 않으면 요도를 막게 된다. 요도가 막히면 방광에 고인 오줌이 신장으로 역류해 신부전이 오게 되고 신부전이 오면 패혈증이 오는 등 다른 연쇄적인 반응을 낳아 금방 위독한 상태에 빠지게 된다. 그래서 수액을 방광에 주입하는 일은 엄마의 생명 유지에 관건이 되는 일이다. 오줌줄을 자세히 보면 헐어서 떨어져나온 조직이 많이 보인다. 그중에는 작은 것이 있는가 하면 꽤 큰 것도 있다. 큰 것은 오줌줄을 막을 수도 있으므로 줄을 흔들어 빨리 나가도록 해주는 것이 좋다. 그래서 나는 수시로 오줌줄을 손으로 흔들어주곤 했었다.

그러니까 이날 새벽 혈뇨가 시트를 붉게 물들인 것은 오줌줄이 막혀 오줌줄 외부로 소변이 나왔기 때문이다. 엄마는 그동안 병원을 열달 가까이 전전하고 계셨지만 오줌줄이 막힌 적은 한번도 없었다.

당시 형님이 24시간 엄마를 지키고 있었기에 상황을 잘 알고 계셨다. 형님의 말에 의하면 여의도성모병원에서는 수시로 수액의 주입량과 배출되는 소변의 양을 살펴 수액의 주입량을 조절했는데 은평성모병원에서는 이렇게 하지 않더라는 것이다. 그리고 수액의 주입량이 전보다 적어 소변의 양이 현저히 줄어들었다는 것이다. 이 때문에 방광 내의 찌꺼기와 피가 바로바로 배출되지 못하고 엉겨붙어 오줌줄을 막아버린 것으로 형님은 판단했다.

그럴지도 모른다. 하지만 더 문제는 사태에 대한 대응 방식이었다. 이날은 공교롭게도 한글날이라 의사가 출근 하지 않았다. 간호사들은 다음날 의사가 출근해야 제대로 판단해 대처할 수 있는 사안이며 자기들이 어떻게 할 수 있는 문제가 아니라는 태도를 취했다. 그래서 발을 동동 구르며 하루를 보냈다.

다음날 의사가 출근해 엄마를 살펴보았으나 이미 사 태는 돌이킬 수 없었다. 골든타임을 놓쳐버린 것이다. 엄 마는 아주 힘들어하셨으며 음식도 드시지 못하고 말도 못 하셨다. 혼미 상태에 빠지신 것이다.

위의 엄마 말은 병실에 들어서는 나를 보고 하신 것이 다. 당시 의사와 간호사 서너분이 심각한 모습으로 엄마를 둘러싸고 있었다. 엄마는 한마디도 하지 못하는 상태이셨 다. 그랬는데 나를 보자마자 엄마는 반가운 얼굴로 이 한 마디를 발하셨다. 그러자 의사와 간호사들은 와 하고 탄성 을 질렀다.

이것이 엄마가 내게 하신 마지막 말이다. 돌아가시기 보름 전이다.

많이 힘들어요.

이 무렵 엄마가 의사에게 하신 말이다. 엄마가 '힘들다'라는 말을 하신 건 이때가 처음이다. 거기다 '많이'라는 말까지 덧붙였으니 엄마가 얼마나 힘드셨는지 짐작할 수 있다. 그럼에도 엄마는 끝까지 예의와 존엄을 잃지 않으셨다.

　이 무렵부터 형님은 '엄마가 아주 강인한 분'이라는 말을 자주 했다. 나도 이 말에 동의한다. 나는 평소 엄마가 약하신 분이라고 생각해왔는데 죽어가는 엄마를 보니 그렇지 않았다. 엄마는 아주 강한 인간이었다. 그러니 그리 힘든 속에서도 끝까지 예의와 존엄을 지키신 게 아니겠는가.

하늘이 참 곱다.

10월 12일 아침 6시경 창가의 하늘을 바라보며 하신 말인데 형님이 듣고 내게 전했다. 당시 옅은 아침놀이 아름답게 하늘에 깔려 있었다고 한다. 이 말이 엄마가 깨어 있을 때 하신 마지막 말이다. 돌아가시기 열이틀 전이다.

　나는 형님에게 이 말을 전해들은 뒤 이 말이 왠지 엄마가 이 세상에 남기는 마지막 말일 것만 같은 생각이 자꾸 들었다. 나의 이 생각이 옳았다. 이후 엄마는 다시는 말씀을 않으셨다.

여보.

은평성모병원은 10월 24일까지 있을 수 있었지만 엄마의
용태가 하루가 다르게 나빠지고 있어 우리는 얼른 여의도
성모병원으로 엄마를 옮기기로 했다. 형님이 여의도성모
병원의 수녀님께 미리 급한 사정을 알리자 14일 전원해도
좋다는 연락이 병동에서 왔다. 그래서 이날 오전에 엄마
는 여의도성모병원으로 전원했다. 이날 나는 10시부터 오
후 1시까지 대학원 수업이 있고 2시부터 3시 15분까지는
학부 수업이 있었다. 전에도 엄마 일로 휴강을 한 일이 있
어 또 휴강을 하기는 곤란했다. 그래서 전원하는 일에 퍽
마음이 쓰이기는 했지만 형님과 간병인이 맡아서 하게 되
었다. 엄마는 당시 말씀은 일절 못하셨지만 여의도성모병
원의 805호 호스피스 병실에 들어서자 환하게 웃으셨다고
한다. 와야 할 곳에 잘 왔다는 뜻일 것이다. 엄마의 병상은
지난번에 계셨던 병상의 맞은편, 즉 예전에 강원도 환자

분이 계시던 자리였다.

나는 학부 수업을 마치고 부리나케 병원으로 달려왔다. 형님은 일이 있어 바로 부산으로 내려가고 간병인이 엄마 곁을 지키고 있었다.

엄마는 눈도 뜨지 못하셨다. 나는 "엄마, 저 왔어요" 하고 말씀드렸다. 보통 때 같으면 "학교 갔다 왔나" 하고 물으셨을 텐데 아무 말씀도 없으셨다. 그사이에 얼굴도 팔다리도 많이 부어 있었다. 그뿐만 아니라 배가 많이 불룩했다. 배가 이런 건 처음이다. 발을 살펴보니 발가락 끝이 전부 거멓게 변해가고 있었다. 피부 조직이 괴사하고 있는 듯했다. 의사가 와서 이리저리 관찰하더니 은평으로 가실 때 이리될 정도는 아니었는데 왜 이리됐는지 모르겠다고 했다. 나는 이런 상태에서 엄마가 뭘 섭취해도 괜찮냐고 물었다. 의사는 환자가 드신다면 먹여도 된다고 했다.

나는 엄마에게 이리 말했다.

"어머이, 입을 좀 벌리보이소. 묵어야 삽니다."

나는 카스텔라를 두유에 적셔 손가락에 세로로 붙여 엄마 치열에 대고서 엄마가 이를 살짝 벌리면 쏙 넣어드렸다. 엄마는 먹기 힘들어하면서도 조금씩 받아드셔서 카스텔라를 3분의 1쯤 드셨다. 그리고 슬라이스 치즈도 두조각 드셨다. 엄마는 몸이 붓고 발가락 끝이 괴사한 상태에서도 어떻게든 극복해보려고 안간힘을 쓰며 최선을 다하시는 듯했다. 엄마는 어쩌면 내 정성을 봐서 마지막 힘을 다해 억지로 받아드신 건지도 모른다. 아무튼 이게 내가 기억하는 엄마의 마지막 식사다. 이날 이후 엄마는 다시는 뭘 드시지 않았으며 열흘 후 돌아가셨다.

전원한 지 이틀 후인 수요일에 간호사가 내게 이제 임종이 가까우니 가족이 24시간 엄마 곁을 지키는 게 좋겠다고 했다. 형님이 이날 밤 급히 상경했다.

임종이 임박하면 환자를 병실에서 임마누엘방이라는 곳으로 옮기게 되어 있다. 사흘 후인 19일 토요일 밤에 엄마는 이 방으로 옮겨졌다. 엄마는 반혼수상태에 계셨다. 이날 밤 엄마는 가느다란 목소리로 "여보" 하며 아버지를 찾았다. 주무시다가 하신 말인지 깨어 있으면서 하신 말인지 그건 알지 못한다. 엄마는 아프신 이래 주무시다가 '여보' 하고 아버지를 찾은 일이 한두번이 아니었는데 이것이 그 마지막이다. 이후 우리는 엄마로부터 어떤 의미 있는 발화도 듣지 못했다.

엄마!

다음 세상에서 또 만나요!

어어어.

21일 월요일, 엄마는 계속 임마누엘방에 계셨는데 얼굴의
붓기는 좀 빠졌지만 배와 팔다리의 붓기는 그대로였으며
호흡이 끊어질 듯 말 듯 간신히 이어지고 있었다. 나는 임
종이 가까워졌다 여겨 엄마에게 마지막 작별인사를 해야
겠다고 생각했다. 그래서 엄마의 귀에 대고 위와 같이 말
했는데 엄마는 이 말을 알아들으셨는지 갑자기 "어어어"
하는 소리를 내셨다. 내 눈에서는 눈물이 하염없이 흘렀다.

　나는 또 엄마 귀에 대고 이리 말씀드렸다.

　"엄마 덕분에 이 세상에 태어나 학자가 됐어요. 엄마,
감사해요. 다 엄마 덕분이에요. 엄마, 정말 감사해요."

　아무 반응이 없으셨던 엄마는 내가 이 말을 하자 갑자

기 입을 우물우물거리고 눈을 감으신 채로 깜짝깜짝거리셨다. 엄마는 말을 못하시니 이제 신체로 말을 하시는 듯했다.

엄마의 이 신체언어는 대체 어떻게 해독되어야 할까? 평생 텍스트 해석에 종사해온 나로서도 엄마가 죽음에 임박해 마지막 혼신의 힘을 다해 내게 전하고자 한 이 메시지를 해독하는 것이 쉽지 않다. 하지만 나는 엄마의 메시지가 대체로 이런 뜻이 아닐까 생각한다. "그래, 희병아. 잘 있어라. 그리고 건강하게 공부 잘해라. 그동안 고맙다. 나도 네 덕에 좋았다."

엄마는 사흘 후인 24일 오전 12시 30분경 돌연 숨을 길게 두번 들이쉬시더니 감았던 눈을 한번 떠서 나를 쳐다보시고는 숨을 거두셨다.

엄마는 본관이 은진 임씨이고 휘가 갑연(甲連)이시다. 향년은 구십이다.

2019년 3월 27일 여의도성모병원
호스피스 병동 로비의 꽃 앞에 앉아 있던 어머니 모습.
당시 저자의 아버지가 그린 스케치다.

에필로그

　엄마의 죽음의 과정은 삶의 과정과 직결되어 있었다. 즉 엄마가 평생 살아온 과정과 방식이 죽어가는 과정과 방식을 결정했다. 엄마는 죽어가면서도 평생 늘 해오신 말들을 했고 늘 해오신 걱정들을 했으며 늘상 눈을 주곤 했던 대상들에 눈을 주셨다. 엄마 평생의 사랑의 방식은 죽어가는 과정에도 관철되었다. 나는 이 점을 감동적으로 지켜봤다.

　엄마는 말기암과 알츠하이머성 인지저하증이라는 두 개의 극한에 직면해 있었지만 그럼에도 인간으로서 최소

한의 주체성을 끝까지 놓지 않으셨다. 그 주체성은 아주 얇고 작아서 주체성 없음과의 경계를 수시로 오가는 것이었고, 그래서 보통의 사람들 같으면 무시해버릴 수도 있었을 테지만 나의 눈에는 아주 의미 있고 중요한 것으로 비쳤다. 그것은 인간이 끝까지 인간일 수 있는 이유, 극심한 정신적·신체적 혼돈 속에서도 인간이 사물이 아니라 인간임을 말해주는 근거이자 징표였다. 말하자면 엄마는 인간과 비인간의 경계에서 끝까지 인간으로서 버티며 의미의 끈을 놓지 않으셨던 것이다. 그래서 최소한의 인간 존엄을 스스로 지킬 수 있었다.

하지만 그것은 아주 힘겹고 어려운 일이었으며 가족과 의사와 간호사와 간병인, 그리고 의료체계가 돕고 뒷받침해주지 않으면 불가능한 일이었다. 뒤집어 말하면 가족의 이해와 협조, 세심한 판단이 없다면, 의사와 간호사의 윤리의식과 헌신적 보살핌, 전문적일 뿐만 아니라 인간적으로 정위(定位)된 의료행위가 없다면, 간병인의 주의 깊고 적절한 돌봄이 없다면, 호스피스 의료에 대한 국가와 사회의 뒷받침과 배려가 없다면 불가능한 것이었다. 이런 복합적·중층적 요인 때문에 엄마는 어느 병원 호스피스 병동에 계시는가에 따라 상태가 크게 달라지셨으며, 엄마의 최소 주체성이 쪼그라들거나 소멸되기도 했고 잘 유지되거나 최대한도로 발현되기도 했다. 가족으로서 이것을 지켜보는 일은 마치 천당과 지옥을 오가는 것 같아 어떤 때는 더할 나위 없이 기쁜가 하면 어떤 때는 한량없이 괴로웠다.

자식인 나는 병원에서 엄마의 '보호자'로 간주되었으며 이 말이 뜻하는 것처럼 엄마를 '보호'해야 할 막중한 책임이 있는 사람이었다. 보호자인 나는 어떤 의미에서 엄마의 빈 주체성을 메워주는 보조자였다. 그래서 나는 수시로 엄마를 대신해 판단하고 결정해야 했고 엄마의 입장이 되어 엄마의 생명을 지켜야 했다. 혹시라도 내가 잘못 판단하거나 잘못 결정하면 당장 엄마의 생명이 위태롭게 될 수 있었다. 바로 이 책임감 때문에 무척 힘들었고 시종 전전긍긍해야 했으며, 엄마가 돌아가신 뒤에도 회한이 남았다. 그때 다른 판단, 다른 선택을 했더라면 엄마에게 좋았을 텐데, 엄마가 고생을 조금이라도 덜했을 텐데 왜 그렇게 하지 못했을까 하는 생각이 떨쳐버려지지 않아서다.

그런데 엄마는 과연 자신이 원하는 방식의 죽음을 맞은 것일까? 그렇지는 않다고 생각된다. 왜냐면 나는 병실에서 엄마가 죽지도 못하는 것을 개탄하시는 말을 몇번이나 들었기 때문이다. 나는 엄마가 병실에 꼼짝없이 누워지내는 자신의 신세를 직시하며 슬퍼하시는 모습을 자주 목도한 바 있다.

이리 본다면 엄마가 호스피스 병동에서 죽음을 맞은

것은 엄마의 주체적 선택의 결과가 아니라 어떤 거역할 수 없는 흐름에 떠밀린 결과라 할 것이다. 설사 그 흐름이 꼭 잘못된 것은 아니며 당시로서는 최선의 것이었다 할지라도 말이다. 그렇다고 한다면 엄마는 비주체적으로 조성된 상황에서 최후까지 인간의 최소 주체성을 견지하신 게 된다. 이것은 꼭 엄마만의 고유하고 특수한 상황이라기보다 인간 일반이 처한 상황을 보여주는 것으로 해석될 수도 있을는지 모른다.

여기까지 생각해오면 '그러면 나는 어떻게 죽어야 하나'라는 물음이 제기된다. 엄마는 어쨌든 고통과 혼돈 속에서도 인간의 최소 의미를 방기하지 않은 채 돌아가셨지만 내가 엄마의 죽음의 방식을 그대로 따를 수는 없는 일 아닌가? 엄마는 엄마대로의 사랑의 방식이 있었고, 그것이 죽어가는 과정에서 자신을 버티게 하며 빛과 의미를 발했지만 내게는 그런 사랑의 방식이 없지 않은가? 엄마가 평생 살아온 삶의 방식 그 중심에 엄마의 사랑의 방식이 자리하고 있었고 그것이 죽음의 방식으로까지 이어졌지만, 나의 평생 삶의 방식은 엄마의 그것과는 다르기에 죽음의 방식 역시 달라질 수밖에 없는 것이다.

이에서도 삶과 죽음은 하나라는 진리가 관철됨을 볼 수 있다. 즉 산 대로 죽는 것이다. 나는 외롭되 자유롭고 자유롭되 외로운 삶을 살아왔다. 가능한 한 남으로부터 방해받지 않고 나의 주체성을 최대한 지키며 살려고 노력해왔으며 또 그리 살아왔다. 그러므로 죽음도 외롭되 자유롭게 주체적으로 맞는 것이 내가 살아온 삶의 방식과 부합한다고 할 것이다. 그런 죽음의 방식이 구체적으로 어떤 것인지, 그 선택지에 무엇이 있는지는 지금부터 잘 모색해보려고 한다.

엄마를 보내고 나니 내 삶은 엄마가 계실 때와 안 계실 때로 확연히 나뉜다는 생각이 든다. 바야흐로 초로에 접어든 만큼 이제부터 내가 원하는 죽음의 방식을 골똘히 생각해나가지 않으면 안 되게 된 것이다.

엄마의 마지막 말들

초판 1쇄 발행 / 2020년 10월 30일

지은이 / 박희병
펴낸이 / 강일우
책임편집 / 이하늘 홍지연
조판 / 박아경
펴낸곳 / (주)창비
등록 / 1986년 8월 5일 제85호
주소 / 10881 경기도 파주시 회동길 184
전화 / 031-955-3333
팩시밀리 / 영업 031-955-3399 편집 031-955-3400
홈페이지 / www.changbi.com
전자우편 / nonfic@changbi.com

ⓒ 박희병 2020
ISBN 978-89-364-7832-2 03810